BIBLIOTHÈQUE HISPANIQUE

LA MULTIPLICATION DES FEUX FOLLETS

Raquel TARANILLA

LA MULTIPLICATION DES FEUX FOLLETS

Traduit de l'espagnol
par François Gaudry

Éditions Métailié
20, rue des Grands Augustins, 75006 Paris
www.editions-metailie.com
2022

Publié avec l'aide de l'Acción Cultural Española
(AC/E)

AC/E
ACCIÓN CULTURAL
ESPAÑOLA

Titre original : *Noche y océano*

First published by Seix Barral www.seix-barral.es

ISBN : 979-10-226-1191-6
ISSN : 1264-3238

Illustration de couverture : Paul Gauguin, *Mahana Ma'a*, 1892,
Cincinnati Art Museum, Ohio, USA

Retrouvez-nous sur les réseaux sociaux :

Pour Abel

"Nous ferons, dit-il, conjuguer ainsi à Tristram tous les mots du dictionnaire en tous sens comme l'ours. Chaque vocable, vous le voyez, Yorick, est transformé de cette façon en thèse ou hypothèse; chaque thèse ou hypothèse engendre ses propositions et chaque proposition comporte ses conséquences ou conclusions dont chacune, à son tour, conduit l'esprit vers de nouvelles pistes ou des doutes nouveaux; la puissance de cette machine est incroyable, ajouta mon père, pour ouvrir l'esprit aux enfants."

Laurence Sterne, *Vie et opinions de Tristram Shandy, gentilhomme*
(Traduction de Charles Mauron)

PREMIÈRE PARTIE : KING-SIZE

J'imagine que beaucoup d'entre vous découvrirent, tout aussi stupéfaits que moi, le titre qui apparut dans la presse il y a quelques mois : "Vol du crâne de Murnau, le réalisateur de *Nosferatu*". Selon le journal, quelqu'un avait profané la tombe du cinéaste, dans le cimetière de Stahnsdorf, près de Berlin, et volé sa tête embaumée qui, quatre-vingts ans après, conservait, ainsi que le relatait l'administrateur du cimetière, non seulement des restes de cheveux et de dents, mais aussi l'air incomparable, le port magnifique de Herr Murnau. Parmi les mobiles évoqués par la police, celui d'un rituel satanique semblait s'être imposé, fondé principalement sur des traces de cire fondue sur le cercueil.

Cela dit, à la différence de votre stupéfaction, la mienne ne tient pas tant à l'extravagance de voler la tête d'un mort qu'à la certitude de connaître le coupable. Si au cours de son enquête il arrivait à la police berlinoise de frapper à ma porte, je lui remettrais volontiers une boîte qu'il m'a laissée, contenant des documents qui, du moins à première vue, ont un lien avec l'affaire, même si je sais parfaitement qu'on n'y trouverait aucun indice utile. Avec mon allemand approximatif et en guise de vengeance servie sur un plateau contre ce type qui est parti sans un mot, j'affirmerais aux enquêteurs qu'il fallait s'attendre à toutes les bizarreries de la part de ce lâcheur de Quirós (car c'est le nom du profanateur), littéralement obsédé par le dénommé Murnau. De plus, si pour satisfaire aux exigences impératives de l'enquête, on me demandait de raconter en détail ce que je sais de Quirós, le mieux serait de commencer par le soir où il est arrivé chez moi et m'a donc empêchée d'aller à la bibliothèque de la faculté de lettres pour y chercher un livre d'Arnold Kreikamp, un auteur bavarois dont je n'avais jusque-là jamais entendu parler.

J'avais presque réussi à surmonter mon apathie et je m'habillais à contrecœur pour sortir, lorsqu'un appel m'obligea à changer de plan : Daniela, ma logeuse (ou ce qui est pareil : LA PROPRIÉTAIRE) me prévenait que son ami Quirós était revenu à l'improviste à Barcelone et qu'il allait loger un certain temps à l'étage de la maison que je louais. À vrai dire personne n'occupait l'étage, que LA PROPRIÉTAIRE utilisait en fait comme une remise pour ses vieilleries, aussi qu'elle m'impose avec un tel enjouement ce Quirós – tout aussi inconnu alors que l'était Arnold Kreikamp – relevait sans aucun doute d'un abus de confiance, dont elle ne se sentit même pas tenue de s'excuser. C'est un type silencieux, quasiment un ermite, dit-elle, sans prendre la peine de dissimuler qu'elle exagérait. Et, comme elle n'allait pas avoir un seul moment de libre jusqu'au soir, elle me demanda de recevoir Quirós, qui arrivait en avion et devait être sur le point d'atterrir à l'aéroport d'El Prat. C'est un bon ami, il m'a rendu des services, alors accueille-le comme il le mérite : tu vois, quoi, tu le mets à l'aise. Une seconde je me suis demandé si elle se moquait de moi et si ses paroles cachaient une instruction indirecte que je devais saisir au vol, mais j'ai aussitôt accepté sans rechigner. Mis à part mon envie de clore le plus vite possible cette conversation, LA PROPRIÉTAIRE est la seule personne avec laquelle je garde un lien stable et durable, et je m'en serais voulu de le gâcher pour une vétille. J'ai beau faire la dure, j'éprouve pour elle une gratitude à l'épreuve des bombes, surtout parce qu'elle me loue à un très bon prix cette grosse bicoque qui était celle de ses grands-parents. Il est vrai que la bâtisse s'est délabrée au fil des années et que si on la regarde de la rue, elle ressemble à une ruine d'un autre temps qui risque de s'écrouler un jour ou l'autre en provoquant une belle frayeur dans tout le quartier, mais pour moi elle a toujours été un endroit très confortable. Ne vous méprenez pas : je ne suis pas une de ces fanatiques passéistes qui diabolisent le luxe et se complaisent dans une existence modeste, mais disons que mes difficultés financières sont tellement récurrentes que le mieux a été pour moi de prendre goût à une vie austère, et même, en un certain sens, à lui trouver un côté épique. En jouant ainsi les spartiates j'ai souvent réussi à dignifier ma situation et parfois même osé donner des leçons de morale. Comme vous le voyez, je suis une femme dotée d'une certaine habileté rhétorique. De fait, je place aujourd'hui dans la rhétorique presque tous mes espoirs, raisonnablement rachitiques, je dois dire.

En tout cas, je me suis engagée à rester à la maison pour attendre l'arrivée de Quirós, lui remettre un jeu de clés et lui indiquer une chambre, je crois même avoir assuré que je me montrerais amicale. Je ne sais pas si tu es déjà montée, ajouta LA PROPRIÉTAIRE, mais l'étage est un capharnaüm. Bien sûr, Quirós se chargera de le rendre habitable ; tu n'es pas obligée de l'aider à nettoyer, sauf si tu en as envie. Entendu, ai-je marmonné, et sans rien comprendre à ma propre réaction j'ai raccroché le téléphone avec cette ardeur que l'on met en temps de guerre à égorger un ennemi. Inutile de dire que j'ai l'habitude d'aller souvent à l'étage et que l'arrivée imposée de Quirós ne m'a guère déstabilisée. Mes cours à l'université touchaient à leur fin et je comptais les jours qui me séparaient des vacances pour pouvoir me cloîtrer et enfin me reposer. Depuis des semaines c'était comme si, de nouveau, une extrême apathie me poussait à marcher à quatre pattes. Ma tête semblait exagérément soumise à la force de gravité, mais pas de la manière dont l'organisme perd de sa vitalité face au malheur ou sous l'effet de l'anémie. Ce que je ressentais était un vieillissement du moral, une commotion psychique, comme si au plus profond de mon être j'avais reçu un seau d'eau froide. Je savais que ma souffrance s'adoucirait au fil des semaines, mais je savais aussi qu'elle reviendrait, car elle revient périodiquement, avec la précision cyclique d'un poisson migrateur prêt à frayer. Certaines choses tiennent de l'éternel retour : les soldes de janvier, les avis d'impayés, la récession économique, la mode de l'espéranto, et ce qui, selon le diagnostic de mon médecin traitant, est une asthénie idiopathique récurrente. Comme d'habitude, le seul remède auquel je pouvais avoir recours était de m'enfermer et d'assumer l'insignifiance du monde et de moi-même. Autrement dit, le non-sens. Lassée de toute activité humaine, désenchantée, j'eus pendant quelques jours l'idée de consacrer mes vacances à devenir un membre supplémentaire de la colonie de souris qui logent sous le plancher et entre les cloisons de la maison de LA PROPRIÉTAIRE, et qui, privées d'une autre possibilité, franchissent les plinthes et traversent à toute allure un couloir terrifiant, ou une pièce qui leur paraît gouvernée par un dieu piégeur avec une âme de bossu. Mais, à la suite d'une expérience, qu'il est inutile d'expliquer ici, je suis arrivée à la conclusion que se transformer en animal, provoquer une métamorphose excédant l'imagination, était illusoire. Cette certitude m'amena à concevoir un plan B. Un plan qui, sans renoncer à certaines ambitions, était suffisamment réaliste. Les plans B sont toujours les meilleurs, car ils combinent la vertu de l'expérience à celle de la nécessité. Réfléchissez un instant au manque d'expérience et, tout particulièrement, de nécessité de la plupart des choses que nous faisons au cours d'une journée et vous comprendrez la satisfaction que m'a procuré mon plan alternatif, lequel consistait tout bonnement à faire de la maison un petit espace où établir un bunker et pouvoir m'y isoler. Un projet simple, nullement original, reproductible (en définitive parfait selon les règles de la nature) : devenir sourde et muette. M'éloigner, au moins pour cet été, de l'environnement où j'avais lutté pour subsister, y compris à un moment hasardeux (dont le souvenir incendie mes joues de moins en moins lisses) pour obtenir un certain prestige. Je me proposais donc de suspendre ma facette mondaine dans le plus bref délai, quand bien même j'allais devoir me consacrer à un article universitaire que je m'étais malencontreusement engagée à écrire. Cela dit, écoutez mes sanglots et réfléchissez : la morale du travail est une condamnation, spécialement pour ceux qui, comme moi, ont peu ou rien à perdre. Quoi qu'il en soit, je devais empêcher cette vaine besogne de gâcher ma retraite, aussi me fallait-il l'affronter un peu à la grâce de Dieu.

L'arrivée de Quirós menaçait également de perturber mes intentions, surtout si, poussée par je ne sais quel devoir d'hospitalité, je me transformais en une hôtesse moyennement considérée. Je suppose que j'ai acquiescé à la présence de l'invité comme un tribut à LA PROPRIÉTAIRE, avec la résignation qui fait accepter la servitude qu'impose une vieille demeure et pour une raison que personne parmi les vivants n'est en mesure de rappeler. Face à l'annonce de l'arrivée de Quirós, le seul geste que je fis consista en un léger haussement d'épaules, qui dura la seconde séparant la rébellion de la mansuétude. Bien sûr, je n'ai ni nettoyé, ni aidé à défaire les valises, ni à cuisiner. Il faut dire que Quirós ne paraissait pas attendre ma collaboration. Il se contenta que je lui montre du doigt l'endroit où il pouvait trouver le détergent, la machine à laver et une armoire aux étagères libres, et ne broncha pas lorsque je me lovai dans le fauteuil et – en pointant de nouveau mon doigt, cette fois vers le ciel – l'invitai à s'installer à l'étage.

Ses mouvements, ses pas comme ceux d'un géant ébranlaient la structure de la maison, qui vibrait à ses déplacements. À chacun de ses pas, de la poussière tombait sur moi et sur les nombreuses babioles qui m'entouraient. Le contrat de location que j'avais passé à l'époque avec LA PROPRIÉTAIRE comportait le mobilier complet, auquel (plus par indolence que par générosité, mais en tout cas sans me laisser le choix) elle avait adjoint beaucoup de vieilleries de ses grands-parents qu'elle ne se résignait pas à jeter à la poubelle, un bric-à-brac pré-démocratique et usé que, à ma surprise, Quirós paraissait bien connaître. Avec le recul, je ne comprends pas pourquoi je fus tellement déconcertée de découvrir que ce n'était pas la première fois qu'il logeait dans cette maison. Parfois, par exemple, il s'arrêtait devant la bibliothèque où, à en juger par son geste, un livre attirait son attention. Il le retirait de l'étagère avec reconnaissance et le sourire de qui retrouve un vieil ami presque oublié, il soufflait sur la poussière accumulée, le feuilletait quelques secondes et le replaçait sur l'étagère. Cette scène se reproduisait en d'autres occasions avec la collection de disques ou devant les tableaux (quelques marines mais surtout des natures mortes) accrochés aux murs. Je ne sais pourquoi cette familiarité, cette petite scène du plaisir des retrouvailles, me paraissait niaise, surtout parce que ni les livres qu'il repérait sur les étagères ni les tableaux n'avaient rien d'extraordinaire[1]. Faudrait-il expliquer ce dédain que je ressentais par une certaine

1. NOTE À L'ATTENTION DE DANIELA ET DE SA COMMUNAUTÉ HÉRÉDITAIRE : Je ne suis pas en train d'insinuer que les objets de votre famille étaient de la pacotille. J'imagine que cette maison était à l'époque pleine d'objets raffinés et élégants, mais je jurerais que quelqu'un – sans doute un des vôtres – est entré ici et l'a dévalisée il y a fort longtemps, bien avant mon arrivée, en emportant tout ce qui était digne d'intérêt.

rancœur de classe ? Il vaut mieux pour ce qui suit éviter les simplifications.

Quirós connaissait aussi chaque pouce du jardin de derrière – pas comme moi, qui n'ai jamais été capable d'emprunter le petit chemin de gravier qui y mène et que l'on ne devine que par une observation soutenue, car il est sur le point de disparaître pour toujours sous les broussailles. Plus qu'un jardin il s'agit en réalité d'un bosquet dépravé d'espèces arborescentes que je suis infichue de reconnaître, que je vois comme un croisement abject ou illicite de plantes jadis répertoriées et décrites par la botanique, et qui forment une verdure végétale de la densité d'un trou noir. D'après ce que me raconta une fois Quirós, bien des années plus tôt le père de LA PROPRIÉTAIRE avait songé à restaurer la maison, mais l'entreprise familiale, qui avait été prospère et avait permis pendant des décennies à la nombreuse parentèle de se tourner les pouces, était partie à vau-l'eau. L'argent destiné à la rénovation s'évapora rapidement et les travaux, comprenant en principe la remise en état du jardin qui l'enserre comme un emballage, furent oubliés sans grand regret pour personne. L'indolence des propriétaires fut un engrais pour les mauvaises herbes et laissa le champ libre à la ruine, qui prit puissamment racine et – ironie du sort – rendit possible mon arrivée.

Je me suis peu à peu habituée à la poussière de la maison et, à l'extérieur, je me contente du porche qui donne sur l'abîme végétal de ce jardin mais reste préservé des broussailles. J'y ai installé une table pliante et un hamac dans lequel je passe des heures entières. Cette table en plastique blanc se marie mal avec la rambarde en fer forgé de style catalan moderniste ainsi qu'avec le sol de céramique, mais c'est précisément dans cette discordance si compréhensible que je trouve quelque chose ressemblant à un foyer. Sous mon porche adoré je suis comme la cliente d'un hôtel cinq étoiles où l'on ne change jamais les draps. Les matériaux bas de gamme n'ont pas réussi à effacer un certain relent de prospérité qui flotte dans la maison, comme une âcreté semblable à celle qui reste en bouche après une bouffée de havane. D'où il convient de ne pas baisser la garde. Cette coexistence amusante comme une nuit de sexe fortuite ne peut nous faire oublier qu'entre les anciennes et nouvelles présences se livre une bataille centenaire. Je vous préviens : la guerre froide à laquelle sont forcés les matériaux qui composent nos maisons (la mienne, mais aussi les vôtres) pourrait se réchauffer à tout moment.

Mais n'allons pas trop vite et revenons à cet instant où Quirós (devant un énorme ventilateur dont l'hélice produisait en tournant un bruit comparable à celui d'une invasion de criquets hyper-hormonés, mais qui au moins allégeait l'étouffante chaleur nocturne, l'humidité aimantée qui rendait les corps poisseux, les bouches par-dessus tout, et contre laquelle les mots, une fois prononcés, devaient se débattre), cet instant donc, où Quirós peu après son arrivée, en buvant une bière que je lui avais offerte par politesse mais qu'il accepta aussitôt avec plaisir, me parla pour la première fois de son projet. Il avait réussi à intéresser un producteur à l'idée de faire un film sur les mois que Murnau avait passés en Polynésie pour y tourner *Tabou*, peu de temps avant de mourir. En me racontant cela, l'euphorie perla à une commissure de ses lèvres et coula sur son menton en un minuscule filet de bave brillante. Il le sécha promptement, croyant que c'était une goutte de bière. Murnau en Polynésie. Diable ! c'est alléchant, dis-je en levant mon verre pour l'inviter à porter un toast.

J'ai aussi porté un toast à moi-même : parce que j'avais deviné ce qui allait suivre, bien qu'à ce moment-là je n'osais pas me fier à mes augures, car à force de mordre la poussière j'avais fini par entrevoir que rien de ce que je pensais, imaginais, écrivais ou comprenais, ne contiendrait jamais une vérité (ni même une demi-vérité aux fonctions symboliques à la manière de l'Ancien Testament), je ne fabriquais que des maillages de petits mots aussi pompeux et faussement divins que le pain et le sel. Et pourtant j'ai porté un toast à moi-même, ni heureuse ni malheureuse, mais avec l'appétence d'un corps condamné par des médecins, auxquels j'ai dit adieu d'un petit geste de la main, à la prochaine, je ne prendrai pas un seul comprimé de plus, et c'est déjà une infime lueur provenant du passé et d'aliments composés.

Pour être franche, à ce moment-là je ne savais rien de Murnau, mis à part que c'était un cinéaste allemand de l'époque du cinéma muet. J'avais vu *Nosferatu* et *L'Aurore*, point final. Les dessous et les détails du tournage de *Tabou*, je m'en fichais comme un poisson d'une pomme. Mais à la mention du voyage dans les mers du Sud, j'ai réagi par une feinte indifférence, une attitude de retenue que je me suis efforcée de maintenir et même d'accentuer, obstinée à faire de moi un sac déchiré dans lequel il est vain de vouloir mettre quoi que ce soit, l'appendice inutile qui émerge de l'intestin d'un glouton dément. Que se passa-t-il alors pour que je finisse plongée jusqu'au cou, embarquée, dans le projet de Quirós (convertie en sa camarade, engloutie dans les documents et le tas de films et de livres qu'il laissa à la maison) ? N'allez pas croire que j'étais mue par une pure passion cinéphilique. Il ne serait pas non plus exact de soupçonner sous mon engagement le désir sexuel, et je ne crois pas que l'on puisse tout mettre sur le compte des impulsions normales de l'amour romantique. Il s'est simplement passé que s'ouvrit en moi – comment le dire, même en renonçant à la clarté, à la rigueur minimale que j'exigeais de moi il y a quelques années encore? – une sorte d'appétit naïf auquel il eût été sensé de ne pas obéir (ou: que je perçus quelque chose se mouvoir au-dessus de mon ciboulot et que j'y ai pointé le bout de mon nez).

Quant à Quirós, j'ai d'emblée considéré son intérêt pour Murnau comme un affect infantile, de type émotif, peut-être parce qu'il aimait raconter que sa fascination pour le cinéaste allemand s'était éveillée dans l'enfance, à la lecture des pages d'une encyclopédie que possédaient ses parents. Dans l'*Encyclopédie thématique Ciesa*[2] – j'en suis sûre et certaine parce qu'il m'a souvent parlé de cette rencontre mythique –, un des deux tomes consacrés à l'histoire de l'art comportait un chapitre sur le cinéma, où le volet "Le cinéma muet" – du reste, injustement synthétique – mentionnait Murnau et ses films les plus célèbres (probablement *Faust*, *Nosferatu* et *L'Aurore*). L'attention du petit Quirós avait surtout été attirée par deux pages dans lesquelles, au lieu de texte, figuraient des colonnes de photogrammes les plus connus d'une trentaine de films muets, qui apparaissaient dans l'encyclopédie comme un archipel au milieu d'un voyage transocéanique. Ils formaient un album d'images d'ombres et de lumières qu'on ne se lassait pas de regarder : tels des îlots en enfilade il y avait, par exemple, Cesare le somnambule, le robot de *Metropolis*, Nanouk l'Esquimau, l'œil sur le point d'être

2. NOTE À L'ATTENTION DU COUPLE QUIRÓS : Madame, Monsieur, j'ignore ce que vous avez fait de votre encyclopédie, si vous la conservez comme une relique familiale ou, au contraire, si vous vous en êtes débarrassés quand elle a été caduque ou quand Internet a rendu obsolètes les encyclopédies sur papier. Dans ce cas, si vous souhaitiez un jour retrouver le levain de la vocation de votre fils, il n'est pas inutile que vous sachiez que l'on trouve plusieurs de ces encyclopédies *Ciesa* en vente sur la toile. Vous serez peut-être intéressés d'apprendre que, pour la somme de vingt-cinq euros plus les frais d'envoi, vous pouvez vous procurer ses vingt et un volumes reliés pleine toile (à savoir : volumes 1 à 4, sciences de la nature ; volumes 5 et 6, histoire ; volumes 7 et 8, physique, chimie, mathématiques ; volumes 9 et 10, grandes réalisations humaines ; volumes 11 et 12, art ; volumes 13 et 14, langue et littérature ; volumes 15 à 17, sciences sociales, politique, société ; volumes 18 et 19, philosophie et religion ; volume 20, atlas ; et volume 21, appendice).

tranché de *Un chien andalou*, échantillons figés d'histoires inconnues que l'on pouvait jouer à inventer. Une figure se détachait des autres, la silhouette difforme de Nosferatu, son profil de diable bossu, ses ongles de prédateur, qui effrayait autant qu'il fascinait. Chez l'enfant qu'était alors Quirós, cette créature monstrueuse déclencha le désir avide de voir tous les films de Murnau, ambition difficile à satisfaire dans un monde antérieur à Internet (av. I.) et qui fut, des années plus tard, l'origine intime d'un projet de film que, au pied levé, j'ai interprété simplement comme un tribut au maître, un parcours mélancolique des lieux exotiques où il avait tourné son dernier film. Quirós parlait de *Tabou* avec un enthousiasme contagieux, même pour moi qui m'impose de fuir comme la peste les accès de nostalgie (tellement inutiles) et les idoles (*idem*). Aussi supposè-je que ce fut cette véhémence de Quirós qui séduisit Rodolfo Jou et le conduisit à s'embarquer dans le projet. Selon Quirós, Rodolfo Jou (que tout le monde dans le milieu des médias appelle Rudy) est un producteur qui vit confortablement installé dans le giron de la télévision publique, pour laquelle il produit depuis deux décennies une émission hebdomadaire intitulée *La Tribu*. Je n'ai jamais entendu parler de cette émission, mentis-je, alors il voulut me mettre au courant. Il s'agit d'un concours de questions de culture générale (de savoir encyclopédique du style "Quelle actrice a interprété le rôle de Ninotchka ?"), auquel on participe en famille et dont la particularité tient à l'âge très avancé du présentateur, que les concurrents doivent appeler "le Chef". Bien que tout au long de son histoire l'émission ait enterré trois présentateurs – le Chef, le Chef II et le Grand Chef –, elle a réussi à gagner la fidélité du public et même reçu plusieurs prix (parmi lesquels Rudy cite avec une réelle fierté celui de meilleur jeu télévisé, qui lui fut attribué au Festival de télévision de Monte-Carlo en 1996, le prix Jeunesse internationale qu'il remporta à Toulouse en 1999, la mention spéciale du jury comme émission familiale au Hyundai-Seoul TV festival de 2001 et le Prix d'honneur au ITV Fest, célébré à Cracovie en 2010), outre d'innombrables prix d'associations de retraités, de communautés catholiques et de collectifs pour la défense d'une télévision de qualité. Les jeux télévisés remplissent une fonction rassurante : les gens croient que les choses ne peuvent aller véritablement mal tant que la télé continue d'offrir de l'argent, décréta Quirós en plantant ses griffes dans la noble parcelle de la sociologie. C'était là une ingérence en règle, mais au lieu de lui demander de bien vouloir me laisser le champ de l'analyse sociale, en échange de quoi je m'engageais à ne pas émettre d'avis sur le cinéma, je lui donnai raison en montrant une obéissance plus étourdie que coquette. Non que j'aie trouvé étonnamment érotique de me laisser embourber jusqu'à la taille, mais amalgamée à la maison comme je l'étais par l'usage et fatiguée comme ses sols, j'ai crûment assumé que je devais affronter la défaite totale et tout ce qui s'ensuivrait.

Le fait est qu'un soir, dans un bar – je prends le risque d'affirmer que c'était place Francesc Macià (si propre et si bien éclairée) –, Quirós avait fait la connaissance de Rudy qui passait la soirée en compagnie de deux journalistes sportifs. Celui qui les présenta dit au producteur que Quirós avait commencé sa carrière de cinéaste par *Un vide presque sidéral*. Il n'est pas certain que Rudy avait vu le film, mais il se montra très intéressé par la conversation avec Quirós, lequel se laissa flatter, comprenant aussitôt, à mon avis, que Rudy était un de ces fils de familles aisées qui avaient profité du développement de l'audiovisuel pour maintenir son train de vie sans devoir se fouler la rate, mais qui au tréfonds de lui-même avait honte de ses productions, qu'il qualifiait *in petto* de "petite bière". De plus, Quirós se rendit compte que Rudy était prêt à vendre son âme au diable en échange de pouvoir produire – n'allons pas jusqu'à dire réaliser – un de ces films cultes, d'art et essai, qui circulent dans les festivals de cinéma, sont commentés dans la presse de qualité et vous valent une tape amicale dans le dos de la part de ceux qui vous avaient jusque-là méprisé. Mieux encore : un de ces films qui permettent à votre famille distinguée, cette vieille lignée à laquelle appartiennent certains des avocats les plus prestigieux de la ville – dont le patronyme donne son nom à l'illustre cabinet Jou-Hallward, qui occupe un immeuble seigneurial à un angle du Paseo de Gracia –, de savoir enfin pourquoi elle vous a tenu, depuis que vous vous êtes inscrit à la faculté de philologie, et non à celle de droit, pour l'artiste de la dynastie.

Au comptoir de ce bar, Quirós – un bourbon à la main, j'imagine – déplia sa queue de paon devant Rudy et se lança à l'abordage. Il commença par les satisfactions que lui avait procurées son premier film, faisant appel à la responsabilité critique du cinéaste, à l'engagement de l'artiste avec l'humanité, blablabla ; il poursuivit par la stimulante intensité des festivals, l'excitation des voyages et des interviews, les dîners avec un tel ou un tel, et finit par lui dire, sur le ton de la confidence, à mi-voix – il parlait toujours ainsi lorsqu'il tentait de se montrer irrésistible –, qu'il était en train de terminer un projet dont le producteur était encore un point d'interrogation. À ce moment-là, bien sûr, Rudy était avide de connaître tous les détails, tout en s'efforçant de masquer son empressement et de dissimuler qu'il en salivait, bien qu'il sautât aux yeux que le producteur priait depuis longtemps le ciel de lui accorder un coup de pouce, supplique bien perçue par Quirós qui lui fit miroiter que ce soir-là il avait touché le gros lot, tout en maintenant habilement un moment encore l'intrigue en suspens et en lui parlant de sa "démarche éthique et esthétique", qui consistait à s'approcher du spectateur avec un roucoulement délicat qui l'amenât à se livrer au délice sensoriel et alors seulement à le saisir par le cou et l'obliger à se juger lui-même, sans pitié mais avec la possibilité d'un pardon – et ce n'est qu'en prononçant ce dernier mot que Quirós faillit éclater de rire. Cette fois je voudrais faire un pas de plus; je veux adapter un fragment très concret de *Théorie de la classe de loisir*. Rudy garda le silence. Le livre de Veblen, ajouta Quirós, son essai sur la richesse et l'ostentation, sur le snobisme en fin de compte, et son culot faillit le pousser à ajouter qu'il allait lutter pour devenir un "caillou dans la chaussure" semblable à celui qu'avait été à l'époque Thorstein Veblen pour les bourgeois américains, selon la métaphore de Charles Wright Mills – lequel fut, pour Carlos Fuentes, "voix authentique de l'Amérique du Nord, ami et compagnon de lutte de l'Amérique latine", ainsi qu'il l'écrivit en dédicace de *La Mort d'Artemio Cruz* de l'écrivain mexicain (qui, soit dit en passant, avait dédié ses deux romans précédents à l'actrice Rita Macedo, sa première épouse, et à Luis Buñuel, et quelques-uns des suivants au producteur Manuel Barbachano, à Octavio Paz et à sa femme Marie-José, à Julio et Aurora Cortázar, à Shirley MacLaine et aux seconds rôles de *Casablanca*, Claude Rains, Conrad Veidt, Sydney Greenstreet et Peter Lorre, noms tous aussi voyants qu'un brillant au revers du blazer). En se mordant la langue, Quirós choisit de se taire et d'acquiescer lorsque Rudy lui demanda de l'excuser et sortit sur le trottoir pour fumer une cigarette. Deux minutes après, Quirós le rejoignit.

– J'ai une autre histoire. Pour moi c'est comme un secret que je cultive depuis l'enfance. Il s'agit de l'aventure qui conduit un cinéaste, Wilhelm Murnau, de Berlin jusqu'aux mers du Sud, en passant par Hollywood. C'est le récit d'un homme qui conquiert sa liberté, la liberté ar-tis-tique, et qui est prêt à risquer sa peau dans ses films pour dire, de mille et une façons, que le monde nous étrangle, qu'une force obscure subjugue les individus. Je suis convaincu, Rudy, que tu n'auras aucun mal à te mettre à sa place, tout le monde a ressenti une fois cette asphyxie spirituelle, ce corset qui t'empêche de savoir qui tu es véritablement. – À cet instant, Quirós ouvrit la porte du bar et d'un geste invita Rudy à y rentrer et regagner le comptoir, où le producteur commanda au serveur deux whiskies, avec délicatesse, comme s'il était dans une bulle de savon. – En Polynésie, Murnau tourne *Tabou*, un film sur l'oppression au paradis, et atteint l'apogée de sa création. Tu te rappelles l'histoire ? Matahi est un jeune et beau natif, amoureux de Reri, qui est tout aussi belle. Ils vivent leur amour dans l'éden jusqu'à ce qu'un jour le prêtre Hitu décide que Reri doit partir avec lui. Son destin est de se consacrer aux dieux, de préserver sa pureté, et pour les hommes elle doit être dorénavant considérée taboue. Matahi et Reri s'enfuient, abandonnant leur foyer, leur petit espace d'innocence, et se réfugient en ville. En dépit de leurs efforts, ils ne parviennent pas à échapper à la loi sacrée et leur amour finit mal. – Quirós se tut un instant, créant un lourd silence comme en deuil des Amours Impossibles ou, plus encore, pour tous les Échecs Humains depuis la dégringolade d'Adam et Ève. – Hélas, Murnau est mort avant la sortie de *Tabou*. La légende dit que c'est un film maudit, que pendant le très long tournage les esprits polynésiens se sont sentis outragés et ont puni le cinéaste. Heureusement pour nous, l'interruption de sa vie n'a pas été en pure perte car son œuvre est restée et elle est éternelle. De plus, poursuivit Quirós, après avoir jeté un coup d'œil stratégique à droite et à gauche et baissé la voix, il paraît qu'on a trouvé à Vienne cent bobines de film qui pourraient être les dernières séquences tournées par Murnau. Ces bobines vont être développées sous peu et certains avancent que, outre le négatif original de *Tabou*, elles contiennent les fragments d'un autre film inédit et mystérieux que Murnau a tourné en Polynésie avec Robert Flaherty. Magnifique, non, qu'il reste encore des trésors à découvrir ? – Et pour terminer, après avoir bu une longue gorgée de bourbon, Quirós donna le coup de grâce : Je sais que raconter une telle histoire comporte des risques et de nombreuses difficultés, mais nous avons le devoir d'être courageux, tu ne crois pas ?

Le caquetage se prolongea un peu bien que Rudy, déjà captivé par le projet, se montrât tout prêt à y mordre à belles dents. Verre après verre, les deux bonhommes, de plus en plus souriants, en appelaient à l'émotion, au bonheur, au libre arbitre, à l'audace et même à la justice. Nous ne pouvons pas oublier la mission politique du cinéma, répétait le producteur comme une litanie, en frappant de l'index le comptoir. Quirós était aux anges. Ils riaient, se donnaient raison, se congratulaient. L'enthousiasme s'interrompit un seul instant, comme en une pause qui les ramena fugacement sur terre, lorsque les deux journalistes sportifs les rejoignirent pour prendre congé et quittèrent le bar.

– Je vais te dire quelque chose, lâcha soudain Rudy, les yeux fixés sur le fond de son verre, les joues légèrement empourprées (comme dans la puberté, pas comme dans l'ivresse), rien ne me plairait plus que de produire ton film. – Et à cet instant, si la vie était une comédie télévisée, il aurait fallu entendre un "oh" long et mielleux depuis un coin de la salle.

Lorsque le serveur, vers trois heures et demie, s'excusa de devoir fermer le bar, ils s'empressèrent de fixer une première réunion pour, selon les mots de Rudy, "convoquer l'esprit de Murnau et lui insuffler vie"[3].

---

3. NOTE À L'ATTENTION DE RUDY JOU : Il est possible que, contrairement à moi, tu sois encore en relation avec Quirós, et même que tu sois impliqué dans le vol du crâne de Murnau. En tout cas, si tu le vois, dis-lui que j'ai eu souvent la tentation de brûler la boîte avec tous ses livres et ses documents, mais qu'elle est toujours rangée à l'étage de la maison de LA PROPRIÉTAIRE.

Avant que le sommeil me gagne je feuilletais un livre de photographies avec l'espoir d'y trouver un détail, élémentaire mais suggestif, qui me servirait d'amorce à l'article que je devais écrire. Je pourrais dire, en prenant de grands airs, que j'invoquais les muses, ou que je guettais l'inspiration, mais persister dans cette idée de l'écriture (en général de tout travail créatif) me paraît ringard (comme métaphore) ou délirant (comme description). Pour ma part, élaborer des textes est un travail terrestre plus proche d'une tâche à coups de pioche qu'une connexion intime avec le cosmos. Agissant comme une ferrailleuse de l'information, vagabondant dans la quincaillerie, j'étais à la recherche de quelque chose d'anodin pour lui donner un usage voyant. C'est un recours efficace : vous commencez (pour prendre un exemple concret) en parlant d'une carte postale quelconque envoyée d'un lieu estival et vous faites défiler les mots qu'elle vous inspire, vous vous arrêtez un instant sur "typique" et sa définition (objets typiques, pratiques typiques, géographies typiques, corps typiques) et, comme par enchantement, vous finissez en dénonçant la tyrannie de la carte postale touristique, concept que, avec un peu de culot, vous pouvez désigner par le sigle TCPT, lequel, la chance aidant, réapparaîtra dans la publication d'un chercheur généralement plus jeune que vous, et même plusieurs, qui (s'ils respectent les conventions) mentionneront votre nom dans la bibliographie. Lorsqu'on entreprend d'écrire un article universitaire qui se veut moderne, la difficulté consiste à trouver cet élément initial, et il était clair que cette nuit-là n'était pas ma nuit. Je peignais du regard des photos sur lesquelles des foules d'estivants s'égayaient dans des décors colorés, en quête d'un détail qui me donnerait une impulsion pour entrer dans le vif du sujet ; je sondais les pistes de golf miniature, les restaurants familiaux où le plat principal comporte toujours du poulet, les salles de bal, les piscines bondées de types en bermuda souriant à l'objectif et, je ne vais pas mentir, malgré la chaleur nocturne (malgré le fait que même les murs de la maison, chauffés par le soleil toute la journée, transpiraient comme un lutteur de sumo), j'étais contente d'être seule, vautrée sur mon lit géant (matelas *king-size*, le seul caprice que je m'étais autorisé ces derniers mois et qui, croyez-moi, se révéla un investissement parfaitement stupide). J'étais contente d'être incapable de me rappeler ma dernière sortie de la ville qui m'a vue naître et me verra mourir aussi[4].

Au bout d'un moment, j'en ai eu assez de regarder des photos. J'ai allongé le bras et tapoté avec deux doigts sur le verre de l'aquarium d'Oméga. Bien que je l'eusse nourri peu avant, j'ai déposé délicatement à la surface de l'eau un flocon de "repas gourmet" pour poisson-zèbre. Oméga est incapable de renoncer à une bouchée supplémentaire. La

4. Il ne faut pas écarter a priori la possibilité (lointaine et cependant réelle) que ce texte mérite un jour l'attention de l'université. De fait aucun texte parmi les innombrables qui s'écrivent ne sont à l'abri de ce destin. De sorte que l'observation suivante n'est pas inopportune :
NOTE À L'ATTENTION D'UN FUTUR ÉTUDIANT EN DOCTORAT : ne vois pas dans mes propos ce mépris du touriste si répandu aujourd'hui, ni non plus une préférence snob pour la figure du voyageur. Afin d'éviter toute méprise, je dirai que j'abhorre autant les deux, le touriste et le voyageur, du moins s'il est possible de continuer à distinguer ces deux catégories. La raison ? Je n'en suis pas sûre. Je crois que me répugne chez l'un comme chez l'autre la foi dans l'acte de se déplacer, de traverser les frontières.

nuit, j'ai souvent l'impression qu'il me maudit dans son repaire liquide et qu'il ne cesse de le faire que lorsque je lui donne à manger : son appétit est tellement féroce qu'il ne faut pas écarter l'hypothèse qu'Oméga soit victime d'un métabolisme monstrueux. Heureusement j'adore le voir manger, filer comme une flèche vers l'aliment (qui, selon la boîte, est un mélange d'algues et de larves d'insectes) qu'il engloutit avec rapacité et une avidité malsaine. Gagnée par une forme insolite de symbiose poisson-humain, je me détends lorsque Oméga se goinfre comme s'il savait qu'il n'y a pas d'avenir pour les créatures qui vivent dans les mers et les rivières. Quand je vois combien il apprécie, peu m'importent les mises en garde du type de la boutique d'animaux de compagnie, qui affirme que les vertébrés aquatiques manquent de retenue quand ils mangent et que les gaver peut finir par leur déchirer les entrailles. Quelque chose dans ce gavage désespéré me rappelle ma mère avec insistance (et cette espèce d'angoisse dont elle souffrait, qu'elle camouflait par des repas hypercaloriques). Quant à moi, ce soir-là, je me suis contentée d'un verre d'eau de Vichy (boisson qui, selon mon amie Ana María, désactive par sa teneur en lithium un certain neurotransmetteur du cerveau et allège les peines), j'ai éteint la lampe de chevet et tenté de trouver le sommeil. Soudain, un faisceau de lumière blanche, semblable à celui d'un projecteur de théâtre ou de bateau en haute mer, entra par la fenêtre, une lumière si vive qu'elle paraissait d'un autre monde. Dans la position où je me trouvais, je pouvais voir une partie du jardin et, comme la nuit était claire, je n'eus aucun mal à distinguer Quirós, à une vingtaine de mètres, qui parcourait la végétation caméra à la main. Quand j'ai compris que ce qu'il filmait n'était pas moi en chemise de nuit, je me suis efforcée de ne pas lui prêter attention. À ce moment-là, Quirós était depuis une semaine au moins à la maison, mais à vrai dire je ne l'avais presque jamais croisé. Il passait son temps enfermé à l'étage, où je l'entendais travailler souvent jusqu'à l'aube, et il ne descendait que le soir dans la partie que j'occupais pour se préparer quelque chose à manger dans la cuisine ; quand il apparaissait, j'abandonnais discrètement ce que j'étais en train de faire et je me retirais dans ma planque. Jamais nous n'échangions un bonjour, jamais aucun des deux ne proposa à l'autre de dîner ensemble. Je pense qu'il aurait aimé des rapports un peu plus cordiaux, mais à ce moment-là je préférais garder mes distances. Vous vous demandez pourquoi ? Je n'ai pas l'intention de vous le dire. Sauf qu'entre le noctambule Quirós et moi, je tenais à ce que ce soit moi qui fixe les règles, parce qu'en fin de compte j'étais chez moi et que c'est mon histoire.

Mais je n'arrivais pas à dormir. Je me retournais dans le lit et la curiosité (ce visiteur infernal) me matraquait l'esprit et me forçait à me demander ce que diable faisait ce dingue dehors avec sa caméra. Je m'efforçais de ne penser qu'à mes affaires (les photos des estivants, des parcs bondés d'enfants, des longues files de gens qui attendent de monter dans le petit train ou d'avoir enfin accès au buffet à volonté), car me protéger derrière un mur porteur et me vider l'esprit dans ces circonstances était impossible, mais je finis par me chausser et sortis sous le porche. Quirós, Quirós, tout va bien ? Il répondit en agitant une main et, un bon moment plus tard (au moins vingt minutes), il quitta le jardin, en y laissant tout son attirail. Il vint s'asseoir à côté de moi et je reconnus à l'odeur que la mousse du jardin avait imprégné sa chemise blanche. Je feignis un bâillement pour lui faire comprendre qu'il avait perturbé mon temps de repos et, sans transition, je lui demandai ce qu'il filmait au milieu des arbres à une heure pareille. Je suis en train de faire des essais d'optique, corrigea-t-il ; je cherche une manière adéquate de filmer des fantômes. Je ne sais toujours pas pourquoi j'ai accueilli cette excentricité sans sourciller ; je n'ai même pas ronchonné en découvrant qu'il avait posé dans le jardin le grand miroir vénitien qui était accroché dans cette pièce asymétrique que, avec un grand naturel, LA PROPRIÉTAIRE appelle antichambre.

En réalité,

ce que tentait Quirós était

de filmer des tupapaos, les esprits de la Polynésie. Son idée était de reproduire dans la végétation un effet théâtral que l'on connaît comme "fantôme de Pepper", un vieux truc qui consiste à se servir de lumières et d'un miroir pour projeter une image et créer une illusion spectrale. Il essayait ce simulacre pour le mettre en pratique pendant le voyage qu'il allait faire à Tahiti, devant un public de natifs, et filmer leurs réactions, peut-être une émotion vibrante dans la rencontre avec une présence nocturne. Il voulait retrouver en eux cet instant de frayeur que Paul Gauguin avait capté dans *Manao tupapau*, tableau représentant une Tahitienne nue allongée sur le ventre, terrorisée par l'esprit d'un mort. Selon ce que j'appris plus tard – je ne me souviens pas si c'est Quirós qui me l'a dit ou si je l'ai lu dans ses papiers –, Gauguin écrivit un journal en Polynésie, publié sous le titre de *Noa Noa*, dans lequel il raconte la scène qui inspira cette œuvre et qui eut lieu une nuit lorsqu'il entra dans la cabane qu'il partageait avec une jeune native. Comme les bougies avaient fondu, tout était dans l'obscurité. "Vite, je frottai des allumettes et je vis… Immobile, nue, couchée à plat ventre sur le lit, les yeux démesurément agrandis par la peur, Téhura me regardait et semblait ne pas me reconnaître. Moi-même, je restai quelques instants dans une étrange incertitude. Une contagion émanait de la terreur de Téhura. J'avais l'illusion qu'une lueur phosphorescente coulait de ses yeux au regard fixe. Jamais je ne l'avais vue si belle, jamais surtout d'une beauté si émouvante." Gauguin complète cette explication de *Manao tupapau* dans une lettre à son épouse, Mette-Sophie, qui résidait en France et allait recevoir rapidement le tableau, qu'elle tenterait de vendre au meilleur prix : “Je fis un nu de jeune fille. Dans cette position, un rien, et elle est indécente. Cependant je la veux ainsi, les lignes et le mouvement m’intéressent. Alors je lui donne dans la tête un peu d’effroi. [...] Il me faut expliquer cet effroi avec le moins possible de moyens littéraires comme autrefois on le faisait. Alors je fais ceci. Harmonie générale, sombre, triste, effrayante, sonnant dans l’œil comme un glas funèbre. Le violet, le bleu sombre et le jaune orangé.” Et en guise de colophon ou même de pourboire, Gauguin encourage son épouse : “Voilà un petit texte qui te rendra savante auprès des critiques lorsqu’ils te bombarderont de leurs malicieuses questions.” Laissons de côté le détail selon lequel Gauguin, dans sa lettre, se désintéresse de Téhura en la privant de nom – mais moi je dis que Mette-Sophie ne devait pas être idiote et qu’il n’est pas absurde d’imaginer que dans son lit l’attendait un homme aux yeux démesurément écarquillés –, dans l’intimité maritale le peintre dévoile l’envers de son travail et le mécanisme qui le fait fonctionner, il montre ses tripes, ce qui doit rester caché à la vue. Et lorsqu’il le fait, tout comme la théorie de l’art du dernier siècle a entrepris de l’exposer, l’endroit devrait être aussi beau, aussi fascinant que l’envers, non ?

Au dire de Quirós, Murnau sentit que dans *Manao tupapau* palpitait quelque chose de puissant, qui finit par lui inspirer la scène la plus saisissante de *Tabou* : c’est la nuit, la cabane où se cachent les amants fugitifs est découverte par le prêtre qui veut les séparer et emmener avec lui la belle Reri. Les jeunes dorment ; la lune éclaire leurs corps jusqu’à ce que l’ombre de l’intrus les recouvre d’un voile de deuil. Reri se réveille et, en voyant la silhouette de son persécuteur à la porte, elle est effrayée. Le spectateur peut sentir la décharge électrique qui hérisse son corps tendre et en fait une loque, dit Quirós, qui me raconta ensuite que sa propre expérience s’inspirait aussi de la scène du film *L’Esprit de la ruche*, où le réalisateur Víctor Erice montre la réaction d'un groupe d'enfants à l'apparition sur l'écran du monstre de Frankenstein – ce qui me parut naturel, et même prévisible car, autant que je sache, c'est une scène qui eut un impact considérable sur les cinéphiles espagnols. Quirós paraissait bouleversé par cette capture de l'instant réel de la découverte de la créature, mais je n'eus pas le temps de lui poser aucune des cent questions qui m'assaillaient car il enchaîna aussitôt par une histoire survenue à Robert Flaherty pendant un de ses voyages en Polynésie. Flaherty se trouvait à Samoa où il voulait filmer la vie d'une tribu qui ignorait tout du cinéma et, comme il transportait des pellicules dans ses bagages, il put tourner quelques séquences. On pourrait penser que les natifs allaient être captivés par le premier film de Flaherty, qu'ils allaient se voir reflétés dans le personnage de Nanouk et se sentir frères des Esquimaux, à la fois si différents et si semblables à eux, en contact intime avec la nature, mais tout au contraire, le film les ennuya très vite. En revanche, ils adorèrent *Le Golem*, le film de Carl Boese et Paul Wegener, tourné peu d'années auparavant. Le monstre d'argile fit tellement halluciner les Samoans et ils regardèrent si souvent le film, dit Quirós en éclatant de rire, qu'il y eut bientôt dans l'île une profusion de bébés prénommés Golem. L'anecdote me fit sourire, mais je revins à l'expérience optique : au-delà de l'hommage à Gauguin, à Murnau, à Erice, que cherches-tu à prouver, à expliquer ou à montrer avec ce jeu de fantômes ? C'était une question naïve – je vous jure que je ne voulais pas jouer les trouble-fête, juste comprendre –, mais j'eus l'impression qu'elle l'agaçait. Tu ne penses pas qu'aujourd'hui les Polynésiens doivent être au courant de toutes sortes de trucages et d'effets optiques ? Et qu'il est plus que probable qu'ils aient la télévision par câble ? Quirós fit une grimace incompréhensible, comme pour dire : tu ne comprends rien. Il se leva de la marche où nous étions assis, repartit vers les arbres et se fondit dans l'obscurité, et moi je regagnai mon lit.

Je repris le livre que j'avais commencé à feuilleter. Sur la photo de couverture une inscription au néon sur la façade d'une cafétéria-glacier donnait son titre au livre : *Our True Intent is all for Your Delight*, notre véritable but est ton plaisir, mots empruntés au *Songe d'une nuit d'été*, de Shakespeare. Ce livre était, en réalité, une collection de photos de John Hinde, prises à la fin des années 60 et début 70 au centre de vacances Butlin, formé de centaines de chalets (modestes mais fonctionnels) équipés de toutes les installations nécessaires pour passer l'été en famille à un prix plus que raisonnable pour les classes laborieuses. Je connais bien son histoire car je lui consacre toujours un moment dans le cours que je donne, "Sociologie du loisir et du tourisme", ou peut-être le contraire, "Sociologie du tourisme et du loisir", il est même possible qu'ait été déjà approuvé le nouveau programme d'études de la faculté, selon lequel l'intitulé du cours deviendrait "Sociologie du tourisme, du loisir et du sport", ou quelque chose d'approchant. J'ai l'habitude d'expliquer en cours que le premier centre de vacances Butlin fut inauguré en 1936, près de la localité anglaise de Skegness, au bord de la mer du Nord, que ce fut le début d'un grand empire du tourisme et que c'est une clé pour comprendre l'histoire des loisirs de masse. Son fondateur, sir Billy Butlin (un de ces hommes d'origine très modeste qui finissent par se remplir les poches et se convertissent en héros, en *self-made men*) avait dû pressentir que les syndicats allaient un jour décrocher le pompon et obtenir le droit des travailleurs aux congés payés (comme cela se passait dans d'autres pays européens), et lorsque, en 1938, le Parlement britannique approuva enfin le Holiday Pay Act, l'établissement de Butlin était fin prêt pour capitaliser ce changement de normes.

Je m'attardai sur une photo du livre, celle d'un pub pittoresque d'ambiance polynésienne, le Beachcomber Bar (quelque chose comme le bar de ceux qui ratissent la plage à la recherche de trésors). Imaginez : une vaste salle moquettée de couleurs vives, des peintures murales représentant l'océan au crépuscule et des décorations marines typiques (figures de proue, filets, étoiles de mer), tables et chaises en bambou, arbres en plastique, plantes vertes et un faux volcan en éruption. Sur la photo, prise un soir où l'apéritif proposé aux clients était le cocktail Bamboo au prix de 23 pennies, deux serveuses blondes à la peau très blanche, jupes hawaïennes et colliers de fleurs, servent de la bière à des groupes d'estivants d'allure septuagénaire, pour lesquels cet endroit extravagant devait être dernier cri. Ce pastiche des mers du Sud sur la côte anglaise m'a amusée et j'ai inséré un marque-page pour pouvoir le montrer à Quirós. De plus, je pensais que je pourrais lui raconter l'histoire de Don Beach (dont le vrai nom était beaucoup moins *punchy*) qui avait eu l'idée des bars à cocktails tiki. Il était né au Texas, d'où il s'enfuit avant d'avoir vingt ans en quête d'aventures. Son voyage le mena d'abord dans les Caraïbes, puis dans les îles du Pacifique Sud, dont il tomba amoureux (un amoureux beaucoup plus loyal qu'il ne le fut jamais envers une femme). Il se promit de ne jamais oublier ces îles : de retour aux États-Unis, il s'installa discrètement à Hollywood, où, semble-t-il, il fit du trafic de boissons interdites, puis, la prohibition de l'alcool ayant été levée[5], il ouvrit les portes du Don Beachcomber Café, où se pressaient les célébrités qui buvaient des cocktails de rhum dans un décor exotique, tahitien. Ce troquet,

5. À cause de ce détail normatif, je raconte dans mes cours l'histoire de Don Beach juste après celle de Billy Butlin. Les étudiants les plus éveillés apprennent alors une leçon fondamentale : chaque changement législatif ouvre une opportunité commerciale. La prudence me conseille de ne rien ajouter ici sur cette affaire. Toutefois, je recommande à ceux que cela intéresse la lecture de l'article "Le Parlement comme créateur de niches financières : qui l'a compris le premier ?", de María Gracia Lopes, publié dans la première et unique livraison de la revue *Compte à rebours*.

qui devint un succès phénoménal, fut le premier de beaucoup d'autres aménagés comme l'aurait été le paradis si le jour de la création Dieu n'avait pas eu à sa portée l'eau, la terre et le ciel, mais des tonnes de polyéthylène, de PVC et autres plastiques fluorescents. Et Don vit que son idée était bonne, car les imitateurs ne tardèrent pas à apparaître et bientôt il n'y eut plus un seul recoin d'Occident où l'on ne pût boire un verre dans un bar à la tahitienne. Et bien qu'après un mariage tumultueux le divorce de Don fût un croc-en-jambe à ses affaires qui accéléra sa retraite à Honolulu, la mode des bars tiki lui survécut et son histoire, qui parvint jusqu'à moi je ne sais plus par quelle voie, allait être bientôt transmise à Quirós comme un commandement, un impératif d'information qui oblige à ne pas se taire, mais à répéter, à raconter et recycler intrigues et personnages. Il aurait mieux valu, maintenant je m'en rends compte, que la photo du Beachcomber me donne l'envie de sortir du lit et de me préparer un Mai Tai avec beaucoup de glace. En revanche, il s'en fallut de peu (une brève et flottante conversation sous le porche, la mention d'un peintre et de trois cinéastes) pour que s'éveille mon appétit, et que j'en oublie le repos, la suspension et le bunker qui m'auraient tellement convenu.

Bêtement, sans percevoir que commençait à naître en moi une certaine inclination pour Quirós, j'ai continué à regarder les photos tout en me demandant pourquoi diable j'avais accédé à la proposition de cette étudiante de doctorat qui était venue me voir après une conférence au colloque "Sociologie : défis et perspectives", organisé par un des vice-doyens de l'université, un crétin nommé Gabriel Ayala, qui m'avait invitée à y participer, pour "parler sur un sujet de ton choix parmi ceux que tu traites dans tes cours", et à vrai dire j'avais eu peur de refuser. Il n'échappe à personne que l'université est une institution féodale et que négliger les lois de la vassalité entraîne souvent l'exil, de sorte que si je ne voulais pas m'attirer sottement des ennuis, le plus simple était de me rendre à ce colloque et de débiter pendant une demi-heure un baratin inspiré de deux ou trois livres de base[6]. Non que je ne doive rien au dénommé Ayala : lorsque j'eus achevé ma thèse de doctorat, dont le sujet (en résumé) était la dimension communautaire de la littérature dans l'œuvre de György Lukács, il m'offrit un contrat de professeur (certes à de très mauvaises conditions et pour un salaire pire encore). Ayala se voulait un intellectuel social-démocrate, si bien que mon intérêt universitaire pour le communisme le touchait, lui rappelant les nobles sentiments de sa jeunesse, ce qui avait pour effet qu'il me regardait avec des yeux d'animal herbivore chargés d'une tendresse un tantinet lubrique, et l'avait décidé à me confier ce poste à la faculté. Il m'avait néanmoins assigné un cours sur le tourisme et le temps libre, dans lequel je me sentais, comme dans ce poème de Whitman, "un insignifiant bout de bois abandonné par le ressac". Lorsque j'ai allégué que ce n'était pas ma spécialité, Ayala m'a rappelé – sans monter sur ses grands chevaux, ce dont je lui sus gré – que les matières liées (de près ou de loin) au marxisme étaient de plus en

6. NOTE À L'ATTENTION DES DÉFENSEURS DE LA *REALPOLITIK*: Dès la parution de mon article "L'utopie comme élément décoratif" (dans le n° 2 de la très marginale revue *Le nouveau réveil*, de mai 2009), l'un de vous (dont je ne veux pas me rappeler le nom) m'a traitée de fanatique, de volontariste et même de psychotique, alors que dans mon texte je me limitais à réfléchir en termes théoriques. Comme le prouve ma participation au colloque organisé par Ayala, dans la vie réelle je suis capable de renoncements, de céder, de faire taire mes principes et de comprendre que fort peu de choses dépendent de mes actes. Quiconque se considère juste m'accordera que le fait d'avoir accepté cette invitation permet de conclure : 1) que je suis une personne raisonnable, 2) que l'hypothèse de mon article était pertinente et 3) que dans une plus ou moins grande mesure tout texte universitaire a une composante autobiographique.

plus rares dans notre faculté et réservées à un enseignant de vieille souche, lequel lors d'un conseil des professeurs avait en plus promis d'emporter ses cours dans la tombe.

– Soyons honnêtes, ajouta-t-il pour me convaincre, en posant la main sur son cœur et la pressant contre l'endroit de la poitrine où, depuis l'obtention de son doctorat, il portait jour et nuit une cravate, que désirent réellement les sociologues en herbe ? Eh bien, ils préfèrent s'inscrire à des cours qui abordent l'actualité : ils les demandent parce qu'ils les considèrent plus… – Je pense qu'il a dit "plus fonctionnels", ou peut-être "plus novateurs", mais je ne peux pas vous garantir la fin exacte de sa phrase, parce qu'à cet instant j'ai décroché ; cela m'arrive souvent, surtout avec les voix graves. – Quoi qu'il en soit, lorsque je perçus de nouveau les paroles d'Ayala, j'entendis : Par ailleurs, quel penchant pousse une femme aussi sympathique que toi à s'intéresser à des questions antédiluviennes ?

Je ne sus quoi répondre. Pendant que sa gorge émettait une voix caverneuse et insondable, je m'étais souvenue qu'Ayala avait consacré sa thèse de doctorat à l'idée d'équilibre dans l'œuvre de Pareto et celle de Parsons – sujet sur lequel vous me permettrez de réserver mon opinion –, j'étais restée muette et je l'avais regardé s'éloigner dans le couloir en s'exclamant que, de toute façon, Lukács, personne ne le comprend. Je le laissai partir en m'efforçant de faire scintiller dans mes yeux l'autorité morale, tout en me rendant compte que la moindre objection de ma part serait méprisée par ce type qui savait formaliser ses décisions par des graphiques et témoignait d'une foi décérébrée dans les diagrammes. Au fond, c'était sage d'éviter de s'empêtrer dans une discussion byzantine comme celle de ce dîner à la fin duquel j'avais décidé pour une fois, au lieu de me laisser tordre le bras, de camper sur mes positions, de me barricader, de rester ferme sur mes convictions, en les défendant bec et ongles, d'un ton véhément, dîner que j'avais quitté en claquant la porte après que six mandarins, les yeux révulsés, eurent défait le premier bouton de leur chemise comme s'ils manquaient d'air et que l'un d'eux m'eut diffamée en disant que j'avais de la bouillie dans la tête et qu'un autre l'eut approuvé avant que tous éclatent de rire et se mettent à trinquer pour une génération, la mienne, qui avait tout envoyé au diable, après quoi ils commandèrent au serveur un autre cognac et, au lieu de s'excuser pour leurs railleries, ils me pardonnèrent d'avoir dégradé intellectuellement le pays et même dégradé le monde civilisé (*sic*) pour les siècles des siècles.

Question supplémentaire : si déconcertée que je me sente d'être étrangère à la sociologie du tourisme, n'attendez pas de moi une de ces histoires d'injustice, d'efforts persévérants et de gratification. Si ma vie est écrite d'avance, son auteur ne doit pas être un scénariste bien rémunéré et installé à Hollywood, mais plutôt le type qui vend des billets au guichet de la grande roue. Un beau jour j'ai fini par assumer que j'arriverais à la retraite comme professeur de la matière en question – dans un département périphérique, d'une université périphérique et dans une langue académiquement périphérique – et dès lors tout est devenu très simple – quoique très ingrat. C'est pourquoi vous ne trouverez pas dans ce qui suit un récit faustien dans lequel une grande âme, mais de condition sociale plus que précaire, se vend au diable pour un plat de lentilles en échange du prestige supposé de la vie universitaire. Et n'espérez surtout pas une complainte sur la décadence de l'université et la jeunesse sans avenir. Le mythe du talent gâché est une foutaise, souvent inspirée par l'estimation, disons généreuse, des capacités d'un individu. Les malheureux dans mon genre, qui finissent par consacrer leur temps à un travail qu'ils trouvent détestable, ont toujours été légion. C'est encore plus fréquent parmi les intellectuels. Pensez, par exemple, à Lucien de Rubempré, le personnage créé par Balzac, il y a quasiment deux siècles, dans *Illusions perdues*. Un jeune provincial monte à Paris à la recherche de la gloire littéraire, mais ses espoirs sont déçus lorsqu'il découvre les turpitudes du monde éditorial, ce qui l'amène à venir grossir la liste des illusions perdues de tant de jeunes poètes. Lukács tenait ce roman en grande estime, il le considérait comme le début de la littérature de la désillusion, que produit, selon lui, le choc entre l'individu (riche de dons et de rêves) et la société bourgeoise.

Sans illusion, j'ai haussé les épaules et accepté de participer au colloque d'Ayala, et c'est avec une identique indifférence que j'ai approuvé quelques jours après le titre énigmatique que les organisateurs avaient donné à ma conférence, "Touristes : Qui sont-ils ? Que désirent-ils réellement ?" Cet intitulé vague me permit de disserter, de façon ni brillante ni originale, mais plutôt pour sortir de l'impasse, sur les *formules de vacances tout compris*. J'illustrai mes observations par des passages du roman de Balzac, bien qu'il soit indéniable que les relations que j'avais établies entre Lucien et les touristes du "tout compris" étaient fantaisistes. Pour le dissimuler, je voulus parler très rapidement, en espérant que les assistants n'auraient pas le temps de se rendre compte du tour de passe-passe. DR. BEATRIZ SILVA, SPÉCIALISTE EN PRESTIDIGITATION, voilà ce qu'il aurait fallu lire sur l'écriteau fixé sur la porte de mon bureau, au-dessus de mes horaires de présence, que je ne respecte plus, d'ailleurs, depuis longtemps. Confesser tout cela aurait été pour moi déshonorant il y a quelques années, mais aujourd'hui je parviens à me plier docilement au spectacle. Non sans surprise je me sens souvent plus mature devant un public nombreux et enthousiaste qui se presse à la soupe que je lui sers avec le même plaisir que celui d'Oméga lorsque je lui donne sa pitance.

Les premiers rangs de l'auditorium étaient occupés par un groupe d'étudiants en doctorat, qui suivirent mon exposé avec un intérêt évident. Ainsi que je l'avais prévu, chaque fois que je recourais à l'idée de *carton-pâte*, ils souriaient et approuvaient. Par exemple, je disais que le centre historique des villes européennes était devenu un décor de carton-pâte, où se développent des existences de carton-pâte, et les étudiants souriaient, opinaient du bonnet et prenaient des notes. Faire une analyse sociologique à partir de l'idée de *carton-pâte* paraissait moderne, original, sympathique, que sais-je encore ?, cool, très XXIe siècle. À la fin de ma conférence, qui dura exactement vingt minutes, le public posa quelques questions que j'expédiai tout aussi agilement que je claque des doigts, à gauche, à droite, clac clac. Merci beaucoup. Applaudissements timides. C'est alors qu'une auditrice (une fille beaucoup plus jeune que moi, flanquée, comme escortée, par deux types beaucoup plus petits qu'elle, en outre identiquement vêtus de ces chemises de flanelle à losanges, dont la mode était revenue) vint vers moi et me demanda d'écrire un article pour une publication dont tous trois formaient le comité éditorial.

– Comment s'appelle votre revue ? demandai-je en rassemblant mes notes et les rangeant rapidement dans la mallette, avec l'envie de sortir de la salle avant que n'arrive le conférencier suivant (un professeur de l'université de Naples qui devait expliquer comment le football crée des liens permettant de transcender les classes sociales, et dont j'avais fait la connaissance à la cantine au moment du déjeuner), et que, par courtoisie, je sois obligée de m'asseoir parmi le public, de l'écouter et même de l'applaudir à la fin de son intervention.

– *Annuaire de l'Association de Jeunes Sociologues*, répondit un des deux accompagnateurs.

– Vous pourriez écrire sur l'idée de classe touristique, ajouta l'autre avant que je puisse les féliciter d'avoir choisi un titre assurément irréprochable. Comme vous l'avez dit vous-même, la classe touristique est une unité d'ordre social qui palpite dans la moelle de notre monde et quelqu'un devrait réfléchir sérieusement à lui consacrer les pages qu'elle mérite.

Une seconde me traversa l'esprit l'envie de lui dire que ce n'était qu'une façon de parler, juste un petit artifice pour étayer mes arguments et qu'en réalité, ils pouvaient parier leurs trois diplômes de licence qu'on avait déjà beaucoup et sûrement très bien écrit sur la classe touristique. Mais je décidai qu'il serait plus facile de jouer les idiotes et je cherchais déjà les mots appropriés pour les remercier de leur présence, les encourager pour leur revue et décliner la proposition, lorsque la jeune et mystérieuse sociologue mentionna quelque chose qui, étrangement, éveilla mon intérêt :

– Ce qu'on aimerait, c'est que vous retraciez une histoire du XXe siècle à travers la conscience de classe touristique. – Ce ne fut pas cette idée, de toute évidence insipide, qui m'attira, mais celle-ci : – Vous pourriez peut-être vous appuyer sur le roman posthume d'Arnold Kreikamp.

– Arnold Kreikamp ? Je ne connais aucun auteur de ce nom.

– Comment c'est possible que vous ne le connaissiez pas ? Arnold Kreikamp, l'écrivain bavarois, précisa l'insolente, approuvée par les deux autres, un pas derrière elle. Il a écrit un roman excellent sur un jeune de famille ouvrière qui passe ses vacances sur l'île de Rügen. Genre littérature sociale.

Arnold Kreikamp ? J'étais sûre de n'avoir jamais entendu parler de lui. Alors que j'avais lu quasiment tous les romans et toutes les nouvelles où il est question d'un enfant de famille prolétaire dans la gêne. C'est chez moi, comment dire ?, un goût qui me vient de l'adolescence.

Je vis du coin de l'œil s'approcher le conférencier napolitain et décidai de m'éclipser par la sortie la plus proche. Pressée, j'assurai les trois jeunes que j'écrirais un article – pas moins de dix mille mots – pour leur revue, alors que je trouvais parfaitement inutile de perdre mon temps à divaguer dans une publication de plus (qui s'ajouterait aux trois douzaines d'articles qui s'empilent dans mon curriculum et qui ont probablement eu très peu de lecteurs). Je vais bientôt avoir trente-deux ans, je me répétais, trente-deux ! En continuant de produire à ce rythme, j'allais atteindre l'âge de la retraite en ayant publié plus de cent quatre-vingts articles scientifiques et au moins six livres. Maintenir ce rythme est supposé faire partie de mon engagement professionnel, mais, au-delà, tout ce verbiage a-t-il un destin ? Non. De quelque côté qu'on l'envisage, aucun destin, sauf celui de résidus.

J'ai malgré tout téléphoné tout de suite à mon amie Ana María[7]. Ces derniers temps, notre relation est principalement téléphonique, car je sors très peu de chez moi et elle ne quitte jamais son bureau de la maison d'édition de manuels scolaires où elle travaille depuis qu'elle a abandonné son emploi de vendeuse d'abonnements annuels pour le Cercle des Lecteurs, grâce auquel nous avions fait connaissance. Il y a à peine une décennie qu'elle a arrêté, tellement saturée, tellement claquée, qu'en toute justice elle devrait pouvoir compter sur nous tous pendant au moins un demi-siècle. J'entrais ce jour-là dans la station de métro Catalunya – à peine inchangée pendant toutes ces années et dont la persévérance manifeste (semblable à celle des neiges éternelles), maintenant que j'y pense, transforme l'enceinte souterraine en une vraie tanière – et à l'instant où je validais le billet et franchissais le portillon d'accès aux quais, Ana María m'aborda et me demanda de but en blanc si j'aimais lire en me montrant le livre qu'elle tenait à la main.

– Astucieux, je répondis. Mais je n'ai pas le temps.

– C'est justement pour ça, parce que vous n'avez pas le temps, qu'existe le Cercle des Lecteurs.

---

7. (elle aussi allait avoir trente-deux ans)

Je maudis ces techniciens de la vente qui savent anticiper toutes les réponses possibles et composent des dialogues algorithmiques, des dialogues-pièges qui vous entraînent, quoi que vous disiez, dans leurs filets ou, ce qui est pareil, vous conduisent à la conclusion logique que vous avez besoin d'acheter un objet ou de vous abonner à un service, et je maudis aussi les vendeurs qui apprennent le dialogue-piège, comme un acteur son rôle, et l'interprètent avec naturel[8]. Malgré l'antipathie qu'elle éveilla en moi en tentant de me coller un abonnement, Ana María me plut beaucoup, et je restai sur place, d'abord debout, puis assise à côté d'elle sur un banc du quai, où il y avait un distributeur automatique, ce qui nous permit d'acheter des sodas et, lorsque nous eûmes faim, des sachets de cacahuètes, et de parler jusqu'à minuit, à la fermeture de la station et le passage du dernier métro que nous prîmes pour rentrer chacune chez soi. Nous avons d'abord parlé de livres, en éliminant une bonne partie du catalogue du Cercle des Lecteurs (qui comprenait des titres de la collection Classiques Universels, que j'aurais sauvés spontanément, mais qu'Ana María condamna en alléguant avec des arguments convaincants que les traductions étaient désastreuses, sans compter que ces ouvrages reproduisaient la domination patriarcale, etc., etc.), mais la conversation nous conduisit vers d'autres horizons : je me souviens que nous avons parlé de la découverte récente d'une autre planète du système solaire, de l'ouragan Katrina, de l'épave de l'avion de Saint-Exupéry[9], d'une vague de suicides collectifs au

---

8. NOTE À L'ATTENTION D'ANA MARÍA : Au service de qui, Ana María, as-tu appris ce couplet sur l'amour de la littérature et du temps, sur le mouvement de la main en tournant les pages d'un livre et le passage vertigineux des saisons ? Au service de qui ? Et ne me réponds pas au service de la littérature ou de la mémoire de l'Occident.

9. Le saviez-vous ? Quand Antoine de Saint-Exupéry atteint trente-deux ans, en 1932, il a déjà publié trois romans, dont le dernier, *Vol de nuit*, sera aussitôt traduit en anglais et porté à l'écran par un

Japon (pratiqués dans des véhicules loués, par la technique d'intoxication au monoxyde de carbone au moyen d'un tuyau en caoutchouc relié au tuyau d'échappement), de *2666*, d'un tas d'embryons de dinosaures mystérieusement trouvés en Patagonie, de la sortie de *Sin City*, des armes nucléaires dont nous menace la Corée du Nord et de l'imminence d'une éclipse solaire, autant de choses qui nous conduisirent à nous demander si le monde, tout en restant un endroit bourré de trésors à découvrir, ne serait pas en train de se rapprocher à grande vitesse de sa destruction. Bien qu'à un moment de notre longue conversation (à moitié par compassion et à moitié en l'honneur de notre amitié naissante) j'eusse accepté de souscrire au Cercle des Lecteurs, Ana María ne renouvela pas sa proposition. Elle ne s'étendit guère non plus sur sa vie. Elle s'intéressait toujours à des sujets universels, ce que je trouvais très stimulant et de plus très logique, car à cette époque elle se définissait comme un "Membre de la Résistance Supra-individuelle" – connaissez-vous une interjection qui exprime à la fois admiration, ignorance et perplexité ? Eh bien, mettez-la ici. Ana María mentionna qu'elle était en train de commencer à écrire sa thèse de doctorat, aussi me suis-je sentie très proche d'elle. Son sujet ? Le théâtre allemand. Quelque chose sur le concept de résignation dans l'œuvre de Georg Büchner[10] et celle de Hugo von Hofmannsthal[11]. Oooh ! fis-je, très impressionnée et pensant sincèrement qu'Ana María était une érudite. Puis, dans

---

producteur de Hollywood. Il vaut peut-être la peine que je vous parle plus loin de ce que j'appelle "l'anglais comme mur du son".

10. Malheureusement, le grand, l'unique Georg Büchner meurt du typhus quelques années avant son trente-deuxième anniversaire.

11. 1906 : Hugo von Hofmannsthal fête ses trente-deux ans au moment il prépare sa conférence "Le poète et l'époque présente", dans laquelle il affirme que "l'essence de notre temps est l'ambiguïté et l'incertitude", phrase dans laquelle "notre temps" se réfère au sien, mais vaut tout aussi bien pour le nôtre, ou tout autre.

le wagon qui démarrait, laissant derrière lui le quai où nous avions passé toute la soirée, où le seul passager était un vigile et son chien de berger, qui bâillaient à tour de rôle, Ana María indiqua la liste des stations de la Ligne 3, affichée horizontalement au-dessus des portes du wagon. Tu imagines, dit-elle, si Barcelone était semblable à cette ligne droite de stations. C'est-à-dire, un espace parfaitement horizontal où se succèdent de droite à gauche le port, les Ramblas, le Paseo de Gracia, la Sagrada Familia et la montagne, comme un enchaînement, sans dimension nord-sud. Tu imagines ? Je fis non de la tête, car je n'étais absolument pas capable ni de comprendre ni d'imaginer cette chimère, mais j'ai pensé qu'en plus d'être une érudite, Ana María était une illuminée capable de s'abstraire des conventions spatiales, temporelles et sociales, et qu'en conséquence elle me plaisait de plus en plus. Au fil des années je me suis rendu compte de certaines limites du savoir d'Ana María, mais je continue à la créditer de sa science germanophile, aussi lorsqu'elle me dit qu'elle ne voyait pas qui était ce dénommé Arnold Kreikamp (tout ce qu'elle pouvait en dire était que son patronyme suggérait la Hollande avec autant d'insistance qu'une tulipe), ai-je commencé à subodorer que ce soi-disant écrivain n'était en réalité personne, que tout simplement il n'existait pas et que c'était l'invention d'une étudiante en sociologie qui était toquée ou bien cherchait à se moquer de moi. Assise comme toujours devant le jeu d'épreuves d'un livre, à l'autre bout du fil, Ana María me dit que tout ce qu'elle savait était qu'on ne trouvait mentionnée l'île de Rügen que dans l'une des nouvelles de *Adieu à Berlin* du Britannique Christopher Isherwood[12], et peut-être aussi chez

12. Été 1936 : quelques jours avant son trente-deuxième anniversaire, Christopher Isherwood revient à Londres, quittant Sintra où il a passé les derniers mois dans une villa avec jardin, louée avec des amis. Ces longues vacances portugaises, comme un jeu

Hans Fallada[13]. Avant de raccrocher, peut-être comme un geste en témoignage de notre vieille amitié, elle promit de m'appeler si elle trouvait des éléments sur le mystérieux auteur bavarois. Prends soin de toi, dit-elle un peu machinalement, tandis que ses yeux, qui s'étaient reposés sur le livre scolaire, parcouraient hâtivement les paragraphes.

---

pour fuir la haute société castratrice à laquelle ils appartenaient et se concentrer sur l'écriture, devinrent rien de moins que la fin plaintive de sa jeunesse. Là, Isherwood abandonne ce qui ne sera jamais son troisième roman. Dans son journal intime il écrit avec une promptitude et une légèreté beaucoup plus britanniques qu'il ne l'aurait probablement reconnu : "Aujourd'hui, en descendant l'escalier pour aller manger, j'ai pris la décision, aussi étonnante qu'irrévocable, de ne pas écrit *Paul is Alone.*" Peu après, dans une lettre à Stephen Spender, il ajoute : "Le roman est resté tragiquement bloqué il y a deux jours, dans le trajet des toilettes à la salle à manger. En revanche, je suis en train de travailler aux écrits autobiographiques dont j'ai brandi la menace."

13. 1925 : Hans Fallada atteint l'âge de trente-deux ans en prison, dans l'attente d'être jugé pour détournement de fonds. Dans une lettre à sa tante, il parle ainsi de sa réclusion : "Je peux dire que je me sens bien. Beaucoup mieux que ces dernières années, aussi étrange que cela puisse paraître."

Je vous avoue que le jour où fut publiée la nouvelle du vol du crâne de Murnau[14], je n'arrivais pas à penser à autre chose qu'à Quirós, caméra au poing, à l'instant triomphal où il ouvrait la tombe. Je relus plusieurs fois l'article dans le journal que j'avais l'habitude de lire et, soudain, me vint à l'esprit l'idée, totalement extravagante, qu'il aurait pu écrire une note sur son acte, genre une confession vantarde, parmi les commentaires que les lecteurs de la presse *online* écrivent sous les informations et qu'ils signent la plupart du temps de faux noms. Je lus attentivement les réactions à l'article en y cherchant la trace de Quirós, anxieuse comme une chatte en chaleur, ce qui bien sûr m'embêtait considérablement. La première chose que je trouvai fut une série de critiques contre le journaliste qui citait le titre anglais d'un film de Murnau, dans la phrase (innocente, qui faisait un peu remplissage) "Cette profanation de la tombe du réalisateur de *The last laugh* est susceptible de modifier les règles de sécurité du cimetière".

14. Décembre 1920 : à l'âge de trente-deux ans, Murnau avait déjà huit films à son actif (*Le Cavalier Bleu*, *Satanas*, *Désir*, *Le Bossu et la Danseuse*, *Le Crime du Docteur Warren*, *L'Émeraude fatale*, *La Marche dans la Nuit*, le seul dont nous conservons une copie, et *Marizza*), et bien qu'il ait déclaré plus tard que tous ces films étaient épouvantables, il est certain qu'ils lui servirent à apprendre le métier, car quelques mois plus tard il commençait le tournage de *Nosferatu*.

#1. Charlie Brown :

Demander au rédacteur de l'article en vertu de quoi il donne le titre du film allemand *Der Letzte Mann* en anglais, et non pas celui de sa sortie en Espagne, *El último.*

#2. Psoriasis :

La manière habituelle de citer un film est d'en donner le titre en espagnol et, entre parenthèses, le titre original et la date.

#3. Emilia-de-Segovia :

Si le journaliste veut faire le malin et citer les titres des films dans leur langue originale (chose inutile et fruit de la pédanterie), au moins qu'il le fasse bien. Ce que dans l'article il nomme *The last laugh* (1924) est j'imagine *El último* (*Der Letzte Mann*).

#4. George Bush père :

Personne ne connaît l'auteur de l'article. Ça doit être un communiqué d'agence de presse que le stagiaire de service (qui doit trimer du matin au soir pour une misère) a recopié tel quel. Il n'y a pas d'autre mystère, chers cultureux.

Les fondamentalistes de l'orthographe m'ont toujours agacée : ils m'ont très vite mise au pas et, à force d'obéir à leurs directives, je ne sais plus écrire autrement. Chaque puriste des normes linguistiques cache toujours un censeur impavide qui ne connaît pas la pitié, armé de mille règles et d'autant d'exceptions à celles-ci, en plus d'un stylo rouge, avide de signaler la faute comme si c'était une erreur scandaleuse, voire un crime, avec circonstance aggravante s'agissant d'un journaliste. Il vaut mieux, bien sûr, que le stagiaire de service ne soit pas négligent en matière d'orthographe ; il doit, plus que quiconque, se plier aux règles du jeu, surtout s'il est, au dire de George Bush père[15], le simple relais d'une information non signée. C'est peut-être pour cette raison que, quelques minutes après l'apparition de ces commentaires, le mépris de l'orthographe fut corrigé par le rédacteur (“Cette profanation de la tombe du réalisateur de *El último* est susceptible de modifier les règles de sécurité du cimetière”) et l'ordre fut rétabli. Un modeste triomphe, diront certains, de l'écriture collaborative, de l'hydre rédactionnelle. D'autres, les authentiques récalcitrants, grogneront et déploreront que la discipline s'impose toujours sur le dos du stagiaire. Les deux clans pourraient débattre sur le problème des heures durant – en avançant de très bons arguments –, mais il vaut mieux ne pas se faire d'illusions sur les conclusions qu'ils en tireraient.

Face aux orthotypographes furieux, rafraîchissante fut l'intervention, publiée peu après par Barthes, dans laquelle je n'ai cependant rien décelé du style énigmatique que Quirós s'efforce d'avoir.

> #5. Barthes :
>
> Rappelons que *Nosferatu* est un film commandé par une société occultiste, rempli de références érotico-occultisto-spiritistes et métaphysiques. Il existe un livre fabuleux écrit sur le sujet par Luciano Berriatúa, probablement le meilleur connaisseur de l'œuvre de Murnau.

15. Le vrai George Bush père, trente-deux ans en 1956, se consacre, selon sa biographie officielle, à l'industrie pétrolière. Grâce à l'aide financière de sa famille, il avait fondé la compagnie Zapata, qui emprunta son nom au film d'Elia Kazan *Viva Zapata!* et avait des liens plus qu'évidents avec la CIA. Les mauvaises langues assurent que ces liens tenaient beaucoup au fait que la compagnie Zapata avait été autorisée à exploiter des gisements au Mexique. Cependant rien de tel ne put être prouvé. L'incinération d'une multitude de caisses de documents gouvernementaux, lorsque George H. W. Bush fut nommé vice-président des États-Unis, rendit difficile toute investigation dans ce sens.

Son apport, après tous ses prédécesseurs, me remit en mémoire la distinction entre le lisible et le scriptible que proposa le vrai Roland Barthes[16] dans son livre *S/Z*. Comme je n'avais envie de rien, à part attendre que Quirós réapparaisse, j'ai tué le temps en rouvrant mon exemplaire de *S/Z*. Un texte est lisible lorsqu'il l'offre la possibilité de le lire ou de le rejeter, lorsqu'il nous place devant un dilemme : faire de nous les lecteurs de ce texte ou préférer ne pas l'être. Un texte est scriptible lorsqu'il fait du lecteur un producteur du texte, non un simple consommateur. "Notre littérature est marquée par l'impitoyable divorce que l'institution littéraire maintient entre le fabricant et l'usager du texte, son propriétaire et son client, son auteur et son lecteur", affirmait Barthes, déplorant ensuite la difficulté de trouver des textes scriptibles dans les librairies. Nous pourrions, histoire de nous distraire, spéculer sur ce que Roland Barthes aurait dit aujourd'hui des commentaires dans la presse *online*, s'il n'était pas abusif de l'embringuer dans un fourre-tout que la mort, qui lui est tombée dessus sous la forme d'une fourgonnette, lui a épargné.

16. Fin 1947 : Roland Barthes, qui vient d'avoir trente-deux ans, prépare son départ pour Bucarest, où il se rendra avec sa mère pour occuper un poste de bibliothécaire à l'Alliance française, qui sera, dit-il, son premier vrai travail. Bien qu'il ait plusieurs projets en tête, il n'a encore publié qu'un article et a le besoin urgent d'un emploi. Depuis qu'il a terminé le lycée, il a passé le plus clair de son temps malade, dans un sanatorium pour soigner sa tuberculose, maladie qui a brisé – heureusement peut-être – son rêve d'une carrière universitaire classique. Voici ce qu'écrit son biographe Louis-Jean Calvet : "Le retard dont pâtirent ses études, le fait de n'avoir pu entrer à l'École normale supérieure, de passer l'agrégation, de devenir professeur ou diplomate comme son ami Rebeyrol, tout cela aura été pour lui paradoxalement bénéfique : obligé de trouver une autre voie, il deviendra, après de nombreuses difficultés, Roland Barthes."

Au bout d'une heure, je me suis rassise devant l'ordinateur, en espérant que Quirós se manifeste. J'étais de plus en plus convaincue que, s'il était effectivement l'auteur du vol, il n'allait pas pouvoir résister à l'envie de le raconter, de se vanter de son exploit. Les commentaires des lecteurs devenaient de plus en plus déconcertants :

#6. John McClane[17] :
Celui qui a volé la tête a sûrement perdu la sienne.

#7. Roy Batty[18] :
Comme le dirait Trelkovsky[19] : "À partir de quel moment l'individu cesse d'être celui que l'on comprend comme tel. On m'arrache un bras, très bien. Alors je dis : moi et mon bras. On m'arrache les deux, et je dis : moi et mes deux bras. Si on m'ampute les jambes, je dis : moi et mes membres. Et si on me dépouille de l'estomac, du foie et des reins, en supposant que ce soit possible, je dis : moi et mes viscères. Mais si on me coupe la tête : que puis-je dire ? Moi et mon corps, ou moi et ma tête ? De quel droit ma tête s'arrogerait le titre de 'moi' ?"

#8. Guillermo López :
Les gens sont de vrais malades. Ce type n'était qu'un cinéaste et *Nosferatu* n'est qu'une toile, rien de plus.

---

17. 1987 : à son trente-deuxième anniversaire, John McClane est un inspecteur de la police de New York. Il est marié avec Holly, avec laquelle il a deux enfants. Il fume et boit beaucoup et a de sérieuses difficultés à respecter l'autorité.

18. Le réplicant Roy Batty n'atteignit pas les trente-deux ans. L'heure de sa mort survint trois ans à peine après qu'il eut été activé. Serait-ce un peu lourd d'affirmer que tous les moments qu'il a vécus se sont perdus dans le temps, comme des larmes sous la pluie.

19. Lorsque Trelkovsky atteint les trente-deux ans, à une date difficile à déterminer, il vit à Paris et occupe un emploi terriblement ennuyeux. Il trouve ses voisins pénibles, bizarres et intrusifs. Il est fermement décidé à changer d'appartement.

#9. The Observer[20] :
Film incontournable, bien qu'un peu lourd à regarder.

Le message de The Observer comportait un lien vers un site illégal de films où on pouvait télécharger *Nosferatu.* Pour tuer le temps, j'ai cliqué sur ce lien, qui fonctionnait, et commencé à regarder le film, en l'arrêtant de temps en temps pour vérifier si de nouveaux commentaires apparaissaient dans le journal en ligne. À l'instant où le bateau qui transporte Nosferatu est sur le point d'accoster en Allemagne, Quirós entra en scène. Je le reconnus aussitôt, bien qu'il se cachât sous un pseudonyme comme il fallait s'y attendre :

#10. Waldemar Roger.
The old man told me to.

Nul ne peut nier que Quirós est ingénieux. Avec un code que nous sommes, lui et moi, seuls à comprendre, il me disait : je suis de retour. J'aurais été ravie de savoir ce qu'il allait faire à partir de là. Savoir, surtout, s'il parviendrait à terminer son film. De toute façon, afin d'avoir recours (une fois de plus) à cette pratique universitaire (yeux au ciel et profond soupir) à laquelle je semble malheureusement condamnée, mention des sources, des précurseurs/es et des inspirateurs/trices, je dois vous prévenir que, si tel était le cas, son film ne serait pas le premier inspiré par le tournage de *Tabou,* ce qui ne posait aucun problème à Quirós : si ce n'est pas une nouveauté, ce sera un *revival,* avait-il dit un jour avec une vivacité et une bonne disposition enviables. En

20. Ni de Guillermo López ni de celui qui se présente comme The Observer je ne peux dire quand ni dans quel état ils se trouvaient à leur trente-deuxième anniversaire. N'est-ce pas curieux ? La transparence d'un nom commun autant que l'anonymat d'un surnom sont des cachettes tout aussi effectives et étranges qu'un sphynx.

effet, en 1938 Jacques Tourneur[21] avait réalisé *What do you think?: Tupapaoo*, un court-métrage de fiction inspiré par la malédiction qui, dit-on, pesait sur Murnau depuis son séjour en Polynésie, et qui provoqua des complications et des retards répétés du début à la fin du tournage: des travailleurs furent blessés, l'équipe au complet eut les oreillons, et pour couronner le tout l'actrice principale tomba enceinte peu après le début du tournage. Comme si cela ne suffisait pas, un incendie détruisit des rouleaux de pellicule, ce qui, selon Quirós, n'était pas si rare dans les tournages. De fait, Robert Flaherty[22] lui-même, lorsque qu'il tournait en Arctique,

---

21. 1936: Jacques Tourneur fête ses trente-deux ans à Hollywood, où il est revenu, décidé à faire décoller sa carrière. Ses biographes n'en parlent pas, mais, avec toutes les données sur la table, je me risque à conclure qu'il avait quitté les États-Unis à cause de son penchant pour l'alcool: il abandonna le pays quelques jours après avoir été arrêté et condamné, selon *Los Angeles Examiner*, pour avoir organisé une fête dans un bungalow et fait couler le gin à flots. Il ne se décida à revenir qu'une fois abolie la loi dite de "prohibition", en quoi il me paraît un modèle exemplaire de cosmopolitisme. À part fuir la faim, il n'y a probablement aucune autre raison valable pour franchir une frontière que celle d'éviter que la loi vous pourrisse encore plus la vie. Durant la période qu'il passa en France, Tourneur avait pu réaliser quatre films, en plus de travailler comme assistant ou monteur de plusieurs cinéastes. Il reste malgré tout une certaine confusion quant aux travaux qu'on lui attribue. Dans une interview à la chaîne FR3, Tourneur parle du film *Maison de danses* (1931), où il figure au générique comme monteur, jurant n'y avoir jamais participé: "C'est un film trop statique pour être une œuvre à moi."

22. 1916: Robert Flaherty a trente-deux ans pendant sa quatrième expédition dans la baie d'Hudson. Bien qu'il se consacre encore officiellement à la prospection géologique, filmer la vie des Inuits devient sa principale activité. D'ailleurs, à ce moment-là, son épouse Frances se trouve à New York, en réunion avec des agents de l'industrie cinématographique, en train de poser les fondations de la future carrière de son mari.

avait mis le feu par mégarde, avec un mégot, à un tas de bobines.

Conclusion partielle : tout travail artistique achevé a une facette miraculeuse car il a surmonté sa tendance naturelle à échouer et vaincu mille menaces. Au fond, tous les applaudissements s'adressent à un projet mené à terme.

Ce fut grâce à la lecture attentive et systématique des documents rassemblés par Quirós que j'appris – voire avec plus de précision que lui-même – que Murnau avait commis au moins deux sacrilèges. Le premier : en ordonnant pour le décor de son film de construire un village sur le Motu Tapu, un îlot collé à Bora Bora, considéré territoire tabou par les natifs. Conformément aux croyances locales, quiconque passait la nuit sur le Motu Tapu serait puni par les tupapaus, qui reviendraient à la vie pour le persécuter. Murnau organisa sur la plage de l'îlot non seulement un tournage nocturne, mais obligea les membres de l'équipe technique à s'y installer pendant les nombreux mois que dura le tournage. Le second : en guise de logement pendant les mois qu'il passa à Tahiti, il se fit bâtir une maison splendide, entourée de cocotiers, à Punaavia, une plage délicieuse à dix kilomètres à l'ouest de la capitale, en négligeant le fait que cette maison allait être érigée sur un ancien cimetière – une erreur qui, le cinéma l'a montré maintes fois, est honteusement élémentaire. Par ailleurs, aucune dépense n'était exagérée pour garantir son confort. Imaginez cette fabuleuse maison que fit construire Murnau, laquelle fut choisie pour représenter, sous forme d'une maquette spectaculaire, le mode vie de l'homme blanc en Océanie, lors de l'Exposition coloniale internationale à Paris en 1931, avec l'idée de montrer au monde les joyaux de l'Empire Triomphant – faisons ici une minute de silence. Si la première transgression de Murnau pouvait se justifier en raison des complexités techniques d'un tournage en 1930 dans une île du Pacifique, en revanche édifier la demeure coloniale idéale sur des tombes est un geste seigneurial que "le Prussien" aurait dû s'épargner. Sûrement que Quirós, plus laxiste que moi sur ces questions, ne doit y voir que la peccadille excentrique d'un génie aux goûts aristocratiques, et ne condamnerait pas non plus Douglas Fairbanks[23] – vous savez, l'acteur qui incarnait des aventuriers super machos comme Robin des Bois, Zorro ou le voleur de Bagdad – qui imita la démesure de son ami Murnau en achetant la maison, capricieusement et morbidement attiré par la légende de la demeure maudite qui courait à Hollywood. Aujourd'hui encore les plus anciens de l'île racontent, en pleurant de rire, qu'une nuit Fairbanks sortit précipitamment en pyjama de sa chambre. Il hurlait, paniqué, que les tupapaus le guettaient et il courut comme un fou jusqu'à la plage, où il attendit en tremblant le lever du jour. Dès qu'il le put, il quitta Tahiti et se débarrassa rapidement de sa maison, qui allait accueillir peu après un autre hôte mémorable. Au cours d'un voyage autour du monde, Georges Simenon[24] débarqua sur l'île pour y passer quelques semaines. Il voulait faire de son séjour, qui lui procura la matière de trois romans,

---

23. 1915 : Douglas Fairbanks vient d'avoir trente-deux ans lorsqu'il fait ses adieux à Broadway et s'installe à Los Angeles pour donner le coup d'envoi à sa carrière d'acteur de cinéma. Ce changement de cap essentiel est mentionné dans l'*Encyclopédie des Grandes Plaines* (où figurent les biographies des enfants mémorables de cette région américaine) : "La caméra capta très vite l'optimisme joyeux et l'agilité du jeune Douglas", est-il expliqué avec fierté.

24. 1935 : à l'âge de trente-deux ans, Georges Simenon, qui affirmait vouloir écrire des livres comme Henry Ford fabriquait des voitures, a déjà publié cent soixante-cinq romans, presque tous sous pseudonyme. Ce n'est pas pour rien qu'à sa mort, beaucoup plus que du contenu de ses livres, on parlera avec étonnement de chiffres et de records, ainsi que le dit Pierre Assouline au début de la biographie qu'il lui a consacrée.

une expérience totalement polynésienne; il était décidé à se tenir à l'écart des touristes occidentaux – quoi de plus occidental que de vouloir passer des vacances à l'écart des autres Occidentaux? De sorte qu'au lieu de loger dans un hôtel de Papeete, il loua la maison de Murnau-Fairbanks et, se moquant des avertissements des natifs, il la baptisa la Maison du Plaisir en hommage à la cabane où Gauguin[25] avait habité et y organisa des fêtes tahitiennes, avec musique et danses de jeunes filles à la peau brune. À en juger par les faits, les esprits des morts tahitiens aimaient les fêtes, car aucun incident d'ordre surnaturel ne vint les interrompre, pas même lorsqu'elles dégénéraient en pagaille ou en orgie. Mais lorsqu'il partit et que la maison retrouva le silence, un matin, sans raison apparente, les murs et la toiture en bois, les beaux rideaux et les tapis commencèrent à brûler, renforçant pour toujours la légende de la malédiction qui pesait sur Murnau et qui, de fait, fut un argument promotionnel pour le lancement de *Tabou* dans le monde entier. Parmi les documents de Quirós j'ai trouvé de nombreuses photocopies de coupures de presse sur la sortie du film, dont ce qu'on put lire, à Barcelone en 1931, dans la revue *Popular Film*:

> Pour les tribus de la Polynésie, la loi mystérieuse du Tabou ne peut être transgressée. Un lieu, une femme, un objet sont Tabou et personne ne doit s'en approcher, sous peine de mort.
>
> Superstitions, pensez-vous? Il ne faut pas en rire. Quand Murnau tourna dans les îles du Sud ce film magistral de la Paramount intitulé *Tabou*, qui offre à nos yeux et à notre esprit de merveilleuses rêveries, un vieil indigène lui dit avec gravité:

---

25. 1880: à trente-deux ans, Monsieur Gauguin est un prospère courtier en bourse qui peint à l'huile à ses moments perdus. Le marché des valeurs financières lui réussit encore quelques mois, jusqu'à ce que la Bourse de Paris s'effondre.

– Prenez garde ! Les dieux surveillent ! Il est dangereux de jouer avec les choses sacrées !

L'avertissement fit sourire le malheureux Murnau, robuste quadragénaire, dans la force de l'âge et en pleine santé. Pourtant, au mois de mars, il mourait dans un accident de voiture, précisément en partant à New York pour la sortie de son film.

La loi du Tabou, on le voit, est quelque chose de terrible. Ce n'est pas nous qui prendrons le risque de la violer. Il est beaucoup plus confortable d'être assis dans un fauteuil devant un écran que de s'approcher d'une femme déclarée Tabou.

Ce ne sera pas moi non plus, mais à partir de ce constat on pourrait écrire un article universitaire très pertinent sur le confort comme raison déterminante dans les décisions de la haute et moyenne société barcelonaise. J'entends par confort : tranquillité d'esprit, coutume plutôt qu'aventure. Plus cueilleuse que chasseuse. Le pyjama de toujours, le serveur et le curé de toujours, et, à condition que les finances le permettent, le fauteuil de toujours à l'opéra de toujours. Je pense aussi à Josep Maria de Sagarra[26] qui, de retour en Méditerranée après son voyage de noces dans les eaux polynésiennes, écrit, très convaincu, dans son journal : “Notre mer offre tout l'imprévu que peut offrir la mer des antipodes.”

Laissons cela de côté. On sait qu'en réalité les choses se sont passées différemment de ce que rapporte *Popular Film.* J'ignore jusqu'à quel point c'est important, mais en parler me donne l'impression que l'étage de la

26. 1926 : à trente-deux ans, Josep Maria de Sagarra (qui est déjà un poète réputé) présente la première de *Marçal Prior*, sa première œuvre théâtrale réellement ambitieuse, à l'argument très murnauén – murnaén ? murnauesque ? murnauiste ? : un homme abandonne sa ferme, ses terres et sa femme angélique, ébloui par le mirage d'une vie splendide. Évidemment, il finit échaudé.

maison est de nouveau occupé par Quirós, qui a mené l'enquête sur cette histoire comme un détective. Par une lettre délicate que Rose Kearin (la secrétaire de Murnau à Hollywood) envoie à la mère du cinéaste, nous savons que Murnau avait loué une Packard décapotable pour se rendre de Los Angeles à Monterrey (et non pas à New York pour la sortie de son film), où il allait rendre visite à Gouverneur Morris[27], un auteur à succès de littérature *pulp* qui voulait écrire une adaptation romancée de *Tabou*. Le rapport de la compagnie d'assurances nous apprend qu'une douzaine de milles après Santa Barbara, le chauffeur, un type appelé John Freeland, s'arrêta pour faire le plein à la station-service Rio Grande. Il descendit du véhicule et lorsqu'il voulut y remonter, García Stevenson, le domestique de Murnau (un jeune Philippin, svelte comme une gazelle) était assis au volant. Le chauffeur lui demanda s'il avait l'intention de conduire. García Stevenson répondit par ces mots: *The old man told me to*, que Quirós me transmit en écho à travers le journal, pour me convaincre – je l'espère – que rien n'avait changé entre nous. García Stevenson conduisit pendant quelques milles. Tu vas trop vite, lui disait le chauffeur, beaucoup trop vite. Murnau était assis sur la banquette arrière, la tête de Pal, son berger allemand, sur les genoux, à côté d'un employé de la Paramount[28] qui était aussi du voyage. Il semble que lorsqu'il vit un camion se rapprocher sur la voie opposée, le jeune

27. 1908 : à l'âge de trente-deux ans, Gouverneur Morris IV (arrière-petit-fils de l'un des pères fondateurs des États-Unis, dont il hérita du nom) mène une satisfaisante et confortable vie d'écrivain, en compagnie de sa première épouse.

28. La vie de Rose Kearin, de John Freeland, de García Stevenson et de l'employé de la Paramount, dans leur trente-deuxième année, reste un mystère. Je cite ces noms comme de petites portes cadenassées, mais susceptibles d'être ouvertes et franchies un jour, soit par Quirós, soit par moi, soit par les deux.

Philippin paniqua et perdit le contrôle de la voiture. Murnau fut éjecté par la fenêtre avant. Il fut le seul passager à être blessé. Il mourut le lendemain.

Toutes sortes de rumeurs rocambolesques sur la tragédie se répandirent rapidement. Il ne vaut pas la peine de démentir le cancanier Kenneth Anger qui, dans *Hollywood Babilonia*, inventa un jeu sexuel précédant l'accident[29]. Les histoires sur la mauvaise étoile de Murnau se mirent à proliférer. On raconta qu'une astrologue lui avait tiré les cartes et prédit sa mort. Pendant les obsèques discrètes célébrées dans l'église luthérienne d'Hollywood, auxquelles n'assistèrent qu'une poignée d'amis du cinéaste, Berthold Viertel[30] prononça les paroles suivantes: "Tout s'est passé comme selon une loi stricte, la loi qu'il s'était lui-même imposée: tout ou rien." Affligée devant le cercueil de son ami intime, Greta Garbo[31] demanda de garder le masque mortuaire

---

29. 1959: Anger publie son populaire *Hollywood Babilonia* peu après ses trente-deux ans, aux Éditions Jean-Jacques Pauvert. Il est à Paris et, semble-t-il, a besoin d'argent. Je pense que seul l'argent justifie la publication d'un tel livre. Mais ce n'est pas une critique de ma part. L'argent est une raison aussi bonne qu'une autre pour écrire des livres.

30. 1917: Berthold Viertel vient d'avoir trente-deux ans lorsqu'il est envoyé sur le front oriental. Soldat remarquable, sans doute, car il est rapidement promu officier et décoré, mais son enthousiasme guerrier commence déjà à décliner. Il déplore l'horreur de la guerre, alors qu'il avait cru que la guerre était porteuse de l'espoir d'un nouveau départ. C'est peut-être pour cela qu'il n'avait pas attaché d'importance au fait que l'armée le détourne de sa naissante vocation poétique et théâtrale. Il ne se plaignait pas non plus beaucoup d'être séparé de son épouse Grete. Ce n'est pas par hasard qu'à trente-deux ans il fait la connaissance de celle qui sera sa seconde épouse, une actrice nommée Salka, pendant une permission qu'il passa à Vienne.

31. 1937: à trente-deux ans, Garbo a déjà bouclé la quasi-totalité de sa filmographie. Elle jouera encore dans deux films, *Ninotchka* et *La Femme aux deux visages*, avant de s'isoler pour toujours.

du défunt, qu'elle posa sur son bureau où il resta pendant des années.

Quelle idée du temps évoque la reproduction du visage de Murnau, que l'actrice conserva jusqu'à la fin de ses jours ? La critique Lotte Eisner[32] suggère que ce qui unit l'actrice au cinéaste est l'isolement, la distance que tous deux ressentent entre eux-mêmes et les autres. Il me vient soudain à l'esprit que la présence figée de Murnau sur son bureau eut peut-être une influence sur la décision de l'actrice de s'éloigner du cinéma, de s'enfermer dans le silence et de disparaître au moment où elle était au sommet de sa carrière. Et de sa splendeur plastique. Le visage de Garbo, dit Barthes dans *Mythologies*, devint l'archétype du visage humain (un totem, un visage conceptuel), et sa retraite inattendue et prématurée provoqua la disparition du visage de l'espèce. Se sachant dépositaire de l'idée de visage, l'actrice s'écarta des regards et ce faisant, semble dire Barthes, elle figeait le visage de l'humanité et le libérait du temps, elle protégeait le public de l'image de sa propre dégradation. Imitant Murnau, elle se plia à la loi du tout ou rien et finit par préférer le rien. Pour l'actrice, l'effigie de Murnau représentait peut-être l'autorité du silence, l'envergure méritoire du mutisme. Mais que faire si au lieu du silence vous avez choisi la voix et que vous vous êtes nourri de vieilles paroles ? Dans ce cas, reste toujours l'option de la destruction, comme celle à laquelle se livra Joseph Cornell[33] en son temps, qui peut aussi nous servir

---

32. 1928 : bien qu'elle ait soutenu une thèse de doctorat sur les motifs décoratifs des poteries de la Grèce classique, Lotte Eisner commence, à trente-deux ans, à travailler pour la revue *Film Kurier*. Elle y fait ses premiers pas de mère supérieure du Nouveau Cinéma allemand, comme quelqu'un l'a dit d'elle.

33. Noël 1935 : Cornell a trente-deux ans lorsqu'il travaille dans un atelier de mode de Broadway. Il s'ennuie – "les journées innombrables deviennent éternelles", écrit-il – et ne touche qu'un salaire

de modèle. Les faits se déroulèrent plus ou moins ainsi : en guise d'hommage, Cornell avait dédié à Garbo une de ses boîtes (des compositions d'objets trouvés, tenant de la toile et de la vitrine). Il l'avait intitulée *Le Masque de verre*, et c'était un photomontage qui enfermait l'actrice, la protégeant des intempéries, comme figeant sa chair et la préservant pour le public. La diva se rendit à l'exposition publique de l'œuvre, dans la galerie de Julien Levy[34], mais Cornell fut semble-t-il plus angoissé qu'heureux de la présence de sa muse, selon les témoins il devint hystérique et réduisit son travail en miettes. Il ne reste de cet épisode – et on peut même dire que ce vestige est de trop – qu'une photographie sur laquelle l'artiste fixe, comme hypnotisé, la boîte-conteneur de la momie Garbo. Je n'exagère pas en disant qu'il donne l'impression que ce qu'il voit emporte toute sa raison.

---

misérable. Il consacre ses nuits à ses miniatures, qu'il confectionne sur la table de la cuisine d'une petite maison en bois de Utopia Road, où il passa presque toute sa vie, avec sa mère et un de ses frères, qui était malade. Il ne sortit que très rarement de New York.

34. 1934 : l'année de ses trente-deux ans, Levy, qui s'est affirmé comme le galeriste du surréalisme à New York, organise la première exposition de l'œuvre de Frida Kahlo, événement qui sera déterminant dans la carrière de l'artiste. Au moment du vernissage de cette exposition, Frida a trente et un ans, trois mois et vingt-cinq jours.

La plupart des hommes ont un rhume.
Les trains tombent des ponts.
Jakob van Hoddis

Je me suis réveillée agitée vers six heures du matin et, comme il m'était insupportable de rester à l'intérieur sans être asphyxiée par la sensation que les poutres allaient me tomber dessus, je me suis traînée jusqu'au porche, où j'ai déjeuné assise près du hamac, l'ordinateur posé sur mes cuisses, auquel j'accordais toute mon attention à peine sortie du suspense de la nuit. J'ai respiré profondément l'air qui, en passant par le filtre végétal du jardin, photosynthèse aidant, aurait dû être purifié de tout monoxyde de carbone, dioxyde de soufre, ozone et autres saloperies que nous respirons dans les villes, mais je perçus une forte odeur douceâtre, comme de fruits mûrs tombés qui pourrissent sur les feuilles mortes, sur le sédiment d'autres fruits déjà gâtés, la boue et les détritus, les cadavres d'animaux en état de décomposition, tout ce qui finira par se transformer en pétrole. Autrement dit, un beau jour il y aura du brut dans mon domaine. Ou plutôt dans le domaine de la famille de LA PROPRIÉTAIRE. Bien qu'il y eût autour de moi des dizaines d'immeubles, de ma position je ne pouvais en voir aucun et rien ne me faisait penser à la multitude de gens qui commençaient à se dégourdir dans leurs chambres, jusqu'à ce que je jette un coup d'œil à la presse. Lire le journal à peine levée démantèle mon fantasme nocturne récurrent, dans lequel je suis la dernière survivante de la planète, ou du vieux continent, et où je peux me déplacer de la Laponie à Gibraltar sans rencontrer personne (personne en tout cas avec qui j'aie envie d'entamer une conversation). Je rêve, pour le dire vite, d'une Europe exempte de conversations (autant les plus banales que les plus sérieuses). La grande nouvelle du jour était la grève des contrôleurs aériens qui, selon les prévisions des associations d'usagers, allait affecter plus de cent mille passagers. Un classique de la saison estivale. Comme tous les ans, les journaux recueillaient les témoignages de voyageurs indignés, vociférant devant les comptoirs dans les principaux aéroports du pays, ce qui m'amena à me demander si le tourisme ne cherchait pas à me fournir un filon analytique que je m'obstinais à ignorer. Je consacrai alors trois ou quatre minutes à ruminer l'idée que l'éveil à la conscience de la classe touristique pourrait peut-être acquérir une certaine force motrice préparant le terrain à un changement social ou même une rébellion – j'avais lu quelque chose de ce goût-là je ne sais plus où –, et s'ouvrit alors en moi une voie pour la réflexion, que la paresse me dissuada cependant d'emprunter. Peu importe que je jette si vite l'éponge, pensai-je avec conviction. C'est une question de semaines, peut-être de jours, qu'apparaisse ici ou ailleurs (dans l'hémisphère Nord ou l'hémisphère Sud) un chercheur dynamique qui s'empare de cette idée que j'ai entraperçue et s'applique à la creuser (il rassemble des données, dresse un corpus d'analyse, quantifie les occurrences et se risque à définir des stratégies d'action) donnant ainsi forme au pari du vice-doyen Gabriel Ayala qui un jour, dans son bureau de l'université de Barcelone, proclama devant moi, pour m'amener sur son terrain, que la sociologie du tourisme n'était ni plus ni moins que "la perspective cardinale qui nous permettra de comprendre le monde contemporain et nous ouvrira la porte pour pouvoir le transformer". Savez-vous ce que cette idée signifie ? Je vais vous le dire : elle signifie qu'Ayala, avec son habituelle synthèse sociale-démocrate, réduisait à néant l'opposition cruciale entre tourisme et révolution, il conjuguait les deux extrêmes de la conscience moderne, celle du touriste (qui accepte le monde et en profite tel qu'il est) et celle du révolutionnaire (qui veut le transformer) fondues en une aberration, un monstre, le spécimen le plus atroce du bestiaire contemporain. Assis confortablement à sa table de travail, Ayala ne se contenta pas d'accoucher de cette idée insupportable, mais, tout en tortillant une mèche de cheveux blancs qui lui tombait sur le front, il la lança aux quatre vents, en négligeant le fait que le vent est aussi une force locomotrice, de sorte que les paroles d'Ayala se mirent en mouvement et se dispersèrent, comme après un accident nucléaire les isotopes radioactifs se répandent dans l'atmosphère et sont capables de traverser douanes et territoires ethniques et linguistiques, en se comportant d'une façon que la science est encore incapable de prévoir. Le regard perdu dans le jardin, je ressentis une espèce de nausée au souvenir de cette créature de touriste-révolutionnaire, qui acheva d'emplir ma bouche d'amertume lorsque je reçus inopinément un courrier électronique du vice-doyen, intitulé LE RESPECT DES IDÉES D'AUTRUI, certes envoyé à tout le personnel de la faculté, mais que j'interprétai comme secrètement adressé à moi seule.

Selon ce courrier, pendant l'année universitaire qui était sur le point de se terminer s'était répandue parmi nos étudiants "la blâmable habitude de plagier dans leurs travaux des textes, des essais, des articles et des livres trouvés sur Internet, au mépris de la règle de mention de l'auteur, avec la volonté de les faire passer pour leurs propres idées". Que devait faire la faculté face à une pratique aussi condamnable ? Eh bien, elle ne pouvait que s'engager résolument, expliquait le mail sur un ton guindé, indigeste en cette torride matinée estivale, dans la lutte contre le plagiat et les mauvaises pratiques universitaires, ainsi que dans la défense de l'éthique pédagogique et faire le pari de l'honnêteté et des convenances, le premier devoir de notre institution étant de former des citoyens intègres. Je parcourus rapidement le reste du message. Il était demandé au corps enseignant de s'impliquer dans la lutte contre la fraude, et on l'informait en outre que dans tous les ordinateurs mis à la disposition des professeurs serait installé un logiciel de détection du plagiat et que ceux-ci allaient devoir suivre une brève formation pour apprendre à l'utiliser. J'écrivis aussitôt une réponse :

Cher Gabriel,
Si j'arrive à empêcher un cœur de se briser, je n'aurai pas vécu en vain.
Affectueusement,
Beatriz Silva

Mon mail aurait atteint son niveau maximal de subtilité si son destinataire y avait reconnu un vers d'Emily Dickinson[35], mais cela me paraissait tout aussi improbable que mes étudiants cessent de pomper pour leurs exposés les écrits qu'ils trouvent sur la toile. À la lecture

35. 1862 : Pour Emily Dickinson, l'année de ses trente-deux ans est probablement la plus prolifique de sa vie. Selon les spécialistes, elle écrit un poème complet par jour. Elle vient d'entamer une relation épistolaire avec T. W. Higginson, qui se poursuivra jusqu'à sa mort. Dans une de ses premières lettres, Dickinson implore : "Dites-moi si mes poèmes sont vivants", après lui en avoir envoyé plusieurs. L'un d'eux, qui commence par "À l'abri dans leurs chambres d'albâtre", est publié cette année-là, sans signature, dans *The Springfield Daily Republican*, une des rares occasions où elle put voir l'une de ses compositions publiée. Elle sort de moins en moins de la maison paternelle, où elle finira sagement par se cloîtrer.

de ma réponse, Ayala dut se contenter de penser que j'étais une fille bien et une bonne collaboratrice, malgré un style un brin prétentieux. En dépit de l'échec de la force comique de mon message, je me sentis satisfaite. J'éprouvai soudainement un réconfort inattendu qui tenait à ce que rien de ce qui est dit dans un emportement n'était pris trop au sérieux. Ma transformation estivale, je le vis alors très clairement, pouvait me mener à devenir le bouffon de la cour d'une dynastie stérile et dysfonctionnelle, affecté d'un marasme bénin. Il me vint alors aux lèvres une chanson, "*We'll travel round the world. Just you and me, punk rock girl*", que je me mis à fredonner jusqu'à ce que m'interrompe le téléphone du salon.

Comme très souvent, je n'ai pas répondu. Je n'avais pas envie de m'extraire du hamac, d'entrer dans le salon et de décrocher. J'avais les pieds dans une piscine gonflable, un de ces bassins en caoutchouc pour enfants, où était arrivée, je ne sais comment, une bouteille en plastique vide, et je ne voulais pas bouger et répandre des flaques d'eau par terre. La quiétude ne tache pas. Si c'était Ana María, elle rappellerait et, n'obtenant pas de réponse, elle finirait par venir me voir, ce qui me paraissait souhaitable. La seule autre option, c'était LA PROPRIÉTAIRE. Mais étant donné que la ligne téléphonique était payée par LA PROPRIÉTAIRE (selon l'accord verbal auquel nous étions arrivées lorsque j'avais loué le logement et que nous avions détaillé au fil d'une conversation à bâtons rompus que j'avais enregistrée en cachette avec un vieux magnétophone), chaque fois qu'elle composait mon numéro, LA PROPRIÉTAIRE ne faisait que téléphoner à elle-même, ce qui était parfaitement absurde. La sonnerie cessa et, par une impulsion stupide, je me mis à me frotter la plante du pied droit sur le fond du bassin, d'avant en arrière, si bien que le dring-dring fut remplacé par le dzii-dzii du frottement sur le caoutchouc. Je ne m'arrêtai que lorsque le téléphone sonna de nouveau quelques minutes plus tard et que Quirós décrocha aussitôt. Comme du porche je n'entendais pas bien sa voix, j'entrai dans la maison pour épier. Laissant de côté tout le baratin (est-ce que son séjour à Madrid s'était bien passé, est-ce que son projet avait le vent en poupe, et mille mercis pour le logement, et que je t'en dois une, etc., etc.), LA PROPRIÉTAIRE invitait Quirós à une fête chez elle et celui-ci accepta, mais oui, bien sûr, il viendrait (de vive voix, mais aussi en hochant affirmativement la tête, d'un mouvement ample, rapide et tellement exagéré que je fus bien obligée de remarquer que Quirós avait une indigestion de films expressionnistes), et il prit congé d'elle jusqu'au soir en promettant d'apporter des bières de je ne sais plus quelle marque étrangère, qui semblait avoir pour eux une signification spéciale, ressusciter un moment privilégié.

Pendant cet échange téléphonique, Quirós m'avait paru un brin plus réel qu'en d'autres occasions, lorsqu'il parlait avec moi je veux dire, et sur cette impression je regagnai le porche. Il eut l'amabilité de venir me voir et de m'inviter à la fête, mais il eut beau insister, il ne parvint pas à me convaincre. Je lui expliquai, au cas où il ne s'en était pas rendu compte, que je traversais une période d'isolement. Le tourment que provoquait en moi toute activité m'obligeant à sortir, dis-je, gonflait comme un ballon de foire devant la certitude que tout ce qu'il y avait dehors était susceptible de s'introduire en moi. Mes arguments semblèrent le convaincre. Je n'eus pas besoin, heureusement, de lui raconter que des années auparavant j'assistais de temps en temps aux fêtes que LA PROPRIÉTAIRE donnait dans son immense appartement (meubles sur mesure, artisanat acheté dans des pays où il vaut mieux ne se rendre que dûment vacciné, coussins à foison), mais qu'il arriva un moment où j'ai commencé à me sentir accablée à la perspective de retrouver ses invités habituels, des types entre trente et quarante ans, profession libérale, et, surtout, des responsables culturels bourrés de bonnes intentions qui ne cessaient jamais de parler et, comme par un trouble du langage, débitaient des phrases interminables sur n'importe quoi, des trains de paroles impossibles à digérer, qui n'arrivaient jamais à destination et qui colonisaient même leurs corps par des messages tatoués ou par leurs vêtements, comme le tee-shirt de ce type vautré sur la chaise longue du salon de LA PROPRIÉTAIRE, marqué du slogan “Freedoms are not given, they are taken” sous le visage du prince Kropotkine[36], ce qui me perturba toute la soirée de cette fête qui fut la dernière à laquelle j'ai assisté. La panique de la logorrhée est-elle une raison suffisante pour s'enfermer chez soi ? Je laisse cela à l'appréciation de chacun. Mais voilà que soudain je n'ai plus envie de continuer à vous tyranniser comme lecteurs, aussi vais-je vous demander de cocher d'un X la raison pour laquelle je n'ai pas voulu m'étendre sur la description des fêtes de LA PROPRIÉTAIRE (plusieurs choix possibles) :

☐ Je déteste lire des romans dont l'auteur passe son temps dans toutes sortes de manifestations (et en particulier, des fêtes) qui sont le comble de la distraction – ce qui inclut toute la gamme qui va de la soirée chic à la bringue la plus effrénée –, sauf s'il s'y passe quelque épisode consternant ou violent, ou si ladite manifestation met fortement

36. 1874 : quelques mois avant ses trente-deux ans, Piotr Kropotkine est emprisonné dans la forteresse Pierre-et-Paul, accusé d'appartenir à une organisation secrète révolutionnaire. En effet, il est membre du cercle Tchaïkovski, mais aussi un géographe réputé. Ses conditions de détention sont douteuses, mais “mon esprit ne déclinait pas, raconta-t-il dans ses mémoires, je continuais à écrire et à tracer des cartes de géographie dans l'obscurité, en aiguisant mon crayon avec un tesson de verre que j'avais réussi à ramasser dans la cour”.

en évidence qu'une forme de vie (une classe sociale, une époque) touche à sa fin, comme une mite à l'agonie qui hoquette à la surface de l'eau d'une piscine en caoutchouc.

☐ Je ne serais pas capable de décrire avec justesse et impartialité la fête de LA PROPRIÉTAIRE sans glisser vers la philippique, à laquelle tend irrémédiablement ma nature, et sans que vous finissiez par penser que je suis une raseuse, une prophétesse de la lutte des classes née avec un siècle de retard, ou tout simplement une aigrie incapable de supporter le plaisir des autres.

☐ Toutes les fêtes vraiment mémorables ont déjà eu lieu et été racontées. N'importe quelle petite fête que nous organiserions ou raconterions aujourd'hui ne serait rien de plus qu'une imitation d'amateur, une sorte de copie made in China. Seule l'amnésie – à laquelle on peut accéder grâce à diverses substances et moyens (loués soient-ils !) – nous fera oublier que notre excitation joyeuse est le simulacre d'un plaisir authentique, mais annihilé pour toujours.

☐ Une peur paralysante s'est emparée de moi à l'idée de raconter les fabuleuses soirées chez la PROPRIÉTAIRE en tombant dans l'erreur de vouloir composer un récit de style réaliste. Bien que ledit "réalisme" – remarquez comme je me mords la langue pour ne pas me mettre à expliquer pourquoi c'est là une désastreuse étiquette – soit le style littéraire que j'apprécie le plus, je détesterais que vous vous mettiez à penser que je suis tout aussi démodée qu'une crinoline.

☐ Je fais partie de la société secrète T.R.A.M.E. – ne vous alarmez pas : les autorités, auxquelles nous nous soumettons dans presque toutes les circonstances, nous définissent comme terroristes-civiques et il y a belle lurette qu'elles nous ont fait renoncer à la lutte sanglante –, organisation qui appelle au boycott de toute fête, présentation de livre ou soirée de gala, nombreuses sur la planète Culture.

☐ Autre motif (s'il vous plaît, soyez précis) :

....

Quant à Quirós, je n'avais pas besoin de l'accompagner à la fête pour savoir qu'il allait faire étalage de son projet sur Murnau. Sans doute commencerait-il par dire qu'il revenait de Madrid, où il s'était entretenu avec le plus grand spécialiste mondial de Murnau, et que sous peu il partait à Berlin, puis à Los Angeles et de là en Polynésie. À la question sur la nature de son projet, Quirós allait sûrement répondre, textuellement, qu'il voulait tourner un hommage à la manière du Chris Marker[37] de *El último bolchevique*[38], le documentaire à la mémoire de Medvedkine[39], et tous ceux qui

---

37. 1953 : Chris Marker vient juste d'avoir trente-deux ans lorsque sa carrière cinématographique décolle : le documentaire *Les statues meurent aussi* (réalisé avec Alain Resnais et Ghislain Cloquet) avait été interdit par la censure, ce qui fut paradoxalement un élan vers le haut pour son statut. L'année précédente il avait tourné *Olympia 52,* son premier long métrage.

38. NOTE À L'ATTENTION DE PSORIASIS : Je suis consciente que la manière correcte de citer ce film est celle-ci : *El último bolchevique* (*Le tombeau d'Alexandre*, 1992). Je promets de m'y tenir dorénavant, si en échange tu me promets de réfléchir au caractère oppressif et fascisant des conventions orthotypographiques.

39. Début 1932 : Alexandre Medvedkine, qui va avoir trente-deux ans, met en marche son célèbre ciné-train : trois wagons, dans lesquels il a aménagé un studio complet de cinéma, parcourent l'Union soviétique en produisant et projetant des films sur la vie des travailleurs. Pendant quasiment une année, une équipe de trente-deux techniciens tourne soixante-dix films, qui provoquent des

l'écouteraient approuveraient et déclareraient le comprendre, et qui plus est admirer son objectif, confirmant ainsi l'intérêt, la pertinence et le louable de l'entreprise, même si Quirós lui-même n'avait pas une idée très claire de ses intentions. Sans s'avouer qu'il avançait dans le brouillard, Quirós changerait d'interlocuteurs pendant la fête (légère, pléthorique, apocryphe) comme dans un très long plan subjectif, hyper intense, dont la photographie pâle et floue estompe les corps des invités, des corps de préférence beaux, qu'un effet d'optique – par ailleurs très rebattu – rend illusoires, transforme en silhouettes qui se déplacent en cadence – puis au ralenti – comme des joncs chorégraphiés au rythme d'une mélodie techno qui glisse gracieusement vers le minimal, vous savez, ce type de musique qui, combinée avec l'image adéquate, nous fait détester la vie réelle parce qu'elle nous porte à découvrir qu'elle est simplement très moche.

Ce fut peut-être dans une de ces fêtes que Quirós fit la connaissance de la fille qui, le lendemain, préparait des tartines grillées dans la cuisine lorsque je me suis levée, et que j'ai invitée à prendre le petit-déjeuner avec moi sous le porche. Moi, je déjeune toujours d'un jus d'orange – rien de tel que le jus de trois oranges pressées pour dégager la gorge –, mais elle préféra une infusion. Elle portait une tunique en taffetas de la couleur du feu,

---

débats enflammés parmi les travailleurs, avec l'idée d'obtenir ainsi, hummm… l'optimisation des moyens destinés à la révolution. Selon ce qu'explique Medvedkine dans le livre *294 jours sur les rails*, l'idée était de "créer une fabrique cinématographique mobile avec une programmation insolite et un nouveau slogan : AUJOURD'HUI NOUS FILMONS, DEMAIN NOUS PROJETONS. Nous ne nous limiterions pas à montrer une pacifique chronique d'information. Nous révèlerions sans crainte les causes des échecs, les scandales ; nous montrerions à l'écran les perturbateurs nocifs et leur présenterions nos exigences fondées ; nous ne cesserions que lorsque se produirait une réforme et que les malfaiteurs soient désarmés".

qui à la lumière du matin s'imposait comme un gouvernement colonial et, à en juger par la grande tache de vin sur la poitrine, devait être celle qu'elle portait la veille à la fête. Pendant qu'elle égouttait un sachet de thé, elle dit qu'elle revenait d'un voyage en Inde qui avait changé sa vie et, naïvement, je voulus savoir le pourquoi et le comment. Sa réponse n'eut rien d'extraordinaire, c'est sans doute pourquoi elle me ravit. Je l'écoutais parler, portant la tasse de thé prétendument asiatique aux lèvres, non pour en boire une gorgée, mais pour souffler dessus une délicate petite brise, et j'avais envie de passer l'éternité sans la quitter des yeux. Selon ce qu'elle me raconta dans son propre techno-théolecte, en Inde elle avait fusionné avec Bouddha[40], expérimenté le flux du temps et une franche permanence, l'insubstantialité des passions et une communion intime avec tous les êtres vivants, de plus elle avait découvert l'univers au complet enclos dans le sourire d'un enfant aux pieds nus, typique, quoi. Heureusement, elle ne fit aucune allusion à ses vies passées ni futures ; quant à cette affaire de la réincarnation, consistant à croire que les opprimés et les êtres broyés par le système le sont parce qu'ils ont été pervers dans une vie antérieure, c'est cette partie du bouddhisme qui m'incite à souhaiter qu'une invasion mondiale de chenilles dévore (comme possédées d'une fureur iconoclaste) les feuilles de tous les figuiers sacrés. Elle m'expliqua, en revanche, sur un ton très solennel, que l'expérience avait été si bouleversante qu'elle voulait partir et s'installer dans un endroit appelé Rishikesh (capitale mondiale du yoga), car on a beau s'efforcer de méditer, l'agitation et le tumulte de la vie occidentale sont les ennemis déclarés de notre esprit. Elle avait déjà

40. Selon la tradition, dans sa trente-deuxième année Siddhartha Gautama a déjà abandonné le palais de sa famille (le clan des Sakyas), il s'est joint à un groupe d'ascètes et imposé une vie de mortification.

acheté son billet d'avion (aller simple, pour le moment). Bouddha m'attend, ajouta-t-elle avec un sourire timide, et cette connerie me fit rire, sentir dans ma poitrine quelque chose ressemblant à de l'amour et acquiescer, car j'avais beau avoir entendu cent fois cette fable hindoue, les enfants ne se lassent jamais d'écouter le même conte et il est agréable de savoir que la vie est parfois douce et le bonheur aussi accessible que de réserver un vol pour le sous-continent indien. Qu'il suffit de se déplacer de huit mille kilomètres vers l'est, de se nourrir de racines, de graines et de baies, de marcher pieds nus, de se baigner dans des fleuves dont l'eau est contaminée et de laisser son esprit en blanc.

Je ne pus empêcher de voir se dresser dans ma tête un pont entre le bien-être et les compagnies aériennes *low cost*, un pont que je m'empressai de dynamiter. Cherchant dans mon répertoire mental un antidote à cette image, je me rappelai avoir lu dans un livre de Žižek[41] – un autre l'avait probablement dit avant lui, sans doute avec moins de phosphorescences – que le bouddhisme occidental est un fétiche qui permet de participer à la société (sale et cruelle) et même de rester bien droit, de conserver l'esprit libre de toute tache, ce qui en fait un sacré allié du capitalisme ou quelque chose du genre, lorsque la copine de Bouddha, qui commençait à radoter (et que les fleurs de lotus, et que les offrandes de riz, et que le regard des pauvres), annonça qu'elle partait. Je ne nierai pas que je sentis alors un certain dépit (semblable à celui de découvrir en ouvrant une boîte de biscuits au petit-déjeuner qu'un salopard les a tous bouffés), qui s'évapora aussitôt

41. 1981 : l'année de ses trente-deux ans est importante pour Slavoj Žižek, non seulement parce qu'il achève sa thèse de doctorat à l'université de Ljubljana, mais surtout parce qu'il se rend pour la première fois à Paris, où il va approfondir les théories de Lacan, sous la houlette de Jacques-Alain Miller, héritier et gendre du psychanalyste.

lorsque je la vis joindre ses petites mains en un geste de prière qui ne me parut pas oriental et m'implorer de ne pas faire de bruit pour ne pas déranger Quirós, qui avant de s'endormir lui avait demandé de ne le réveiller sous aucun prétexte, car il dort le jour et crée la nuit, ce qui était évidemment un bobard, car Quirós apparut dans le jardin peu après que je me fus retrouvée seule[42], une tasse de café à la main – dont la mousse reproduisait peut-être l'univers, comme dans une scène d'un film de Godard[43],

---

42. NOTE À L'ATTENTION DE LA COPINE DE BOUDDHA : Tu sais quoi ? Je t'ai vue dans le journal quelques jours après notre petit-déjeuner. Je sais, parce que tu l'as toi-même dit dans une de ces vidéos brèves qui accompagnent les nouvelles de la presse *online*, que ton avion a eu un retard au-delà du supportable, mais que tu as su conserver ton calme. Je me suis sentie fière de toi et te voir m'a chaviré le cœur. Tu étais fabuleuse dans ton sari aigue-marine. Si tu es en fin de compte revenue à Barcelone après ton second voyage en Inde, et si ça te dit, passe un jour à la maison. On prendra un thé et tu me raconteras un peu plus ton chemin vers l'illumination. Lors de notre première rencontre, ai-je exposé assez clairement à quel point il est crucial pour les jeunes de mettre toute leur énergie à apprendre et à se développer ?

43. Fin 1962 : le 32e anniversaire de Jean-Luc Godard coïncide avec le moment où le producteur Georges de Beauregard apprend par hasard que Brigitte Bardot adorerait travailler avec le cinéaste. Quelques jours plus tard, l'actrice signe un contrat pour jouer dans ce qui allait être le sixième film de Godard, *Le Mépris*, adaptation d'un roman d'Alberto Moravia. La nouvelle fit l'effet d'une bombe : selon une enquête de l'époque, la célébrité de l'actrice était telle qu'elle occupait ni plus ni moins que 47 % du temps de conversation des Français, créant une expectative chez le producteur qui augmenta le budget du *Mépris* à près d'un million de dollars, un chiffre très très supérieur à celui de tous les films réunis du cinéaste. Le synopsis du *Mépris* – que j'emprunte à Wikipédia – est le suivant : "Un producteur américain charge Fritz Lang de tourner une adaptation cinématographique de *L'Odyssée* d'Homère. Mécontent du résultat, il demande à Paul Javal, un écrivain de théâtre, de récrire le scénario. À partir de là les chemins de Paul, de sa jeune épouse Camille, du producteur et de sa secrétaire vont s'entrecroiser."

qui a un indice maximal de citations dans toutes ces publications qui se mettent en tête de répondre à la question ébouriffante "Qu'est-ce que le cinéma?" –, et sans que je l'y invite, il s'assit à côté de moi.

Le rideau s'ouvre et devant un public déconcerté apparaît un homme qui sourit, le regard volontairement dans le vague pour produire un effet d'égarement. Il s'appelle Luciano Berriatúa et porte sur ses épaules ce qu'on pourrait appeler *une histoire européenne*, censée nous divertir.

Mais qui est Luciano Berriatúa? Je ne vais pas vous demander de répondre – je sais trop bien que reculer dans la lecture est fastidieux, que la vie est courte et passe trop vite pour faire marche arrière –, mais si vous reveniez ne fût-ce que quelques pages plus haut et relisiez le commentaire de Barthes dans le journal, vous trouveriez la réponse: Luciano Berriatúa est peut-être celui qui connaît le mieux l'œuvre de Murnau dans le monde

---

Que dire du *Mépris* qui n'a pas été déjà dit? Eh bien, par exemple: 1) que, comme sur une pente glissante, le chemin qui va de *L'Odyssée* jusqu'à Jean-Luc Godard, en passant par Alberto Moravia et Fritz Lang n'a d'autre issue que de finir par la mort de l'être aimé (Brigitte Bardot). 2) que *Le Mépris* ne naît que du vide laissé par un autre projet de film (peut-être immature, mais important) qui a échoué quelques mois avant et dont le synopsis était le suivant: l'actrice Anna Karina, qui joue son propre rôle, se rend à New York pour rendre visite à Gene Kelly, auquel elle se présente comme une admiratrice qui rêve de trouver un rôle dans une comédie musicale. Malheureusement, lui répond Gene Kelly, la comédie musicale est morte et enterrée. Alors le couple d'acteurs sort dans la rue où, de manière inattendue, commence un bref numéro musical. À partir de là, Karina, qui n'a pas un sou en poche, vole un peu d'argent et rencontre des personnes avec lesquelles elle s'implique dans une histoire criminelle, qu'elle finit par abandonner pour être embauchée comme domestique, jardinière, ou n'importe quoi, par William Faulkner en personne. Ce n'est sans doute pas la seule raison, mais le fait est qu'après la mort de l'écrivain pendant l'été 1962, le projet prend l'eau et est vite oublié.

entier[44]. Si quelque institution, une publication ou un expert en experts dresse un jour un classement de spécialistes de l'œuvre cinématographique de F. W. Murnau, Berriatúa a toutes les chances d'être le premier de la liste. Ou le deuxième, s'il se trouve dans le classement quelque influent patriote allemand incapable de supporter que le plus grand connaisseur de l'œuvre de Murnau soit un Espagnol, qui plus est dépourvu de titre universitaire.

Grâce aux documents et aux notes que Quirós laissa à la maison, je peux vous parler avec exactitude du bâtiment de la Filmothèque espagnole, situé au centre de Madrid, précisément dans un palais, au 10 de la rue Magdalena où, bien qu'il ne fît pas partie du personnel, Berriatúa put travailler il y a quelques années. J'ignore par quelle voie officieuse il obtint l'autorisation de se servir des archives et du fonds documentaire, et comment il parvint à se faire attribuer d'abord une salle inoccupée, puis un local supplémentaire, beaucoup plus vaste. En tout cas, dans cet espace devenu le sien de façon officieuse mais innocente et juste, Berriatúa se consacra corps et âme à restaurer le film de Murnau, *Nosferatu*.

Et il y parvint.

Son plus grand mérite ne se comprend qu'à la lumière des péripéties que connut le film depuis son avant-première dans la salle de Marbre du parc zoologique de Berlin au mois de mars 1922, où Murnau fut comblé de félicitations et d'applaudissements, dont l'écho doit encore résonner dans quelque endroit de l'univers transcendant les bouches et les mains qui les émirent, ainsi que les centaines d'oreilles qui les entendirent alors. Vous pouvez imaginer facilement la scène, car les avant-premières d'un

44. Luciano Berriatúa traverse une période compliquée en 1981, alors qu'il atteint trente-deux ans. Il écrit des scénarios que personne ne veut produire et survit en travaillant épisodiquement comme monteur.

film (du moins celles qui sont diffusées à la télé et commentées dans les revues) restent aujourd'hui encore un véritable spectacle : les hommes en frac, les femmes en robe de soirée. Certaines, les plus coquettes, risquèrent une tenue à la mode Biedermeier, comme pour se fondre à l'écran et se mêler aux personnages. Déjà à cette époque dominait avec force l'idée – séduisante pour certains, frivole pour d'autres – que le cinéma était une usine à rêves : ce fut une soirée exquise, sensuellement imprégnée de la peur du vampire. Murnau fut enthousiasmé par les répercussions de cette avant-première, conçue par un publicitaire génial, qui prévenait du danger : "Prenez garde. *Nosferatu* n'est pas un simple divertissement. Il ne faut pas le prendre à la légère." Le programme de la soirée annonçait, sans doute pour capter l'intérêt du public, que le film était une adaptation de la légende du célébrissime comte Dracula, bien que cet argument, vu que les producteurs du film n'avaient pas acheté les droits du roman de Bram Stoker[45], fût d'une grande témérité juridique (de ce type d'imprudences qui font bondir un avocat, lui font se prendre la tête dans les mains et ressentir l'envie de dire à son client qu'il est un analphabète du droit et qu'il ferait mieux de cesser les manifestations clinquantes et de se soucier des règles du monde réel).

Florence Stoker[46], la veuve de l'écrivain, ne tarda pas à recevoir un programme de l'avant-première de

---

45. 1879 : Bram Stoker a trente-deux ans lorsque est publié *Devoir des employés du tribunal d'instance en Irlande*, que l'auteur de *Dracula* avait écrit lorsqu'il était fonctionnaire. Cette étape professionnelle était alors derrière lui. Stoker avait quitté son emploi et, sur l'invitation du célèbre acteur Henry Irving, il s'était installé à Londres pour administrer le théâtre Lyceum.

46. 1890 : on sait que l'année où Florence Stoker fête ses trente-deux ans, son mari a déjà en tête l'histoire du vampire. Il passe des vacances dans la ville côtière de Whitby, dont il fit le décor de son roman. J'ignore si la très belle Florence est alors à ses côtés, car il

Nosferatu. Qui le lui avait envoyé ? Peu importe. Ce qui compte c'est que Florence, dont les ressources financières étaient au plus bas, engagea contre le film une bataille sanglante – la bataille pour les droits sur le vampire transylvain pouvait-elle ne pas être sanglante ? *Dracula* était la seule œuvre de son défunt mari qui lui rapportait quelques royalties de temps en temps, alors si les producteurs de *Nosferatu* s'imaginaient que Florence allait se contenter d'une mention marginale (la simple citation du nom de Stoker sur le programme de l'avant-première et au générique du film), ils étaient tout autant dans l'erreur que s'ils croyaient à l'existence du suceur de sang. La veuve se battait pour ce qui lui revenait légitimement et elle n'allait pas faiblir. Il est vrai que dans le scénario de Murnau on avait modifié les noms des personnages (le comte Dracula était Graf Orlock à l'écran et la diablement futée Mina Murray s'appelait Ellen), mais il n'est pas moins vrai que l'histoire restait la même, si bien que le film était une atteinte au droit de propriété de Mme Stoker, qui allait remuer ciel et terre pour obtenir justice. Vous pouvez mettre votre main au feu qu'elle ne se serait pas laissé embobiner par toutes ces arguties sur l'intertextualité qui allaient se répandre des décennies après – je veux parler de ces théories selon lesquelles Bram Stoker lui-même, loin d'être d'une stricte originalité, s'était inspiré de personnages historiques comme Vlad l'Empaleur[47] et avait emprunté des idées aux romans *Carmilla* et *Varney le vampire* ; ces théories qui considèrent que tout énoncé reprend et réinvestit un énoncé antérieur, ou est l'écho d'un discours préalable, etc., etc., ou encore les théories plus actuelles selon

---

n'est pas rare que, tandis qu'il se consacre à ses affaires, elle profite de Londres en compagnie de sa cohorte d'admirateurs.

47. 1463 : à ses trente-deux ans, le sanguinaire prince Vlad III, capturé par les Turcs, a perdu son trône, que son frère a occupé.

lesquelles tout auteur est un plagiaire. Pour miss Florence, de telles considérations auraient été de pures et simples balivernes d'intellectuels, illégitimes face à une règle de justice à la validité universelle : à chacun son dû.

Selon ce que j'ai lu dans un livre de Berriatúa et dans les notes manuscrites de Quirós, ainsi que dans des textes trouvés sur Internet, la première action de la sagace Florence fut de payer sa cotisation d'entrée à la Société des auteurs du Royaume-Uni et d'exiger qu'elle l'aide à recouvrer des royalties. Un avocat berlinois, maître Wronker Flatow[48], se chargea de l'affaire et ne tarda pas à apprendre que Prana, la société de production de *Nosferatu*, était au bord de la faillite, et bien que le film fût projeté dans plusieurs pays européens et aux États-Unis, il allait être difficile de contraindre les producteurs à payer des droits. Le pronostic de l'avocat ne découragea pas Florence, qui avait de l'énergie et du temps à revendre pour continuer d'exiger de la Société des auteurs qu'elle défende ses intérêts. Elle procédait par lettre, quasi quotidiennement, en faisant appel à ses anciennes amitiés londoniennes. Elle agissait avec la puissance écrasante de qui est convaincu d'avoir le droit de son côté. Armées de la loi, certaines personnes deviennent redoutables. Les réponses de la Société des auteurs étaient en général courtoises mais froides. Elles répétaient que poursuivre la procédure allait leur coûter très cher, surtout s'agissant

48. 1916 : le mois de février se termine lorsque Ernst Wronker Flatow a trente-deux ans. Il est sur le front, soldat d'une de ces vaillantes compagnies qui prennent le fort de Douaumont. Cette victoire éclatante sur la France (une victoire qui gonfle la poitrine de l'armée allemande et remplit le casque des soldats de rêves de gloire militaire) perturbe paradoxalement le moral du jeune Wronker Flatow, qui pressent soudain que le Reich va perdre la guerre. Il rapportera du champ de bataille non seulement une évidente boiterie, mais aussi un sixième sens du désastre qui l'accompagnera toute sa vie et sera précieux dans sa prospère carrière d'avocat.

d'un litige qui devait se résoudre à l'étranger, et qu'en outre la possibilité que Prana finisse par payer était, en toute honnêteté, infime; au fil des semaines les réponses commencèrent à insinuer un reproche peut-être mérité: Mme Stoker n'avait adhéré à la Société des auteurs et accepté de payer la cotisation annuelle (d'une livre et dix pennies) que lorsque elle avait eu des difficultés financières. C'est pourquoi elle finit par inviter Florence à se passer des services de la Société et de poursuivre la procédure à titre personnel.

De son côté, Wronker Flatow, conformément à la pratique des avocats, tenta par tous les moyens de parvenir à un accord avec Prana avant l'ouverture du procès. Il obtint pour sa cliente une petite participation à la diffusion de *Nosferatu*, de sorte qu'elle recevrait un pourcentage des bénéfices générés par le film. Mais la dame irlandaise ne voulut pas s'en tenir là. Quelqu'un lui avait déconseillé d'accepter: il fallait être très bête d'accepter de toucher des marks, une monnaie qui, après la guerre, était devenue aussi instable que le nitrate de cellulose avec lequel à l'époque étaient fabriquées les pellicules. Il y eut donc procès. En 1924, la justice allemande condamna la société propriétaire de *Nosferatu* (qui à ce moment-là n'était plus Prana, dissoute, mais la Deutsch-Amerikanische Film-Union), donnant ainsi raison à la veuve de Stoker, qui avait exigé la somme de 5 000 livres sterling. Les producteurs allemands firent bien sûr appel, mais perdirent de nouveau. Vous, je ne sais pas, mais moi je crois fermement que toute cette embrouille juridique aurait enthousiasmé le mari de Florence: ne trouvez-vous pas admirable l'effort de Bram Stoker à doter de réalisme, d'une exactitude toute britannique, la paperasse du comte Dracula (les contrats et les actes notariés, qui constituent en fin de compte la piste permettant de cerner et de chasser le vampire)? Qu'est-ce qui nous empêche de classer *Dracula* dans le genre du *thriller* juridique?

Ce que j'ai du mal à imaginer est la réaction de l'écrivain aux décisions que prit ensuite sa veuve : alors que l'affront allait enfin être lavé (grâce à la puissance balsamique de l'argent, sans lequel la justice serait perdue), Florence décida de renoncer à l'indemnisation financière et exigea la destruction de l'original du film ainsi que de la totalité des négatifs et des copies. Elle ne voulait plus de livres sterling. Elle voulait la mort du film. Peut-être commençait-elle à recevoir des offres sérieuses pour l'histoire de *Dracula* (d'abord pour l'adapter au théâtre, puis au cinéma) et que, disposant de récentes rentrées d'argent, elle avait envie de lâcher la bride à sa fureur – les satisfactions humaines, nul besoin d'avoir lu Maslow[49] pour le savoir, sont hiérarchisées. Bien sûr, elle n'avait pas vu le film, ni ne comptait le voir jamais. Elle voulait simplement le détruire avec autant d'acharnement que Van Helsing met à traquer le vampire dans le roman de son mari, et il semble bien qu'elle faillit y parvenir.

En effet, pendant quelques mois Florence donna l'impression que *Nosferatu* n'était plus qu'un souvenir, jusqu'à ce qu'un jour elle reçût par courrier la brochure d'un nouvel organisme britannique, Film Society, dont la mission principale était de faire connaître des films ignorés. Une main anonyme avait écrit au crayon "*For your information*" sur un coin de l'imprimé, juste au-dessus d'une liste de films que cet organisme allait projeter. Parmi eux, au grand déplaisir de Mme Stoker, un film appelé *Dracula*, du

49. 1940 : Abraham Maslow occupe à l'âge de trente-deux ans un poste de professeur de psychologie au Brooklyn College de New York. Il est père de famille et mène une vie paisible d'universitaire solidement établi. Bien qu'il ne soit pas mobilisé lorsque les États-Unis s'engagent dans la Seconde Guerre mondiale, les nouvelles qui arrivent d'Europe l'horrifient si profondément qu'il entreprend d'élaborer une psychologie pour la paix. On ignore jusqu'à quel point les propositions de Maslow contribuèrent à la paix mondiale. En tout cas ne me dites pas que sa tentative n'est pas digne d'éloges.

réalisateur allemand F. W. Murnau. Florence poussa de grands cris et, pour le dire brièvement, revint à la charge. Elle réussit à s'entretenir au téléphone avec un membre de Film Society, l'excellentissime Ivor Montagu[50], qui se réfugia sous l'argument que la projection du film serait privée. Conservant ses manières exquises face à la veuve, il affirma qu'il avait lui-même acheté la copie du film en Allemagne et qu'il n'était pas au courant de la décision judiciaire ordonnant sa destruction, mais il ajouta que la proscription des films était à ses yeux rien de moins qu'une infamie. Puis il changea de version et expliqua qu'en réalité il avait acheté la copie à Londres, à un type mystérieux qui se présenta chez lui masqué, une nuit d'orage; selon ses dires, il avait soupçonné tout de suite qu'il s'agissait d'une copie volée, de sorte qu'à l'issue du marchandage de rigueur, il avait obtenu le film à un prix dérisoire. Une aubaine pour un film aussi fascinant, dit-il, irritant miss Florence. Enfin, sans se départir d'un savoir-vivre appris dans les collèges huppés, il se moqua de la justice allemande et il envoya paître Mme Stoker et les prétentions de la Société des auteurs, qui se montrait de nouveau disposée à relancer l'affaire. Cependant personne n'entendit plus parler de la copie de Montagu. Nous pouvons imaginer l'hypothèse amusante selon laquelle Mme Stoker s'en

50. 1936: il est impossible de résumer ici la quantité d'affaires auxquelles était mêlé Ivor Montagu à ses trente-deux ans, de sorte que je renvoie à sa biographie *La vie et l'œuvre de l'honorable Ivor Montagu (cinéaste, communiste et espion)*, écrite par Russell Campbell. À titre d'exemple, il faut dire qu'en 1936 Montagu publie son deuxième livre sur le ping-pong et qu'il se rend en Espagne pour filmer *La défense de Madrid*. Son projet était, semble-t-il, de réunir des preuves de l'intervention allemande dans la guerre civile espagnole. Il y parvint: pendant que le palais du duc d'Albe était bombardé, Montagu trouva un obus qui n'avait pas explosé et, à ses risques et périls, filma la marque de fabrication allemande qui y était inscrite.

serait emparée et l'aurait réduite en miettes, bien que le plus probable soit que les bobines qui arrivèrent à Londres s'étaient détériorées au fil du temps à cause des mauvaises conditions de conservation. Cette détérioration est une loi de la vie.

Des années durant le film *Nosferatu* fut considéré comme éradiqué en Allemagne – *kaputt!* – jusqu'à ce qu'en 1939 Frank Hensel en déniche une copie mutilée et dans un état pratiquement inutilisable. Frank Hensel[51] avait été directeur du Reichsfilmarchiv entre 1935 et 1937, où une part fondamentale de son travail consistait à retrouver les films allemands perdus, ainsi que les films étrangers susceptibles d'être utiles au Troisième Reich. Il voyageait beaucoup pour acheter des films oubliés ou qui n'avaient jamais été projetés en Allemagne, énormément aidé dans sa tâche par le fait d'avoir été un des fondateurs de la Fédération internationale des archives du film (FIAF) avec, entre autres, Henri Langlois, qui reviendra dans cette histoire. Hensel arriva en Tchécoslovaquie, alors sous la poigne de fer de Hitler[52], et il trouva une deuxième copie de *Nosferatu* – c'est rageant, non, de devoir remercier un nazi ? – et se l'appropria. Dans son vaste bureau officiel, il ordonna en criant de reconstituer le film en se servant de la copie allemande détériorée et de la copie tchécoslovaque, produisant ainsi une nouvelle version, actuellement conservée à Paris et qui, en 1947, fut prêtée au MoMA de New York, lequel en tira une copie, sous-titrée en anglais, avec les noms des personnages du texte original de Bram Stoker, qui fut distribuée à Londres, Berlin et probablement

51. 1925 : bien que la vie de Frank Hensel comporte autant de lumières que d'ombres, il semble (ainsi en rend compte le livre des membres du parti nazi) qu'à trente-deux ans il travaille comme photographe au service de diverses institutions publiques, dont il immortalise les célébrations.

52. 1921 : Hitler a trente-deux ans lorsqu'il devient le leader du Parti national-socialiste ouvrier allemand.

d'autres villes européennes. Pour tout esprit doté d'une minimale capacité d'abstraction, il est impossible de ne pas faire un parallélisme entre les boîtes de bobines de *Nosferatu* transférées d'une ville à l'autre et les cercueils disséminés dans Londres par Dracula pour étendre son emprise. Mais revenons à nos moutons : si l'un de vous se demande comment la veuve de l'écrivain prit tout ce trafic, il faut savoir que lorsque *Nosferatu* sortit d'Europe et traversa l'Atlantique, Florence était morte depuis dix ans. Mourir est aussi une loi de la vie.

Cela dit, les choses n'en restent pas là – cette histoire, comme toutes les histoires, comporte de nombreux détours, et la plupart d'entre nous aiment les parcourir et même finir par s'y perdre : les bobines du film que Frank Hensel dénicha en Allemagne et en Tchécoslovaquie n'étaient pas les seules, il y eut aussi une copie du film qui put survivre sous une autre forme. On ne sait pas quand exactement, mais les droits de *Nosferatu* échurent à un dénommé Sigmund Deutsch[53], qui voulut commercialiser de nouveau le film et tenta de le faire distribuer. Murnau n'eut rien à voir, du moins officiellement, dans cette affaire, puisqu'il travaillait déjà à Hollywood. Pour contourner le veto légal qu'avait imposé la justice à la demande de Florence Stoker, on modifia le montage du film et on y introduisit de nouvelles scènes (peut-être des chutes écartées par Murnau lui-même, ou tournées après, mais en tout cas absentes du film original), sur ordre d'un mystérieux docteur Waldemar Roger, qui allait figurer au générique comme adaptateur artistique[54]. Le

53. J'ignore quand le dénommé Sigmund Deutsch fêta ses trente-deux ans et ce qu'il faisait alors. Vous avez déjà dû vous rendre compte que j'adore découvrir ce type de lacunes dans le savoir humain.

54. J'aimerais pouvoir en dire plus sur Waldemar Roger – j'ai essayé et je vous assure que j'ai cherché –, mais sa vie est une énigme : il ne reste que la trace de son intervention dans *Nosferatu* et sa mort en 1958 en Allemagne, dans un endroit près de la frontière autrichienne.

film ainsi recomposé fut présenté à Vienne en 1930 et moins d'un an plus tard à Berlin où, afin de déjouer la décision judiciaire, on lui donna un nouveau titre: *Die zwölfe Stunde* (*La Douzième Heure*). Peut-être à cause du désarroi général et des destructions de la Seconde Guerre mondiale, toujours est-il que toutes les copies de *La Douzième Heure* furent perdues, sauf deux, envoyées l'une en France et l'autre en Espagne, où on les entreposa avant de les oublier.

Il fallut attendre bien des années pour que les bobines de la copie gardée en France ressortent à la lumière grâce à Lotte Eisner, archiconnue des amoureux du cinéma pour son livre *L'écran démoniaque*, un essai fondamental sur le cinéma expressionniste[55]. Lotte Eisner était arrivée en France en 1933 par le train, fuyant la persécution nazie, et commença peu d'années après à collaborer avec Henri Langlois, un des fondateurs de la Cinémathèque française[56]. En voyant le pays occupé par les Allemands, Langlois voulut mettre à l'abri le fonds de la Cinémathèque en cachant chez des amis une multitude de bobines (dans des boîtes sur lesquelles on avait collé de fausses étiquettes, telles que “Savon n° 912 Violette Coquette” ou “Magazine Mode Pratique 1937”). Henri Cartier-Bresson[57], pour citer un nom, entreposa des boîtes

55. Faut-il que je le répète? 1928: bien que titulaire d'une thèse de doctorat sur les motifs décoratifs de la céramique grecque de la Grèce classique, Lotte Eisner, âgée de trente-deux ans, travaille pour la revue *Film Kurier*. Elle y fait ses premiers pas avant de devenir, comme on l'a dit, la mère du Nouveau Cinéma allemand.

56. Automne 1946: Henri Langlois fête ses trente-deux ans alors que la République vient d'être rétablie en France après l'occupation allemande. Il reste à la tête de la Cinémathèque, qui consacre cette année-là deux expositions au cinéma d'animation.

57. 1940: Henri Cartier-Bresson a trente-deux ans alors qu'il est prisonnier de guerre de l'armée allemande, contraint aux travaux forcés.

dans l'appartement de ses parents, rue de Lisbonne. Yvonne Dornès[58], qui était à l'époque administratrice de la Cinémathèque, sollicita son amante, l'éditrice Jean Voilier[59] – qui conciliait son amour avec celui de Paul Valéry[60] – pour qu'elle prête le cachot du château de Béduer, dans le département du Lot. Henri Langlois chargea Lotte Eisner d'inventorier les films cachés dans le château. Elle aussi courait le danger de tomber dans les griffes allemandes et utilisa pendant l'Occupation l'identité fictive de Louise Escoffier, née à Strasbourg. Eisner passa ses journées à ouvrir les boîtes de pellicules, à les regarder et les mettre en ordre, jusqu'à la fin de la guerre où elle put regagner à Paris. De retour à la Cinémathèque, elle découvrit quelque chose qu'elle ne sut pas expliquer : deux copies de *Nosferatu* (l'une avec des sous-titres en français et l'autre, très différente, avec des sous-titres en allemand, des scènes jamais vues auparavant et, à sa grande surprise, une fin heureuse). Dans la boîte de Quirós j'ai trouvé le numéro de janvier 1958 des *Cahiers du cinéma*, où Eisner avait publié un article

---

58. 1942 : Yvonne Dornès, femme d'une intelligence remarquable, a pris le contrôle de l'entreprise SVP et atteint les trente-deux ans en plein processus de restructuration de la société, en lui imprimant une orientation très pratique, qui lui vaut un succès populaire. SVP était une agence d'information qui mérite d'être considérée comme l'arrière-grand-mère d'Internet : les souscripteurs composaient sur leur téléphone les trois lettres SVP et obtenaient des informations de tous types : nouvelles d'actualité, prévisions météorologiques, conseils pour la vie quotidienne, histoire contemporaine, etc.

59. 1935 : l'année de ses trente-deux ans est très particulière dans la vie de Jeanne Loviton : 1) elle fait la connaissance d'Yvonne Dornès, 2) elle commence à envisager de divorcer, menant depuis longtemps une vie indépendante de son mari, et 3) elle utilise pour la première fois le nom de Jean Voilier dont elle signe un roman publié par Le Mercure de France.

60. 1903 : à trente-deux ans, Valéry ne peut savoir que vient de naître à Paris la femme qui sera l'amour de sa maturité, Jean Voilier.

intitulé "L'énigme des deux *Nosferatu*", dans lequel elle rendait compte d'un mystère qu'elle allait mettre des années à résoudre. Ce fut grâce à son ami, le cinéaste Gerhard Lamprecht[61], qu'elle obtint le visa de censure du film, daté de 1930, qui précisait que les deux copies différentes étaient, d'un côté, le *Nosferatu* de Murnau et, de l'autre, *La Douzième Heure* de Waldemar Roger.

Mais pendant que le mystère demeurait eut lieu quelque chose de curieux. En 1959, Lotte Eisner se rendit en Espagne pour visiter la Filmothèque nationale. Elle était déjà une Allemande sexagénaire, petite, avec de grosses lunettes, érudite et très déterminée, à la voix ferme, qui baragouinait l'espagnol ; critique de cinéma très célèbre, elle était liée aux principaux cinéastes allemands, aussi pouvez-vous imaginer l'assaut de révérences qu'elle s'attira dans le Madrid de l'époque. On organisa une projection de *Nosferatu*, avec une copie, sous-titrée en espagnol, qui avait été conservée dans la Filmothèque taurine de Hernández Gan. La projection terminée, Eisner informa Carlos Fernández Cuenca[62], à ce moment-là directeur de la Filmothèque nationale, que le film contenait des parties bâtardes (dont une scène de messe des morts) qu'elle n'avait jamais vues et qui n'avaient certainement pas été filmées par Murnau.

---

61. 1921 : Gerhard Lamprecht vient d'avoir trente-deux lorsque sort son film *L'Homme à la grenouille*. Il a déjà dirigé une vingtaine de films et écrit le scénario de beaucoup d'autres. Il a été ce qu'on appelle un enfant prodige.

62. 1936 : Carlos Fernández Cuenca a trente-deux ans lorsque éclate la guerre civile espagnole, qui l'amène à combattre du côté franquiste. Il était déjà l'auteur d'un recueil de poèmes ultraïstes, d'un roman, d'une biographie de José Espartero, d'un essai et de deux livres sur le cinéma, en plus d'être le réalisateur d'un film perdu, *C'est mon homme*. Peu après la fin de la guerre, il réalise *Légende brisée*, "dont le plus grand mérite – selon l'ouvrage *Cinéastes espagnols maudits* – est d'avoir été le premier film tourné après le conflit".

Ce qui ne manqua pas de blesser l'orgueil patriotique de Fernández Cuenca qui, en 1961, profitant d'un changement de normes qui nécessita de détruire toutes les pellicules en nitrate (inflammables et dangereuses), se dressa sur la pointe des pieds et leva l'index pour ordonner de faire une copie en acétate, en y éliminant pour toujours les scènes que Madame Eisner avait qualifiées de scories. *Requiem æternam dona eis.*

Je rectifie : l'une d'elles fut préservée (la scène d'une partie de croquet interrompue par l'arrivée du facteur), que Luciano Berriatúa découvrit par hasard à la Filmothèque en 1977. Luciano en déduisit que restaient peut-être à Madrid certains plans du film uniques au monde et entreprit de les trouver. Il se rendit à Munich pour y rencontrer Enno Patalas[63], le meilleur restaurateur du cinéma muet allemand, avec lequel il entama une collaboration. Berriatuá s'enferma à Madrid, devant sa visionneuse, et passa deux ans à déterminer quels plans de la copie espagnole étaient de Murnau et quel était leur ordre authentique. Ses trouvailles furent utilisées par l'ingrat Patalas, qui présenta la version restaurée de *Nosferatu* à la Berlinale de 1984 sans mentionner Berriatúa, et ne reconnaissant son travail que du bout des lèvres. Se sentant à ce point méprisé, quelle ne fut pas sa joie de découvrir que Patalas avait commis des erreurs ! Pour se venger, Berriatuá en publia une liste dans le catalogue de la 26e Semaine internationale de cinéma de Barcelone, où était de nouveau projeté le *Nosferatu* de Patalas, lequel se vit obligé de procéder à une nouvelle restauration, pour laquelle il obtint une subvention de

63. 1961 : l'année de ses trente-deux ans, Enno Patalas consacre le plus clair de son temps à la revue *Filmkritik* qu'il a fondée peu avant. Parmi toutes les critiques qu'il écrit alors, celle qui fut la plus souvent citée est intitulée "La vie criminelle d'Archibald de La Cruz", portant sur le film de Luis Buñuel.

l'Union européenne, et signa un accord de coopération entre le Münchner Filmmuseum et la Cinémathèque de Bologne. La nouvelle version du film fut présentée en 1995 au Festival de Cannes et à celui de Bologne.

Mais Berriatuá n'était toujours pas d'accord avec certains sous-titres, les solutions adoptées dans certains plans et la musique. Il s'obstina à poursuivre sa propre restauration, pour laquelle il bénéficia, en 2004, de l'aide de Friedemann Beyer, directeur de la Fondation F. W. Murnau[64]. Au moment de présenter au public sa très attendue version de *Nosferatu*, Berriatuá déclara : "Les différences entre cette nouvelle restauration et les précédentes ne sont pas nombreuses et pratiquement imperceptibles pour l'œil humain, mais elles sont importantes."

64. 1987 : à l'âge de trente-deux ans, Friedemann Beyer travaille comme journaliste culturel et termine son premier livre, consacré à l'acteur Peter Lorre. Si Wikipédia dit vrai, le jeune Beyer avait eu certaines aspirations cinématographiques, qui se concrétisèrent dans quelques films aujourd'hui introuvables. Ce qui est au contraire très facile à trouver, c'est son documentaire pour la télévision allemande qu'il a réalisé il y a peu sur la vie plus que surprenante de Bud Spencer, qui était – je ne résiste pas à l'envie de le dire – l'acteur préféré de mon cher père.

Budapest, 1919. Le printemps n'était pas encore terminé (ce printemps où avait vu le jour en Hongrie l'éphémère et malheureuse République des Conseils) lorsque György Lukács[65] prit la parole au Congrès hongrois des Jeunes Travailleurs et les exhorta à apprendre. L'ambition de la jeunesse, leur dit-il, ne peut être que la lutte pour la culture : accorder à la culture un sens et un dessein ; la construction d'une nouvelle société dépend de l'âme des jeunes, de leur mode d'apprentissage et de développement. Si l'on en croit l'information publiée le lendemain dans *Vörös Ujság* – et nous n'avons aucune raison d'en douter, du moins sur ce point –, le public salua les propos de Lukács par un tonnerre d'applaudissements et de vivats, qui n'allaient pas tarder à se fondre dans le magma d'ovations que reçurent un jour de nombreux intellectuels, ministres de l'Éducation, recteurs

65. Avril 1917 : Lukács a quitté Heidelberg et revient à Budapest lorsqu'il a trente-deux ans. Il a déjà publié trois œuvres très importantes (*L'âme et les formes, Histoire de l'évolution du drame moderne* et *Théorie du roman*) et il est un membre éminent du Cercle du dimanche, un groupe d'intellectuels qui se proposent d'impulser ce qu'ils appellent les sciences de l'esprit. Ce n'est qu'un an plus tard que Lukács opère un tournant radical vers le communisme. Pour le moment son ferme rejet du capitalisme bourgeois a un caractère romantique (qui l'apparente, à mon avis, à Murnau) ; c'est moins la conscience de sa nature oppressive et exploiteuse qui le répugne, que son style de vie vulgaire, médiocre et éculé.

d'université, pédagogues, éditeurs de manuels scolaires et philanthropes qui (avant ou après Lukács, avec ou sans aspirations révolutionnaires) glorifièrent l'éducation et la culture comme voies de transformation humaine, un magma dont l'écho continue de rebondir sur toute la planète Terre et qui, sans que rien ni personne ne pût le réfréner, résonna à mes oreilles – à Barcelone pendant l'été 201… – à l'instant précis où, à quelques mètres de moi, somnolent ou peut-être à moitié somnambule, Quirós fouillait dans son énorme boîte en carton pour finir par en extraire les deux volumes des *Proverbes chinois de F. W. Murnau*, une œuvre colossale de Luciano Berriatúa, immense et exhaustif récit de la vie et de l'œuvre du cinéaste, composé avec la passion d'un collectionneur de minéraux, bien plus qu'avec la sévérité corsetée d'un géologue diplômé. Je sais aujourd'hui que pour se faire une idée de la sorte d'érudit qu'est Berriatúa, rien n'est plus judicieux que d'ouvrir le premier tome (celui où figure sur la couverture le visage stylisé de Murnau sur un fond couleur citrouille, et qui est consacré aux années que le cinéaste passa en Allemagne à tourner des films dans les studios de la UFA) et de lire son avertissement liminaire :

> Toutes les informations contenues dans ce livre ont été puisées à leur source originelle, sauf quelques-unes que je n'ai pu vérifier et qui pourraient être erronées. Beaucoup viennent d'Ulmer, un cinéaste fantaisiste qui inventait ses souvenirs. Cependant nous ne pouvons toutes les éliminer en disant qu'elles ne sont pas fiables alors que nombre d'entre elles sont avérées et uniques. Armés de la logique écrasante qui veut que l'on ne peut parler de ce qu'on ne connaît pas, les spécialistes passent souvent sous silence les contradictions et l'absence de données. Une telle attitude produit des livres sans fissures mais qui masquent des vides terribles, donnant l'impression que le spécialiste sait tout sur un sujet, alors que subsistent des milliers d'interrogations sans réponse.

C'est l'accumulation, en vient à dire l'avertissement, qui garantit l'émergence de la vérité ; c'est seulement en embrassant la totalité qu'il est possible d'assurer la réussite de l'entreprise. Berriatúa ne fait pas de simagrées, sa méthode surmonte ou absout la sottise et, en revanche, dans la friction de l'infini, change des montagnes de plomb en pépites d'or. Selon les règles de son alchimie, c'est dans l'omission que se niche l'erreur. La fausseté, la tricherie sont inoffensives et excusables : la formule magistrale qui mène à la connaissance exige de la présence, car le savoir sera le trophée remporté par celui qui ose affronter la totalité. Passer au crible c'est mourir un peu, faire qu'une porte non seulement se ferme, mais se mure et disparaît, nous refusant (à nous, mais aussi aux générations futures, ces tablettes sans inscription que sont les petits d'homme) l'accès à des espaces mentaux splendides, à des champs d'idées entortillées que nous n'avons peut-être pas le droit de laisser croupir… Percevez dans mes propos la présence du doute, amorti cependant (comme reposant dans du coton) tandis que je regardais Quirós ouvrir sa boîte et farfouiller dans ses livres. Ce fut peut-être de le voir lire qui m'incita à m'approcher de lui, car j'ai toujours trouvé mystérieuse et attirante la lecture, qui cache l'exaltation sous la quiétude et qui est hermétique en pleine lumière. Je me déplaçai à pas de loup entre les meubles du salon et m'immobilisai derrière lui, dans l'espace étroit et sombre qui s'ouvrait entre un chiffonnier en acajou et un tabouret de piano inutilisable, d'où je voyais sa nuque et le livre de Berriatúa, ouvert comme deux jambes qui s'écartent pour le sexe. *J'étale tes jambes nues / je les ouvre comme un livre / où je lis ce qui me tue*, écrit Bataille[66], et moi,

66. 1929 : Georges Bataille à ses trente-deux ans dirige la fugace et stimulante revue *Documents*, qu'il définissait comme une machine de guerre contre les idées reçues.

vous voyez ? je le fais à l'envers. Je suis l'antonyme de Bataille. Il est tellement évident que mon penchant est d'ouvrir les livres comme si c'étaient des cuisses, que Quirós ne risquait pas d'interpréter mes paroles comme un vulgaire flirt, et en toute confiance je m'adressai à lui, qui avait perçu ma présence dans son dos, car dans la situation contraire je me serais éloignée. Pour briser la glace j'aurais pu prononcer une phrase banale (il fait trop chaud, je n'arrive pas dormir), mais peut-être parce que depuis plusieurs jours je n'avais parlé à personne et que mes mâchoires étaient trop rouillées, je me contentai de dire : "la nuit", deux mots qui sortirent en raclant mon appareil phonatoire et que je répétai un peu plus fort : "la nuit !" Ne cherchez pas une logique au fait qu'il réagisse en me parlant de nouveau de Luciano Berriatúa, dont il avait filmé le témoignage, disait-il, comme des notes visuelles destinées à préparer son film sur Murnau. Il me parut alors plus que préférable de changer de sujet, de me laisser distraire : la nuit des nuits, de nouveau. C'est ainsi qu'avant de comprendre que Quirós et Berriatúa s'étaient donné rendez-vous dans le hall de la Filmothèque espagnole, et qu'ils étaient arrivés exactement au même moment, comme divinement synchronisés, qu'ils avaient échangé une poignée de main en s'efforçant de maîtriser tout signe d'effusion, comme il est commun chez ceux qui se savent portés à l'enthousiasme, ce qui priva Quirós de l'envie de dire à Berriatúa que ce n'était pas la première fois qu'ils se voyaient, mais qu'ils s'étaient déjà rencontrés à Valladolid lors d'une projection de *Metropolis*, (le film de Fritz Lang[67], 1927) destiné à apprendre à l'univers entier une nouvelle hallucinante : que des scènes du film que l'on croyait perdues avaient été arrachées à l'oubli d'une collection privée en

67. 1922 : L'année de ses trente-deux ans, Fritz Lang crée le diabolique docteur Mabuse, qui est à la fois un et plusieurs.

Argentine. Dans l'auditorium Miguel Delibes[68], devant un public composé à parts égales de cinéphiles et de journalistes des pages culturelles, les paroles de Berriatúa étaient comme des étincelles magiques, je cite textuellement Quirós, qui électrisèrent la séance, surtout les auditeurs du premier rang, à quelques mètres de la scène où parlait Berriatúa. Leur excitation s'accrut lorsque Berriatúa déclara que les mots manquaient pour décrire avec justesse le frisson que l'on ressent en voyant enfin *Metropolis* tel que l'avait conçu Fritz Lang, ou, pour être exact, Quirós dit que Berriatúa précisa, avec un didactisme rare, la version du film qu'avaient vu les Argentins à sa sortie – du moins les Argentins cinéphiles, faudrait-il nuancer. Quirós avait pris l'habitude de mettre l'accent sur les aspects sociologiques du cinéma (particulièrement ceux où l'on percevait aisément les inégalités entre riches et pauvres), comme s'il voulait tactiquement s'assurer de mon attention ou gagner ma sympathie, voire mon admiration, c'est pourquoi il se mit à m'expliquer que dans les tournages des films muets, il était courant d'employer au moins deux caméras placées côte à côte, qui filmaient simultanément en produisant une image jumelle. La caméra principale, dit-il, servait à réaliser le film destiné aux marchés privilégiés (les grandes capitales européennes et d'Amérique du Nord), tandis que l'autre caméra filmait une version quasi identique, mais pas aussi précise, sinon inexacte, légèrement disloquée

68. 1952 : L'année de ses trente-deux ans est pour Miguel Delibes une bonne récolte : outre qu'il termine son cinquième roman, il est nommé secrétaire de l'École de commerce de sa ville et directeur-adjoint du journal *El Norte de Castilla*. À cette époque, Delibes est déjà devenu un de ces Personnages de Bonne Réputation (collectif qui rassemble des écrivains, des peintres, des philosophes, des musiciens, quelques scientifiques et de rares politiciens) dont le nom convient à des auditoriums, des bibliothèques, des écoles et des rues.

et d'une qualité inférieure, destinée aux marchés secondaires, dont le public devait se contenter de copies plus modestes. Un même film, deux versions, dit-il. Spectateurs Premium et spectateurs subalternes, insista-t-il en me faisant un clin d'œil qui me gêna intimement, car sans le vouloir il me rappelait à quel point j'étais coincée et, surtout, peu fonctionnelle pour tout ce qui était au-delà de mon ordinateur.

Je ne me risquerai pas à dire comment je me sentais derrière Quirós, mes muscles raidis et hostiles à tout mouvement, craignant qu'un mauvais pas ne gâche ce moment, puis j'émis un très doux et très musical *Mm-mm* en même temps que, irritée contre moi-même, je reprochai à mon esprit médiocre de n'être capable que de me rappeler un article que j'avais lu négligemment et sans but précis dans la *American Sociological Review*, dont l'auteur, un certain Dr. John W. Rhodesia[69], professeur-assistant de l'université de Glasgow, liait quantitativement le revenu par habitant de douzaines de pays avec la commercialisation de diverses boissons sucrées, qui varie apparemment d'un endroit à un autre, tout comme le vieux cinéma. Ce n'est que le lendemain soir, alors qu'il était de nouveau question de la duplication des films muets, que je me décidai à parler, en m'efforçant de construire des phrases complètes, avec des verbes conjugués et des sujets concordants. Et à ma grande surprise, la première chose qui sortit d'entre mes dents fut de tourner en dérision l'exaltation de Berriatúa pour l'idée d'archives contenant les différentes versions de tous les

---

69. Le Dr. Rhodesia s'approche aujourd'hui de ses trente-deux ans. Il vient de publier le livre *Revisiting happiness and per capita income: taking stock & looking ahead*, édité par l'université d'Illinois Urbana-Champaign. À la lumière des extraits que j'ai pu consulter sur Internet, le livre évoque un jeu de mots-mystères (vous savez, ce passe-temps où il faut trouver les mots cachés dans un quadrillage plein de lettres) qui me paraît soudain aussi tristounet que débilitant.

films (les versions sorties à New York ou Berlin, Madrid ou Buenos Aires ; celles de facture optimale comme celles de qualité inférieure), pour reconnaître finalement que cette idée ne peut que s'enrouler sur elle-même, comme un serpent finit par s'auto-asphyxier. Peut-être – et notez bien que je ne me suis risquée qu'à dire peut-être – qu'est arrivé le moment de se demander de nouveau s'il n'est pas absurde d'entreprendre tout ce que permet la technique, dis-je à Quirós, qui était enfin assis devant moi, et je poursuivis : depuis très longtemps l'humanité s'alarme devant un progrès technique irréfléchi, mais la vérité est que nous écoutons notre conscience comme on écoute la pluie tomber. Je recourus alors à l'histoire de la tour de Babel, qui n'est rien de moins qu'une dinguerie sur l'origine du million de langues. Rappelez-vous le passage de la *Genèse* qui en rend compte :

> Comme les hommes se déplaçaient à l'orient, ils trouvèrent une vallée au pays de Shinear et ils s'y établirent. Ils se dirent l'un à l'autre : "Allons ! Faisons des briques et cuisons-les au feu !" La brique leur servit de pierre et le bitume leur servit de mortier. Ils dirent alors : "Bâtissons une ville et une tour dont le sommet pénètre les cieux ! Faisons-nous un nom et ne soyons pas dispersés sur toute la terre !"

Voilà, dis-je à Quirós, un peuple de voyageurs qui, trouvant un territoire agréable où se détendre et profiter des plaisirs de la vie, se lancent un nouveau défi, bien plus difficile que d'installer leurs familles dans un endroit sûr à l'abri des tribus rivales et de l'inclémence du désert. Ils s'encouragent mutuellement. Allons ! Faisons des briques. Allons ! Construisons une tour avec laquelle nous atteindrons le ciel. Et puisqu'ils savaient comment faire, ils l'ont fait. Il n'est pas impensable que l'un d'eux ait mis en garde contre ce délire. Qu'il ait demandé aux uns et aux autres pourquoi se lancer dans cette folle entreprise. Expliqué que le luxe véritable est de se construire une cabane au bord de l'Euphrate, de passer les matinées à pêcher des carpes et les soirées à désirer pacifiquement le mari de la voisine. Suggéré qu'il valait mieux laisser aux morts l'idée d'atteindre le ciel, etc., etc. Bien sûr, fis-je remarquer, avec toute la vigueur possible, celui qui lança cet appel à la prudence fut taxé d'oiseau de mauvais augure et de rabat-joie, et le timoré fut ignoré et marginalisé pour finir par tomber dans l'oubli, car même l'auteur – … ! – de la Genèse n'a pas voulu l'inclure dans son récit… Et c'est ainsi que les nouveaux habitants de Shinear se mirent aussitôt à faire cuire des briques et à les empiler selon les méthodes les plus novatrices en matière de construction. Édifier un étage après l'autre ne leur donnait aucun mal jusqu'à ce que, comme on le sait, se pointe Yahvé qui, jouant les trouble-fête suprêmes, démantela la construction et dispersa les gens, les condamnant en outre à ne pas se comprendre pour les siècles des siècles.

À mon goût, dis-je, le dénouement est un peu trop spectaculaire, on dirait la scène finale d'une superproduction américaine cherchant à faire du héros de l'Ancien Testament un personnage terrible, dont les résolutions devaient terroriser et être un tantinet ostentatoires. Est-ce trop blasphématoire de dire que le seigneur des cieux se comporte dans cet épisode comme un super méchant ? Cette apothéose aurait quand même pu être un peu plus… circonspecte. Il n'était pas indispensable que Dieu descende pour voir la tour ni qu'il prenne la mouche, car 1) tôt ou tard l'édifice aurait commencé à vaciller et à s'écrouler sous l'effet ténébreux de la gravité et 2) en tout cas, jamais au grand jamais, si brillant que fût l'architecte, il n'aurait réussi à traverser la troposphère, qui n'est que la première des cinq couches composant l'atmosphère, au-delà desquelles on suppose que commence le ciel. Avec ou sans Dieu, l'échec de la tour était inéluctable. Sa conception tenait du délire de gens intolérants à une vie sereine, qui allaient dorénavant devoir consacrer leurs moments libres à apprendre les langues. Certains les considèrent comme des aventuriers anticonformistes grâce auxquels l'Humanité progresse pas à pas, dis-je, tenant pour acquis que c'était l'avis de Quirós, mais, pour moi, ce ne sont que des esprits affligés par une insatisfaction chronique qui les empêchait de jouir du ciel étoilé sans soupirer tout le temps après une illusoire balade intergalactique. Pour le dire autrement, je faisais référence à ce type de personnes qui ont toujours un rêve à réaliser ou une guerre à livrer, mais qui jamais – j'insiste : jamais – n'auraient l'idée de se demander si leur fantasme est suffisamment fondé pour justifier leur entreprise et, de plus, si celle-ci ne finira pas par être nuisible dans son apparente innocence, comme la vague magnifique dont rêve le surfeur, qui se transforme en tsunami et dévaste tout un rivage en emportant natifs et touristes.

– Je regrette de le dire aussi crûment, mais dans ce groupe de dangereux exaltés, il faut compter ton ami Berriatúa.

Je ne le nie pas. Pour Quirós, la volonté démesurée de Berriatúa de passer au crible l'histoire du cinéma ancien avait été tellement séduisante qu'il avait rejoint sa liste mentale de personnages singuliers, où il était resté endormi pendant des années, jusqu'à ce qu'un jour il apprenne par une notule dans un journal qu'on avait trouvé à Vienne des boîtes de film, qui selon des experts allemands pouvaient contenir des rushes que Murnau avait tournés en Polynésie. Il prit alors contact avec lui, aussi vite que l'impulsif Rudy Jou avait accepté de financer son projet. Berriatúa, qui n'est pas du genre à redouter un bombardement, accepta de le rencontrer et, à présent, sur l'écran de l'ordinateur de Quirós, je voyais Berriatúa expliquer de quelle manière Murnau avait obtenu que Flaherty accepte de tourner avec lui un film sur la Polynésie, puis, avec une égale efficacité, réussi à l'écarter et à s'approprier le projet; expliquer aussi, comme pour rajouter une pelletée sur le tas de déboires de la vie de Flaherty, que ce n'était pas la première mais la deuxième fois qu'un collègue lui fauchait son travail, car quelques années auparavant il avait été floué dans le tournage d'*Ombres blanches*, passé à l'histoire comme un film réalisé exclusivement par W. S. Van Dyke[70]. Ce fut par la formule *in dubio pro paupere*, qui me plaît et me réconforte, et même que je m'amuse à employer à la moindre occasion, que j'ai commencé à ressentir de la compassion pour l'enfant qu'avait été Robert Flaherty, victime dans mon imagination de gamins abusifs qui n'avaient pas eu beaucoup de mal à lui piquer son goûter. Le portrait de ce gosse timide fut enrichi peu après lorsque Quirós m'apprit que Flaherty était un grand buveur de whisky écossais. Certains affirment que l'aversion de Murnau à son égard tenait à ce que l'Allemand était un de ces abstinents intraitables, de plus prétentieux, qui avait dû très vite en avoir plus qu'assez de supporter les beuveries de Flaherty. Quirós, pour sa part, attribuait leur rupture à des raisons strictement artistiques et n'accordait aucun crédit à cet hypothétique rejet de l'alcoolisme qui, affirmait-il, ne ressemblait pas à quelqu'un d'aussi intelligent que Murnau, de même que la version contraire ne lui semblait pas raisonnable : un Flaherty finissant par détester la sobriété inflexible de Murnau. Il est vrai que l'hostilité, ou la méfiance, du buveur le plus invétéré envers l'abstinent n'est pas chose

70. 1921 : W. S. Van Dyke fête ses trente-deux ans au moment de la sortie de son onzième film, *La Double Aventure*. Selon les connaisseurs, ses films ne brillent pas par leur qualité, et pourtant quelle rapidité, quelle efficacité et quelle habileté pour boucler ses tournages !

courante, si sympathique que nous trouvions la phrase de Baudelaire[71], selon laquelle un homme qui ne boit que de l'eau cache un secret à ses semblables. Quoi qu'il en soit, le différend entre les deux cinéastes, dit Quirós, servit de prétexte à un conflit, jamais étouffé, sur la façon dont la caméra doit s'approcher de la réalité. D'un côté, ajouta-t-il, il y avait les puristes du documentaire (disons les pro-Flaherty) pour qui le défi était de capter l'essence des choses, en soi belles à l'excès et profondément significatives lorsqu'on les considère dans leur cadre naturel. De l'autre côté, ceux qui croyaient que la réalité est une masse informe, difficile – sinon impossible – à capter, et en général insipide; pour ceux-là (disons les pro-Murnau) l'art est ce plus sans lequel l'approche de la réalité est aussi peu palpitante que la préparation d'une soupe à l'oignon. Si, pour les seconds, *Tabou* était un diamant exotique, taillé en forme d'histoire d'amour impossible – d'après Quirós, Rohmer[72] écrivit que *Tabou* est le plus beau film du plus grand des cinéastes –, pour les premiers sa manière d'aborder la Polynésie est rien de moins

71. 1853: Une semaine après son trente-deuxième anniversaire, Baudelaire publie dans *Le Monde littéraire* un texte peu connu, "La morale du joujou", qui commence par un souvenir d'enfance, du jour où il accompagna sa mère chez Mme Panckoucke. À peine arrivé à l'hôtel où habitait la dame, celle-ci conduisit le petit Charles dans une chambre pleine de jouets: "Voici, dit-elle, le trésor des enfants. J'ai un petit budget qui leur est consacré, et quand un gentil petit garçon vient me voir, je l'amène ici, afin qu'il emporte un souvenir de moi. Choisissez." Parmi tous les jouets, Charles préféra bien sûr le plus voyant. Bien des années plus tard, tout juste âgé de trente-deux ans, il écrit: "Il m'a souvent pris la fantaisie de connaître tous les gentils petits garçons [...] dont l'insoucieuse enfance a puisé autrefois un souvenir dans le trésor de Mme Panckoucke."

72. 1952: L'année de ses trente-deux ans, Éric Rohmer dirige son premier long-métrage, *Les Petites Filles modèles*. Mais le film ne sera jamais monté. Les rouleaux de pellicule sont abandonnés dans un laboratoire et finissent par être perdus pour toujours.

qu'un outrage. Manipulation. Inauthenticité. Péché. Quelqu'un déclara même : la vengeance de l'Occident à la trahison consommée de Gauguin.

– Vraiment très intéressant.

Inutile de dire de quel côté penchaient Berriatúa et Quirós, pour qui l'essence polynésienne devait paraître précieuse, mais pas autant que l'intensité dramatique, la beauté de la composition d'un plan ou la virtuosité du montage. Aussi, face à la caméra, Berriatúa passa en pointillés sur les critiques que *Tabou* s'attira – c'est le film d'un homme blanc, sur un amour de Blancs ! s'exclamèrent certains tandis que d'autres en rajoutaient : c'est un film de colonialiste ! –, et préféra s'étendre sur les raisons pour lesquelles le projet initial, tourner *Turia*, avait fini transformé en *Tabou*. Ce que voulait Quirós était : filmer dans toute son ampleur une histoire de beauté sans égal, de beauté sauvage et pure, aussi essentielle qu'authentique et XXX – ajoutez vos épithètes préférées. C'était : saisir le germe d'une idée et rendre compte de ses avatars jusqu'à sa transformation en une œuvre achevée (ou approximativement achevée), et même en quelque chose de plus. C'était : montrer, selon une métaphore certes banale mais pas moins belle et éclairante pour autant, de quelle façon une histoire se métamorphose de chenille en papillon qui, arrivé à l'âge adulte, disperse une tripotée d'œufs aussi minuscules que parfaits. Quirós ne connut pas un instant de doute pour parier aussi clairement sur Murnau, contre le dépossédé Flaherty, choisissant le triomphe face à la désillusion, qui reste à l'écart et se décompose dans une négativité très discrète. Rien de plus erroné, dit Quirós, que de voir en Murnau le cheval gagnant quand il arrive en Polynésie. Ce n'est qu'en récrivant son histoire après sa mort (en réalité : au-delà de l'éloge souriant et forcément un peu plastifié des commentateurs et des critiques) qu'il est possible de perdre de vue que d'une certaine façon Murnau a été marginalisé par l'industrie. Qu'on l'a contraint de choisir entre s'adapter aux temps nouveaux ou être liquidé, se retrouver complètement *out*, au moment où les spectateurs commencèrent à préférer les films parlants pour passer la soirée. Seul et quasiment à partir de rien, il créa pour lui-même – comment dire ? – les conditions pour que les confins où on voulait le reléguer deviennent un paradis. *Turia-Tabou* est une œuvre réalisée dans le recoin des vieilleries. Vous ne pourrez pas me dire que ce n'est pas une conclusion désinhibée et rageusement belle ; qu'elle ne possède pas cette espèce de perfection désarmante qui sert à remplir des étagères. C'est pourquoi je m'agenouille devant elle, car il y avait des semaines que je n'arrivais pas à une conclusion aussi extraordinaire. Je n'eus pas d'autre choix que de m'avouer que le projet de Quirós méritait mon attention, ce qui n'empêcha pas que la conférence de Berriatúa devienne pour moi un océan de sons indistincts, confusion due par-dessus tout à sa voix, qui baissa dans les graves jusqu'à frôler la frontière des cent hertz. Je vous ai déjà parlé de mon problème d'audition. Vous savez que c'est une affection contre laquelle il est inutile de lutter et qui, en fin de compte, est plutôt agréable et me permet de me concentrer sur des questions qui passeraient autrement inaperçues. En le regardant parler sans l'écouter, je remarquai que Berriatúa dirigeait son regard vers le point où, derrière la caméra, se tenait Quirós, face à qui Berriatúa déployait sa force de vétéran, car là où il y a deux êtres qui parlent, même s'ils rament dans le même sens ou sont, comme on dit, sur la même longueur d'onde, il y a lutte et jeu de soumission. Très stratégiquement, Quirós se laissait dominer et prenait plaisir à capturer avec sa caméra le génial, excentrique et inimitable Luciano Berriatúa. Prises comme des bouts d'essai, comparables aux ébauches d'un dessinateur, les images de l'interview de Berriatúa sont comme des particules au vent que je chasse avec les doigts. Une caméra, écrit Orson

Welles[73], est comme un compteur Geiger[74] de l'énergie mentale. Elle enregistre ce qui n'est que vaguement perceptible à l'œil nu et le capture de manière claire et avec force : la pensée. Sur l'écran, Berriatúa pensait à Murnau et parlait le regard fixé sur l'espace occupé par Quirós, hors champ, mais à côté de moi à cet instant ; entre nous trois se formait une conjuration domestique, comme fabriquée dans un matériel hyper résistant que personne n'a éprouvé l'intérêt de baptiser. Un peu à la manière de Matthieu 18, 15-20 : "Que deux ou trois, en effet, soient réunis en mon nom, je suis là au milieu d'eux."

Les premiers cinéastes, poursuivait Berriatúa lorsque je pus de nouveau le comprendre clairement, se trituraient les méninges pour trouver des solutions aux limitations de la technique afin d'arracher le cinéma à ses premiers balbutiements, et aujourd'hui nous nous triturons les méninges pour savoir comment on faisait des films il y a cent ans. C'est comme ça que nous nous amusons, dit-il, et il laissa échapper un éclat de rire semblable à celui qu'il eut à la fin de l'interview après avoir dit que sa véritable passion n'était pas le cinéma muet mais les dessins animés et que rien (aucun des chefs-d'œuvre de Murnau ou de Fritz Lang) ne pouvait se comparer au film de Walt Disney[75], *Fantasia*, qui s'attira la colère du Vatican et des

73. 1947 : l'année de ses trente-deux ans, Orson Welles tourne *La Dame de Shanghai,* dont le personnage principal est, d'après ce qu'il dit à André Bazin, un poète et une victime, et de plus représente "un point de vue chevaleresque correspondant à de très vieilles idées européennes".

74. 1914 : Le directeur des recherches en radioactivité de l'Institut allemand de science et technologie, Hans Geiger, dut abandonner son poste à l'âge de trente-deux ans, lorsque qu'il fut mobilisé pour la Grande Guerre.

75. Fin 1933 : Walt Disney a trente-deux ans lorsque le dessin animé *Les Trois Petits Cochons* remporte un succès public tellement énorme qu'il ouvre les portes à ce qu'on appellera "L'âge d'or du cinéma d'animation". Dans sa vie privée, comme dans ces contes

créationnistes pour avoir montré un monde dont l'origine n'est pas un dieu barbu mais la sorcellerie. Assis dans une semi-obscurité devant sa table de montage, Berriatúa se tourna pour regarder sur la loupe de la machine les premiers photogrammes de la copie de *Tabou* conservée à la Filmothèque espagnole (une copie de la version commercialisée en Hollande) et prit la pose afin que Quirós le filme dans son rôle de technicien du cinéma. Il plissait les yeux, concentré tel un médecin scrutant une radiographie, tout en parlant des stigmates laissés par le temps et les copies sur le film, comme des cicatrices.

– Quel trésor peuvent cacher les boîtes de Vienne ? lança Quirós, qui s'imaginait, je crois, que cette inconnue allait déclencher la tension dramatique de son film.

– Nous avons longtemps cru, répondit Berriatúa, en surjouant, j'eus l'impression, son enthousiasme, que les scènes tournées par Murnau en Polynésie avaient été perdues pendant la Seconde Guerre mondiale, au cours d'un bombardement. La découverte de ces boîtes est, disons-le ainsi, comme trouver l'épave d'un galion englouti où on pense que la cale recèle un coffre rempli de doublons.

Je ne sais pourquoi, cette image maritime me rappela un poème de Joseph Brodsky[76] (le voyageur solitaire, le poète globe-trotter) qui nous apprend que toute fatalité a, si on la cherche sans préjugés, une issue :

---

infantiles où un couple ne parvient pas à avoir d'enfant, M. et Mme Disney ont enfin le bonheur d'avoir une petite fille qu'ils prénomment Diane.

76. 1972 : Brodsky a trente-deux ans quelques jours avant que les autorités soviétiques, qui le persécutent à cause de ses poèmes et de son origine juive, l'embarquent de force dans un avion à destination de l'Autriche et lui interdisent de revenir dans son pays. Le poète emporte une valise qui contient une machine à écrire, deux bouteilles de vodka et un recueil de poèmes de John Donne, exemplaire que l'on peut voir aujourd'hui au musée Anna Akhmatova de Saint-Pétersbourg.

Chère Blanche, je t'écris dans le ventre d'une pieuvre géante.

C'est un miracle, car les instruments pour écrire et ta photo ont été sauvés.

Il fait chaud et humide. Mais je ne me sens pas seul.

Il y a deux sauvages à côté de moi qui jouent du ukulélé.

Le pire est l'obscurité. Mais quand je force la vision,

je distingue des voûtes et des arches. Mes oreilles bourdonnent terriblement.

Je vais tenter de comprendre le système de la digestion.

Parce qu'il n'y a pas d'autre issue.

Ton fidèle Jacques.

Baisers

Comme dans le ventre de la pieuvre, la chaleur était cette nuit-là particulièrement intense, au point que j'en arrivais à me dire qu'elle ne tenait pas seulement à l'été. L'air devenait de plus en plus lourd. Nous autres amoureux du cinéma avons le cœur à Vienne, exagérait Berriatúa sur l'écran de l'ordinateur de Quirós, qui dut penser que c'était suffisant, car brusquement la conversation s'étiole et s'interrompt.

La vidéo s'arrêta et l'écran redevint noir au moment où l'aube pointait. Quirós s'était endormi.

Madrid 1919. Le printemps n'est pas terminé quand Juan Ramón Jiménez[77] publie le recueil de poèmes *Pierre et ciel*, qui se clôt par ces vers : *j'aimerais que mon livre / soit comme le ciel la nuit.* Les premières lueurs du jour éclairaient Quirós. J'eus envie de l'observer de près ; écartant de l'avant-bras les papiers et les documents que nous

77. 1913 : le jour de ses trente-deux ans, la "rose blanche" après laquelle le poète soupirait dans son adolescence prolongée se marie (avec un autre). Il est loin d'en être affecté, car Juan Ramón vient de faire la connaissance de Zenobia Camprubí, qui pour le moment le repousse.

avions éparpillés sur le lit, comme les feuilles tombées d'un arbre mort, j'approchai mon visage du sien. Je sentais l'air entrant et sortant de sa bouche qui, de profil, évoquait le lit d'un torrent à la surface d'une planète inhabitée couverte de lave. Ses tempes palpitaient. Sur la fin de *Nosferatu*, Jack Kerouac[78] avait écrit: "L'ombre de la main se répand comme de l'encre sur le couvre-lit immaculé. À genoux près du lit, le vampire embrasse le cou dans une scène d'amour horriblement perverse et inégalable par la pathétique et brusque révélation qu'il est un être infiniment fragile." Je me concentrai sur la palpitation de la tempe gauche de Quirós, mais je fus incapable de déchiffrer le désir qui me rongeait, et encore moins de savoir comment le satisfaire. Aujourd'hui encore cette situation me reste opaque, avec l'idée que j'aurais pu ce matin-là apprendre une leçon sur moi-même, éveillée et quasiment collée au corps endormi de Quirós, sans défense et immobile comme je ne le vis plus jamais. Si j'avais été une vampire (soumise non à la loi des morts, comme on le pense à tort, mais à l'inhumanité de la loi naturelle), la suite aurait été évidente: j'aurais planté mes

---

78. 1954: Kerouac vient d'avoir trente-deux ans lorsqu'il commence à être attiré par le bouddhisme et à comprendre qu'il a été "illuminé". La plupart de ses biographes marquent d'une pierre blanche le jour où il vola un exemplaire de *Une bible bouddhiste* (de Dwight Goddard) dans la bibliothèque de San José, Californie. Dans une lettre à Allan Ginsberg, il écrit: "J'ai traversé un océan de souffrance et j'ai enfin trouvé la voie." Sa vie et ses écrits sont émaillés un temps de mots comme *mahayana* ou *dharma*. Pour certains, Kerouac trouve dans le bouddhisme de nouvelles images avec lesquelles nourrir sa foi catholique. Pour d'autres, il trouve dans la spiritualité orientale un soulagement à son échec professionnel. Son attirance pour la religion bouddhiste s'étiole lorsqu'il trouve enfin un éditeur pour publier *Sur la route*, qu'il avait terminé d'écrire quelques années avant. Plus tard, en 1968, dans une interview à *The Paris Review*, on lui pose cette question: quelle différence entre Jésus et Bouddha? Aucune différence, répond-il.

crocs dans la veine jugulaire de Quirós et sucé son sang chaud. Mais à cet instant-là il ne me vint rien d'autre à l'esprit que de compter les contractions de sa tempe, les pulsations sur son front lisse et perlé comme l'écran de l'ordinateur. Partant de un, comme il est normal, j'en arrivai à dépasser les mille battements et je finis par m'endormir près de lui. Lorsque je rouvris les yeux, le lit était vide. J'imaginai Quirós sortant de la maison sur la pointe des pieds, son bagage à la main, et prenant un avion pour Berlin. J'en fus chagrinée, mais pas plus d'une poignée de secondes, et restai très solennellement sans voix.

Londres, 1919. Le printemps touchait à sa fin quand le journaliste Edward Honey[79], sous le pseudonyme de Warren Foster, se décide à écrire une lettre à la presse, dans laquelle il suggère une commémoration de l'armistice de la Première Guerre mondiale qui soit à la hauteur d'un événement aussi important. Pour le 11 du onzième mois de l'année à onze heures du matin, Honey propose d'observer un grand silence rituel : “Une intercession sacrée, écrit-il, une communion avec les morts glorieux qui nous ont offert la paix. Dans les rues, les foyers, les théâtres, il suffirait de cinq minutes d'un silence doux-amer.” Quelques mois plus tard (peut-être à la suite de la proposition de Honey, ou comme l'assurent certains, en reprise d'une coutume des églises de la ville du Cap), le journal *The Times* publie une lettre du roi George V du Royaume-Uni[80], appelant à deux minutes de silence pour l'anniversaire de la fin du conflit.

---

79. 1917 : l'Australien Edward Honey fête ses trente-deux ans à Londres, où il travaille comme journaliste après avoir prêté main-forte, comme beaucoup de ses compatriotes, à l'armée britannique.
80. 1897 : lorsque George de Saxe-Cobourg-Gotha atteint ses trente-deux ans, il vit au York Cottage avec son épouse, la princesse Mary, qui vient d'accoucher. Il mène une vie très tranquille dans l'attente de la mort de son père, après laquelle il devra être couronné roi. Selon son biographe officiel, Harold Nicolson, il consacre ses journées à la chasse et à la collection de timbres.

Je me levai et téléphonai à la faculté pour dire que je ne me sentais pas bien. J'étais désolée mais je n'allais pas pouvoir assurer la dernière semaine de cours. Je m'efforçai de donner à ma voix les inflexions d'un léger état fiévreux, au lieu de quoi je produisis l'impression d'un poisson agonisant dans des eaux insalubres. La secrétaire du département ne posa aucune question sur ma prétendue indisposition. Elle ne se montra pas revêche, mais machinale, et son indifférence m'attrista. Si je tombais réellement malade, personne ne se soucierait de mon état. Si je venais à mourir, il n'y aurait même pas une poignée d'amis à mon enterrement. Si je le lui demandais comme ma dernière volonté, le jour venu Ana María quitterait son bureau pour déclarer devant mon cercueil que "tout s'est passé comme obéissant à une loi implacable, la loi qu'elle-même s'était imposée : tout ou rien", ce qui serait le plus juste que l'on pourrait affirmer sur ma vie. Comprenez-moi bien : ce n'est pas le plus juste pour son contenu, qui en fin de compte est nul, mais comme hommage posthume à Murnau et à Quirós, et plus spécialement à Lukács, l'homme auquel j'ai, après tout, consacré plus de temps qu'à quiconque, et qui croyait dans sa jeunesse (selon ce qu'écrivit Lucien Goldmann[81] dans *Kierkegaard vivant*) que "la seule attitude authentique est celle qui, régie par la catégorie du tout ou rien, rejette le plus ou moins, les degrés, les transitions".

Par une impulsion stupide, quoique cohérente, qui me portait à approfondir mes blessures, je mis le dernier disque de Marlene Tiene un Mal Día, dont la chanteuse avait l'habitude de s'automutiler pendant les concerts,

81. 1945 : à l'âge de trente-deux ans, Lucien Goldmann voit son premier livre publié, en fait sa thèse de doctorat consacrée à Kant. Sous le titre *La communauté humaine et l'univers chez Kant*, ce texte cherche à sauver l'humanisme allemand des forces barbares qui ont dévasté l'Europe.

ce qui explique que les entrées à ses spectacles étaient de plus plus chères et difficiles à obtenir. Le public savait que l'important pour Marlene était d'aller de plus en loin dans ses performances, aussi semblait-il évident qu'un jour elle finirait par se suicider sur scène et ses fans voulaient être là lorsque cela se produirait. Contre toute attente, Marlene mit fin à ses jours (par un cocktail de comprimés) dans l'intimité de sa chambre de la maison de ses parents, dans un minuscule village des Pyrénées, qu'elle occupait encore quand elle n'était pas en tournée[82]. Ainsi se terminait une carrière qui, malgré le succès, n'avait rien de très original, comme Marlene elle-même l'avait reconnu dans ses nombreuses interviews qu'on trouve sur Internet. Son groupe, émule sans complexe de celui des Hollandaises McLuhan's Yellowist Grin (dont la chanteuse "est comme Jésus-Christ sur le dos d'un taureau de combat"), émule à son tour de je ne sais quel autre groupe londonien.

Je donnai à manger à Oméga et retournai aussitôt m'allonger sur le lit. Cette douleur thoracique me vient du crétacique, chantait Marlene, en s'accompagnant d'une guitare électrique, d'une voix irréprochablement juste, compte tenu des circonstances. Le crétacé, c'était avant ou après le jurassique ? Ignorant la réponse, je me suis dit : j'en ai ras-le-bol de la connaissance. Cette promesse que le savoir nous rend vertueux, vous je ne sais pas, mais moi ça me fait rire de rage. Quoi qu'il en fût du propos de Lukács sur la lutte des jeunes pour la culture, aucun doute que j'avais fait fausse route, perplexe certains jours et d'autres dans le brouillard. Je pensai à Faust, au docteur Caligari, au rabbin dans le *Golem*, tous dans leurs bureaux à dévorer des livres sans réussir

82. Si le suicide de Marlene est réel (ce dont doutent beaucoup de ses fans), la chanteuse-artiste n'atteignit pas ses trente-deux ans, à quelques jours près.

pour autant à faire le bien ou à être plus savants, mais seulement à créer des problèmes et à subir des déboires. Allongée sur le ventre, je tentai de me rendormir. Un instant l'idée de me masturber me passa par la tête, mais j'eus la flemme. Un peu engourdie, je décidai alors d'allumer l'ordinateur et de regarder le premier film de Quirós. Je le trouvai sans difficulté sur un site pirate, qui proposait une liste extravagante de documentaires. *Un vide presque sidéral*, rangé entre *Une alerte globale (bovin, ovin, porcin)* et *Lit turc branlant*. Le film durait trois heures et trente-trois minutes et, sans exagérer, je vous dirai que j'en ai passé la moitié à pleurer. Y a-t-il quelque chose de plus vertigineux que de tomber amoureux ?

UNE PARENTHÈSE

Personne ne fut aussi perspicace sur les intentions de Un vide presque sidéral *que le critique Braulio Pérez-Alegría, qui écrivit que pour J. B. Quirós à ses débuts la réfutation du néant tient à une main qui remue : dans cette image, celle de la silhouette d'une main peinte sur la roche par un aérographe primitif et ouverte à la rencontre, germe le récit qui correspond, en effet, à cette branche du cinéma documentaire dont la méthode consiste à fouiner, accumuler des trouvailles et nouer des parentés, plus elles sont inopinées meilleures elles sont, écrit le célèbre Pérez-Alegriá sans prendre parti ni préciser si cette orientation du documentaire lui plaît ou au contraire le rebute, mais touchant juste quant au procédé de Quirós qui, dans son premier film, sillonne les eaux qui s'étendent au sud de Marseille et dont la première scène montre un pêcheur à bord d'une embarcation de taille moyenne baptisée* La Perle noire, *qui tire habilement un filet semblable à celui dans lequel M. Jean-Claude Bianco trouva une gourmette portant l'inscription "Antoine de Saint-Exupéry (Consuelo) c/o Reynal and Hitchcock Inc. 386 4th Ave. NY City USA", permettant de localiser l'endroit exact de l'épave de l'avion à bord duquel l'auteur du* Petit Prince *avait perdu la vie cinquante ans plus tôt. Certains avaient passé des décennies sur la piste du Lockheed P-38 Lightning que pilotait l'écrivain, surtout depuis que l'historien Daniel Décot avait trouvé un rapport de la Luftwaffe dans lequel l'ex-pilote Robert Heichele affirmait l'avoir abattu, mais la découverte de cette gourmette fit revenir le sujet sur le devant de l'actualité.*

Si nombreux furent les plongeurs à explorer les eaux françaises à la recherche de l'épave que Quirós ne put s'empêcher de les représenter, en se servant d'images d'archives pour composer un défilé d'hommes-grenouilles qui avancent d'un pas martial dans les eaux bouillonnantes, comme commandés d'une main de fer par un amiral aux ordres de Poséidon, défilé qui devient spectaculaire lorsque arrive le tour de l'expédition parrainée par la marque de champagne Louis Roederer. Ceux qui ont vu Un vide presque sidéral *se souviendront du directeur général de cette société qui, devant les médias du monde entier, à côté d'une bouteille du célèbre Cristal (le champagne spécialement créé pour les fêtes données par le tsar Alexandre* II*), affirmait prématurément qu'il était sur le point de trouver l'avion disparu de Saint-Exupéry. Affichant une franchise qui est le privilège des puissants – à ne pas confondre avec la magnanimité –, il ne cacha pas que la raison première de cette aventure sous-marine ne tenait pas au souci culturel des dirigeants de la société des vins mousseux, mais à une campagne de publicité de haut vol dans laquelle avait été investie une somme astronomique. Malgré tout, ce ne fut pas cette expédition mais une autre qui découvrit le trésor, offrant à nos yeux le fantôme de Saint-Exupéry. C'est un peu laborieux au début, mais sur l'écran la transparence se fraie enfin un chemin dans les eaux troubles et, par un habile mouvement de caméra, on parvient à distinguer de plus en plus nettement un tas de ferraille dont les contours laissent deviner le fuselage d'un avion du siècle passé. Comme s'il voulait révéler sa stratégie (à l'image de ces prestidigitateurs qui, à la fin d'un numéro, ne peuvent s'empêcher de dévoiler le truc et d'expliquer au public les entrailles de leur magie), Quirós interrompt la séquence sous-marine par une scène où une cabine est transformée en chambre noire. L'éclairage est rougeâtre et ténu, mais suffisant pour comprendre qu'à* *des cordes fixées au plafond sont accrochées une douzaine de photos au séchage, sous lesquelles se déroule une scène de sexe en groupe (gentillet, rien d'extravagant). Trois hommes et trois femmes nus copulent dans un espace à la fois photographique et sexuel, qui fonctionne comme un interlude associant – ainsi le décrit avec force propos poétiques Pérez-Alegriá – la jouissance, le credo et l'enfermement, et dont le fondu au noir final, contre toute attente, n'incarne pas l'orgasme mais la lassitude.*

Il travaillait à son compte et s'appelait Luc Vanrell le plongeur qui trouva les restes de l'avion à 83 mètres de profondeur, au large de la côte marseillaise, son rythme respiratoire s'accélérait chaque fois qu'il pensait à sa découverte, craignant d'être devancé par d'autres, mais il ne l'annonça pas tout de suite, il passa d'abord quelques jours à compulser de multiples manuels d'aéronautique militaire, dans lesquels il voulait s'assurer que l'épave qu'il avait trouvée correspondait sans aucun doute à l'avion de l'écrivain. Si elle était confirmée, une telle nouvelle ferait le tour du monde, relayée par les journalistes des cinq continents. Je veux déclarer que j'ai découvert un bien culturel maritime, écrit-il sans vouloir se vanter dans une lettre adressée au service officiel correspondant, dont le directeur ne tarde pas à lancer une enquête et à convoquer la presse. Lorsque les pièces de l'avion sont remontées à la surface et enfin ressuscitent, les cameramen accrédités s'appliquent à filmer chaque nuance de l'événement historique. La condition pour qu'une chose soit rendue, semble dire Quirós, est qu'elle ait été auparavant perdue. Il y a un plaisir à récupérer, à perturber la tranquillité de la table rase, d'une mer calme qui trompe et se confond avec un miroir pendant une, deux, trois, quatre, douze, vingt secondes tout au plus, mais finit par s'ouvrir pour révéler peu à peu ce qu'elle cache, en un processus inverse à celui de l'accident. Deux photographies minuscules couleur sépia, conservées dans les archives de l'armée allemande, montrent ce qui fut peut-être – Quirós ne le précise pas – l'instant où l'avion de Saint-Exupéry est atteint par un projectile ennemi et commence à tomber à pic. Sa queue dégage une colonne de fumée qui s'évanouit dans la mer en déclenchant un signal d'alarme que personne n'entend. Une année passe, la guerre se termine, passe une autre année, puis une décennie, plusieurs décennies, et les lois de la chimie et de la biologie jouent leur rôle. Elles construisent selon leur art, sans l'outrepasser ni offenser Dieu, un espace où, un jour, fait irruption un humain (que l'on attend mais qui ne dérange pas) dont la chance est que la chute de l'appareil soit passée inaperçue. La perte contient la promesse d'une joie future, comme dans la parabole du fils prodigue. C'est dans l'évangile de Luc et répété dans le film de Quirós – de façon un peu cryptique – par une voix off *(caverneuse, comme sortie d'un larynx endormi pendant des siècles), au moment où une hélice s'enfonce docilement dans l'eau salée pour se planter dans le fond marin :* il fallut faire fête et se réjouir, parce qu'il était mort et il est revenu, il s'était perdu et il a été retrouvé. *N'avez-vous jamais réfléchi un instant à ce mécanisme bipolaire qu'est la compensation ?*

Peu importe que le miracle des retrouvailles se produise tôt ou tard, parce qu'il est sûr qu'il se produira. Quirós insiste et le démontre une deuxième fois : des milliers d'années s'écoulèrent avant qu'un autre plongeur, Henri Cosquer, découvre l'entrée d'une grotte sous-marine fermée par la mer préhistorique, et fasse renaître des dizaines de peintures ignorées. La caméra progresse à travers un conduit noir et humide comme le tube digestif d'un poisson – scène que, de manière gratuite, fastoche et (disons-le) un brin pignoleuse, l'éminent Pérez-Alegriá explique en recourant à la métaphore d'un vagin pénétré par l'objectif de la caméra de Quirós, au bout duquel attend la lumière et, en somme, la naissance – et nous conduit dans la grotte où, parmi de multiples dessins d'animaux d'une autre ère, notre regard se fixe sur la figure d'un homme blessé, ou mort, transpercé de harpons pendant une journée de chasse malheureuse. Ce corps schématique au dos estoqué n'appartient pas, je le sais depuis peu, à la grotte découverte par Cosquer, mais à une autre située en France, ce qui n'a pas empêché Quirós de l'infiltrer là, car avec les règles de sa science à la main, il prend la liberté de mêler des images d'origines diverses, pour se laisser entraîner par l'art prodigieux de la combinatoire et d'inaugurer un territoire vierge fait de photogrammes. Captive de son envoûtement, je me rappelle alors avoir glissé doucement sur le pont tendu entre le mort préhistorique et le cadavre de Saint-Exupéry, peut-être encore dans son uniforme et qui, s'il faut en croire les soupçons d'un témoin oculaire, pourrait être celui d'un soldat rejeté par les vagues sur la plage marseillaise. C'était au début du mois d'août 1944, les armées alliées étaient sur le point de lancer l'opération Dragoon pour libérer les ports principaux de la Méditerranée et la situation dans le sud de la France était si dure qu'on peut comprendre que personne ne se soit ému de voir émerger un corps sans vie, un mort de plus en fin de compte, qu'il allait falloir enterrer avec les nombreux autres, tous anonymes, dans des sépultures identiques et anonymes. Saint-Exupéry fut donc enterré, selon Quirós, sans fleurs ni couronnes, pour retrouver la gloire des années après, sous nos yeux qui trouvent un plaisir singulier à exhumer des morts célèbres et à adorer leurs dépouilles, au fond semblables à toutes les autres, comme on peut le déduire de très longues séquences où Quirós enchaîne des images de noyés empruntés aux journaux télévisés du monde entier, ainsi qu'à des archives de police auxquelles il eut accès, je ne sais par quel moyen. Mille et un corps enflés s'échouent sur le rivage, le visage déformé par un rictus jaunâtre qui rappelle un ténia, inspirant l'horreur bien plus que le dégoût. Régurgités par les mers et les océans, émergent avec un brio identique les restes d'un homme préhistorique et ceux d'un homme moderne, ceux de l'écrivain tombé au combat, ceux de la victime d'un crime ordinaire et ceux du migrant noyé dans un naufrage, composant un chapelet de cadavres qui s'enroulent sur eux-mêmes, dansent, et finiraient presque par nous séduire si Quirós, avec une véhémence que d'aucuns pourraient juger inhumaine, ne rompait le sortilège en tirant la langue au cadavre de Saint-Exupéry et lui ordonnant de se lever et de parler – en voix off *–, tel un médium murmurant un passage de* Pilote de guerre *où il évoque une mission semblable à celle qui lui coûta la vie, sauf par sa fin, un* happy end, *car dans le livre l'écrivain parvient à se sauver : par une manœuvre habile, il esquive les tirs de l'ennemi, sème les chasseurs de la Luftwaffe et disparaît sain et sauf dans le ciel nocturne :* les chasseurs sont guidés vers nous par la radio de bord, par les salves d'explosion, puis par le luxe ostentatoire de notre écharpe blanche. Cependant nous baignons dans un vide presque sidéral.

Un dénouement comme celui-ci permet d'affirmer que Saint-Exupéry est un de ces auteurs généreux qui imposent à leurs récits le devoir d'insuffler l'espoir, de montrer que jusqu'au dernier souffle il est possible d'échapper au danger, de s'enfoncer dans un ciel immense et vide, mais aussi salvateur. Tout indique que Quirós approuvait largement une telle attitude, mais il émet une objection : la seule instance de rédemption durable ne se trouve pas dans les nuages, mais chez ceux qui nous survivent. C'est pourquoi, comme faisant souffler un vent nouveau, la caméra filme les spécialistes du musée de l'Air et de l'Espace, au Bourget, en train de restaurer l'épave de l'avion de Saint-Exupéry, en préservant soigneusement le métal écaillé afin qu'il conserve son aspect de ferraille que visiteurs et touristes attendent de photographier. Puis, sans perdre la cadence, la rouille, enfant chimique du temps, permet le passage de l'air à la mer, de l'origine au destin. Du haut d'un conteneur de transport maritime (un grand cube d'acier de dimensions standards ISO, *tombé d'un navire, comme il en tombe dix mille par an à cause d'une tempête, d'une défaillance technique, ou même jeté à l'eau sur l'ordre d'un armateur véreux), notre regard sillonne les eaux internationales qui se peuplent de multiples ruines métalliques, de dimensions semblables mais de couleurs différentes, pour lesquelles Quirós utilise, si Pérez-Alegría ne se trompe pas ou ne ment pas, des images du désastre du navire* Otello *qui perdit dans le golfe de Gascogne plus de cent conteneurs (vêtements, aliments, médicaments et même jouets) pendant une tempête sur la route Djakarta-Rotterdam. Agités par la houle, ils flottent en groupe comme un troupeau de grands animaux marins, inéluctablement entraînés vers la côte ou engloutis par la mer. La caméra suit l'un de ceux qui coulent lentement jusqu'au fond où il soulève un nuage de particules qui met un temps inhumain à se dissiper. Sur l'écran, grâce au miracle de l'ellipse, le métal est aussitôt intégré à l'écosystème sous-marin, donnant pour accomplies les étapes qu'explique, devant l'objectif de Quirós, Jan Aspdin-Crest, professeur de biologie marine de l'université d'Aarhus. La cuirasse d'acier du conteneur crée, en effet, un récif artificiel, un habitat rouillé où l'on voit coexister une communauté d'algues, d'éponges, de mollusques, d'étoiles de mer, de créatures dont la silhouette évoque, de façon peut-être trop conceptuelle, mais insistante, les peintures rupestres découvertes par le plongeur Cosquer, sur lesquelles se termine le film.*

DEUXIÈME PARTIE :
L'ARÔME DE LA FLEUR DE TIARÉ

Vous vous demandez si Quirós est revenu ? Bien sûr que oui. Il est revenu comme une grippe mal soignée huit jours à peine après son départ. Comme j'étais prévenue, je ne fus pas surprise de le voir sortir d'un taxi (qui ne s'arrêta pas une seconde de plus que nécessaire avant de démarrer en trombe, comme si quelque chose de la rue, du quartier ou de Quirós lui-même ne lui disait rien qui vaille), ni non plus de le voir extraire du coffre un sac de voyage râpé et la boîte, fret principal de son aventure, contenant le projet Murnau. Je l'apercevais d'une fenêtre de l'étage, un œil-de-bœuf couvert de poussière qui me permettait de l'épier sans crainte d'être découverte. Je le vis presser la sonnette avec insistance, tel un capitaine de bateau impatient d'atteindre la rade, jusqu'à ce que, convaincu que j'étais sortie, il s'assoie sur les marches pour attendre. Pour m'attendre. De combien de manières peut-on attendre ? me suis-je demandé pour passer plus facilement le temps. Barboter dans le dictionnaire est un divertissement innocent et, jusqu'à un certain point, sophistiqué, alors voyons un peu : on peut attendre patiemment, inutilement, indéfiniment, éternellement ; on peut attendre en se tournant les pouces, de pied ferme, les bras ouverts ; on peut aussi attendre le messie, mais je n'arrivais pas à trouver l'expression adéquate pour décrire comment Quirós attendait ; le plus exact serait de dire qu'il attendait ma venue dans cet état très bizarre où l'on attend qu'un ordinateur termine une mise à jour – état où se mêlent une anxiété vaporeusement frénétique et une détestation tendant à se projeter sur un individu concret, par exemple Bill Gates[83]. Pour continuer d'occuper le temps, je me rappelle avoir consacré un moment à réfléchir à la figure du badaud. J'ignore s'il vous est arrivé d'y penser, mais les badauds sont l'ultime bastion d'un monde qui s'achève. Ils ne contribuent pas à ce que la roue continue de tourner ; ils reçoivent des informations, en jouissent et rien de plus, comme un prêtre guindé assis sur le tabouret d'un confessionnal. Ils sont comme cette toiture inaccessible où se coince le ballon des gamins qui jouent au football dans la rue[84]. Les badauds sont *game over*. Ils n'amplifient pas l'information ni ne la remettent en circulation. Quelqu'un devrait consacrer une étude sociologique aux badauds. Ou une chanson d'adieu. Dans son livre sur les spectres du marxisme, Derrida[85] écrit que les universitaires croient qu'il suffit

83. 1987 : Il semble que la chose la plus importante qui arrive à Bill Gates quand il fête ses trente-deux ans – en dehors de Melinda, une jeune employée de Microsoft dont Bill fait alors la connaissance et dont il tombera amoureux – concerne 1) ce type d'inspiration qui pour certains mérite d'être appelée plagiat et 2) ce que, sans se triturer les méninges, nous pourrions nommer la bénédiction-des-entreprises-de-la-branche. Je m'explique : 1) à l'origine de la version Windows 2.0., lancée fin 1987 (et qui, oh, surprise!, est bourrée d'erreurs – ouaf, ouaf –), palpite l'idée "qu'elle ressemble plus à Mac" (ce qui, de toute évidence, ne peut être décrit que par un adjectif : sagace) ; et 2) pour la première fois une entreprise distincte de Microsoft (concrètement Aldus Corp.) développe une application (le programme d'autoédition PageMaker) compatible avec Windows. Selon de nombreux historiens de l'informatique c'est une première reconnaissance sur le chemin du succès de la société de Bill Gates.

84. Voit-on encore des gamins qui jouent au foot dans la rue ? (vraie question).

85. 1962 : À trente-deux ans, Jacques Derrida n'a encore publié aucun livre, mais sa traduction de *L'origine de la géométrie*, de Husserl, vient de paraître, œuvre pour laquelle il a écrit une très longue

de regarder, raison pour laquelle ils ne peuvent faire ce qu'il faudrait faire : parler aux fantômes. Cela dit, pour revenir à Quirós, le fait est que j'avais une envie presque irrépressible de le retrouver, mais je me suis imposé de le faire attendre, de créer pour lui un moment creux, non comme une punition mais comme un cadeau amoureux, bien qu'inhabituel, à la manière d'une catapulte charitable qui sauve la vie d'un condamné au peloton d'exécution. Considérez-moi sur ce point comme une singulière bienfaitrice. Une pionnière dans le champ des exercices spirituels de la société de l'information. J'avais réfléchi au bien que ferait à Quirós la tranquillité depuis que LA PROPRIÉTAIRE, venue la veille me rendre une de ces visites qu'elle me rend de temps en temps et qui cachent une mission d'inspection du ménage, m'avait annoncé l'arrivée de Quirós : il est sur le point de rentrer de Berlin et va de nouveau loger ici, à l'étage, me dit-elle. Et elle répéta aussitôt ses mots, avec exactement la même intonation, comme si elle doutait qu'ils aient effectivement atteint mes oreilles ou que j'aie pu comprendre le message du premier coup. Il est sur le point de rentrer de Berlin et va de nouveau loger ici, à l'étage. Tout en parlant, elle examinait ostensiblement le salon à la recherche de négligences. Elle a une façon particulière d'observer le plancher et l'énorme cheminée (une cheminée en brique et bois clair, en forme de tête de félin, une sorte d'énorme léopard à la gueule ouverte dans laquelle on peut faire du feu), comme si elle pensait que quelqu'un de ma condition manquait de sensibilité pour apprécier et prendre soin de biens somptueux, tout aussi

---

introduction qui, au fil du temps, finira par être considérée comme un essai à part entière. Selon les connaisseurs, cette introduction démontre que si Derrida n'a pas encore atteint la maturité dans le champ de la phénoménologie, elle indique clairement à travers quelles fentes il va se frayer un chemin singulier, ce qui me paraît un exemple frappant de l'expression "tomber à pic".

incapable de reconnaître le luxe que de repérer dans le ciel l'étoile polaire. Sans se douter que je serais prête à payer un prix élevé pour l'ignorance. Tu as fait du feu dernièrement ? demanda-t-elle. Je répondis que non en fronçant les sourcils – cherchant à faire comprendre à LA PROPRIÉTAIRE que j'étais susceptible de prendre la mouche, alors qu'en réalité je redoutais son pouvoir de me virer (où allais-je me retrouver si elle m'expulsait ? Il ne me resterait plus qu'à me cacher dans un trou de cet odieux jardin) –, j'alléguai qu'il avait fait trop chaud pour allumer la cheminée, alors que Quirós y avait brûlé les brouillons 5, 6 et 7 du scénario de son film, qui selon lui ne valaient rien, en un geste pathétique que j'avais regardé abasourdie depuis le canapé, en prenant presque plaisir à chacun de ses mouvements, sans avoir l'impression d'assister à une grande perte pour l'humanité, mais bien plutôt de voir dans la réduction de ces pages en cendres, qui allaient attirer quelques jours après l'attention de LA PROPRIÉTAIRE, un simple geste d'apaisement. Contrairement à ses habitudes, elle, LA PROPRIÉTAIRE légitime (l'héritière, selon le droit et les coutumes, et à toutes fins utiles), n'insista pas pour que moi, la LOCATAIRE À L'EXISTENCE ATROPHIÉE, j'avoue la vérité sur cette flambée, elle se contenta, avant de disparaître à l'étage, tout en jetant un coup d'œil dans ma chambre, de me demander si je ne l'inviterais pas à prendre un café. Elle emploie toujours la même phrase : quelle sorte d'hôte tu es pour ne pas offrir à tes visiteurs une tasse de café[86] ? Depuis la cuisine je l'entendais s'agiter à l'étage, marcher comme le font les présences maléfiques dans les films de maisons hantées, traîner des pieds, déplacer

86. Question : ai-je réussi à vous transmettre l'insupportable irritation que je ressens ces derniers temps au ton de sa voix, à cette syntaxe d'apparence conventionnelle et policée (phrases courtes et pauses calculées), mais à l'efficacité blessante d'une dague ?

des objets. Elle descendit peu après les bras chargés de plaques de polystyrène et me demanda un chiffon pour les dépoussiérer. L'exposition des poétesses, dit-elle, part pour T., elle aura lieu la semaine prochaine dans le hall de la mairie. Je m'en réjouis et la félicitai mais, bien que je paraisse sincère, je ne parvins pas à me défaire de l'envie sournoise de balancer ces plaques dans la cheminée et d'y mettre le feu, d'allumer un bûcher véritablement poétique qui, nous laissant bouche bée, nous forcerait au silence qu'exigent les sépulcres.

Il me semble que je ne l'ai pas encore expliqué : LA PROPRIÉTAIRE est professeur dans la même université que moi, où elle donne des cours de poésie. Trois ou quatre ans plus tôt – même si cela me paraissait beaucoup plus lointain dans le temps, comme faisant partie d'une vie antérieure dont il ne resterait que les emballages –, je l'avais aidée à monter une exposition, qui allait maintenant partir pour la ville de T., consacrée à six poétesses catalanes (je crois pouvoir me rappeler leurs noms : Miquela Gasull, Maria Dolors Mingot, Fina Estapé, Ofèlia Jordana, Jerònima Baguer et Lluïsa Viola-Santacana[87]). LA PROPRIÉTAIRE

---

87. Miquela Gasull a trente-deux ans en 1920 ; cette année-là son mari, diplomate, est nommé à Londres où, malgré certaines réticences, toute sa famille le rejoint. Maria Dolors Mingot a trente-deux ans en 1924, année où elle publie son troisième recueil de poèmes, *La Côte des mandariniers*, qui d'après un spécialiste la consacre comme "la grande poétesse de la mélancolie la plus scrupuleuse". Fina Estapé a trente-deux ans en 1929 ; elle est institutrice et n'a pas encore écrit un seul vers. Elle n'eut jamais – dira-t-elle dans sa dernière interview – la vocation de l'enseignement ni celle de la poésie, mais enfin, il faut bien passer le temps. Ofèlia Jordana a trente-deux ans en 1931 ; elle a déjà publié un long recueil de poèmes de tonalité épico-érotique, mais son activité principale est la sculpture monumentale et cette année-là, précisément, elle reçoit le prestigieux Prix national de sculpture Conde de Cartagena. Jerònima Baguer a trente-deux ans en 1940 ; sa sœur jumelle vient de mourir de la tuberculose et elle dédie à sa mémoire le

(à l'époque ma plus-ou-moins-amie Daniela) était une des trois commissaires de l'exposition et, peut-être parce qu'elle était la plus jeune, s'était chargée personnellement du montage, dans un hôtel particulier moderniste, un espace magnifique – très chic, vous me comprenez – dont le choix, pour que s'y déroule pendant quelques semaines une recherche universitaire sur des poétesses catalanes, s'explique nécessairement par une sympathie pour le projet et des relations adéquates. Sympathie et relations, cependant, ne suffirent pas pour que soit plus conséquent le budget géré par Daniela et ses collègues, budget destiné à l'édition d'un catalogue de l'exposition, tiré à trois cents exemplaires, et à six panneaux en polystyrène consacrés à chaque poétesse, où étaient imprimés leur nom, une photo, une brève note biographique, une bibliographie et des extraits de poèmes. L'exposition terminée, les panneaux finirent à l'étage de la maison (de NOTRE maison) où ils seraient conservés pour être réutilisés de temps à autre. Je me souviens que lorsqu'elle me les montra la première fois, fraîchement imprimés, un par un, Daniela déclara fièrement que ces femmes étaient nos précurseurs, nos mères, ou nos sœurs aînées, je ne me souviens plus très bien. En tout cas elle établissait entre elles et nous un lien de sang et moi j'acquiesçais sans trop savoir quoi dire. Je suis souvent intimidée par ce genre de considérations qui ne peuvent surgir que d'un esprit installé dans une faculté de lettres et qui vous transpercent comme ces rayons laser permettant de voir le corps nu.

Pour la première exposition, Daniela décida d'exhiber dans des urnes en verre de belles éditions de recueils

---

recueil de poèmes en prose *Blanches les routes et blanches les maisons.* Lluïsa Viola-Santacana a trente-deux ans en 1944, elle est internée dans une clinique psychiatrique, pour des raisons médicales qui sont encore sujet à controverse ; cette année-là, elle compose son *Antigone*.

de poèmes, la plupart des premières éditions empruntées à des bibliothèques. Nous avons consacré un après-midi entier à cette mise en place. L'exposition n'était pas très grande, une heure aurait pu suffire, mais à chaque instant Daniela prenait un livre et m'invitait à m'asseoir à côté d'elle par terre et se mettait à commenter la composition de la couverture et à lire un poème au hasard que, évidemment, nous devions trouver merveilleux. Pour être tout à fait franche, de nombreux vers contenaient des mots que je n'avais jamais entendus avant, d'un catalan cultivé que je suis à des années-lumière de maîtriser, mais je m'exclamais "comme c'est beau! comme c'est actuel![88]" En réalité, les vers étaient beaucoup plus que cela: ils étaient énigmatiques et musicalement si différents de mes propres mots que, sous l'effet d'une force immémoriale, et parfois pathétique, je n'ai jamais voulu les adopter (peut-être parce que cela aurait été interprété comme respect et révérence dus, alors que je voulais juste les admirer, comme une belle mélodie lointaine). En tout cas, au-delà du temps consacré au récital, ce qui nous prit le plus de temps fut de décider dans quel ordre nous allions distribuer les panneaux des poétesses sur les murs de la salle. Par ordre alphabétique, selon le patronyme? Chronologiquement, en fonction de la date de naissance? Chronologiquement, selon la date de la première publication et donc d'entrée dans le noble royaume de la poésie? Quantitativement, de la plus prolifique (Maria Dolors Mingot) à la moins féconde (Fina Estapé)? Aucune de ces options ne semblait satisfaire Daniela et, désespérée de son indécision (rarissime chez

---

88. NOTE À L'ATTENTION DE DANIELA: J'espère que tu ne m'en voudras pas de cet aveu, mais je me sens soudain en proie à une fièvre qui me pousse à raconter, à me défouler. *El cap em pesa com un món. I sem desfulla.* (Ma tête me pèse comme un monde. Elle se défait.)

elle, résolue et agile comme un poseur de banderilles), j'ai fini par m'allonger par terre, bras et jambes en croix en lançant des idées de moins en moins pertinentes : sur un mur celles qui ont gagné le prix Carles Riba[89] (ou qui ont au moins été finalistes) et les autres ailleurs : sur un mur celles qui ont fait de la maternité un sujet de prédilection ; sur un autre celles qui ont fait de la Méditerranée un sujet de prédilection ; puis celles qui ont fait de la patrie un sujet de prédilection ; celles qui ont cité, au moins une fois, un mythe grec dans un poème ; celles qui sont nées dans une famille aisée. Mon imagination classificatrice épuisée, je me suis approchée à quatre pattes des piles de livres, j'en pris un au hasard et me mis à réciter en imitant tant bien que mal l'accent roucoulant de Daniela, si orthodoxe et étudié, en même temps que virginal. Les murs et le plafond bas de la salle étaient d'un marron foncé et l'éclairage ténu, ce qui limitait ma prestation comme si je logeais dans le poing d'un géant. Vu qu'il m'était difficile de faire une lecture, disons, talentueuse, je me suis contentée d'une vulgaire imitation. Je me sentais ainsi très contemporaine, irrévérencieuse mais sans exagération. Je crois que j'ai lu deux ou trois poèmes d'Ofèlia Jordana. Puis j'ai reposé le livre. J'en pris un de Miquela Gasull et, d'une voix gutturale, comme souffrant d'un anévrisme pulmonaire, je prononçai le premier vers (*Maldata m'ha dit la gent.* Maudite m'ont dit les gens), que Daniela interrompit : avec elle, pas touche. Ne profane pas son

89. 1925 : Carles Riba a trente-deux ans peu après avoir obtenu la chaire de grec à la fondation Bernat Metge. Il avait déjà traduit *L'Odyssée* d'Homère en catalan et ne savait pas encore qu'il recommencerait longtemps après, produisant la traduction célèbre que je lus au lycée (sans quasiment rien comprendre, je dois le dire). Quoi qu'il en soit, en 1925 il traverse une de ces crises poétiques qui durent des années et, disent certains, qui tiennent à l'absence d'une tradition où s'inscrire et se sentir accompagné.

vers immaculé. Je me souvins alors que Miquela était l'arrière-grand-mère de Daniela. Non l'arrière-grand-mère symbolique, comprenez-moi bien, mais la femme qui avait accouché de la femme qui avait accouché de la femme qui avait accouché de Daniela. Je fermai le livre et me rallongeai, muette.

Aucune de mes arrière-grands-mères, que je sache, n'a jamais composé un seul vers. Selon l'idée que je me suis faite d'elles à partir des rares histoires que mes parents m'avaient racontées, mes quatre arrière-grands-mères battaient perpétuellement le blé sur l'aire castillane, là où le soleil est violent et cogne sur la nuque, aussi portaient-elles un foulard sur la tête, noué sous le menton, et lorsqu'elles asticotaient un bœuf mal nourri elles entonnaient peut-être des chansons populaires. Mais c'est tout : aucun alexandrin ne sortait de leurs lèvres. Elles vivaient dans la misère et étaient analphabètes. Aussi, quand Daniela qualifiait les poétesses de précurseurs, de ces femmes qui nous montrèrent la voie et tout et tout, de nos mères et sœurs, elle ne pensait pas *stricto sensu* aux femmes de mon arbre généalogique, mais parlait sur un mode métaphorique. Par un geste généreux et cordial qu'elle fit alors mais qu'aujourd'hui, je pense, elle ne ratifierait pas, elle faisait cristalliser une adoption en ma faveur, moyennant quoi ma famille biologique disparaissait dans un fondu au noir. Ce nouveau lien excellent fit grimper ma température corporelle de deux ou trois degrés et, quoique n'altérant pas pour l'essentiel le sentiment ravageant d'être orpheline qui crépitait en moi, il me poussa à ranger avec diligence les poétesses dans un recoin de ma mémoire, comme une médaille du mérite civil, et je remerciai Daniela qui sourit, je suppose, mais il y a longtemps que je préfère oublier ces détails ; d'ailleurs je ne devrais pas vous en parler, car ce dont il s'agit aujourd'hui n'est pas ma petite personne mais le projet de Quirós que, prévenue par LA PROPRIÉTAIRE Daniela, j'attendais depuis les premières heures de ce matin où il devait rentrer de Berlin.

L'esprit moulinant comme une crécelle, je montai à l'étage de la maison, d'où j'avais une vue complète de la rue ainsi que de la ruelle adjacente, grâce à un de ces miroirs convexes que les responsables de la circulation avaient installé juste devant ma porte, et je m'assis sur une commode où je passai quelques heures à guetter, avec une nervosité que je n'avais pas connue depuis des mois. Dans l'immeuble d'en face, il y a un coiffeur pour hommes, la Barbería Almaviva, une de ces vieilles boutiques qui, grâce à une astucieuse et intelligente gestion, ont réussi à se maintenir, tandis que les autres commerces du quartier ont fermé les uns après les autres, remplacés par de plus modernes, comme des boutiques de téléphonie, des instituts de bronzage, ou la typique épicerie asiatique ouverte 24 heures sur 24, ce qui donne à la rue un air cosmopolite et très actuel, créant un *link* des plus chics entre le voisinage et une petite rue de New York, ou entre le voisinage et n'importe quelle rue d'Islamabad. Au cours de cette matinée seuls trois clients entrèrent dans la Barbería, ce qui explique peut-être que le coiffeur mit un temps anormalement long à s'occuper d'eux. Cette lenteur, comme de poussière cosmique, me faisait hululer de plaisir. Les derniers jours, je me souvenais parfois que je devais écrire l'article sur le dénommé Arnold Kreikamp et je m'en voulais de ne pas me mettre au travail, mais aussitôt je trouvais facilement une excuse pour procrastiner, surtout depuis que j'avais appris le retour prochain de Quirós, que même une catastrophe naturelle ne m'aurait pas fait rater.

L'épier depuis la fenêtre de l'étage et observer son inaction provoquait en moi une vive émotion. Le soleil déclinait et, sous le ciel saumoné, la passivité du corps de Quirós m'émouvait et me calmait tout à la fois, comme lorsque je regarde Oméga nager dans son aquarium.

Aussi ai-je enragé que cet instant suspendu s'interrompe soudainement, d'autant plus que je fus incapable de prolonger cet état parfait de vide ascétique, l'esprit dans le neutre le plus élémentaire. Comme par un fâcheux enchantement, la vision de ses cheveux en bataille (qui d'en haut évoquaient un de ces tourbillons qui engloutissent les pêcheurs) fit venir sur mes lèvres un passage de *La jeunesse malheureuse*, un texte que Pasolini écrivit en colère en 1975, dans lequel il déclare que son amour pour les jeunes a cessé car

> presque tous sont des monstres. Leur aspect physique est terrifiant, et, lorsqu'il ne l'est pas, il est fastidieusement triste. D'horribles toisons, des chevelures caricaturales, des teints pâles, des yeux éteints. Ce sont les masques de quelque initiation barbare, mais barbare d'une manière bien morne. Ou bien ce sont les masques d'une intégration diligente et inconsciente, qui n'éveille pas la compassion.
>
> Après avoir dressé contre les pères des barrières pour les enfermer dans un ghetto, ils ont fini par s'enfermer eux-mêmes dans un autre ghetto. Dans le meilleur des cas ils se tiennent devant les barbelés de ce ghetto, le regard tourné vers nous, qui sommes encore des hommes, comme des mendiants désespérés, qui demandent quelque chose seulement du regard parce qu'ils n'ont pas le courage ni peut-être la capacité de parler.

De la part infernale de moi-même, comme régurgité, provenait le Pasolini le plus furibond[90], dont les paroles

90. ... un Pasolini beaucoup plus furieux et enragé que celui qui, en 1954, à la veille de ses trente-deux ans, s'apprêtait à emménager à Monteverde Nuovo, un quartier petit-bourgeois de Rome. Il venait de trouver un éditeur disposé à publier son premier roman, *Les Ragazzi*, ce qui améliora sa situation financière et permit à sa mère d'abandonner son emploi de femme de ménage. Il laissait derrière lui une modeste maison de la banlieue de Rebibbia ainsi que, selon la biographie d'Enzo Siciliano, sa période juvénile, pendant

ne me sont venues que lorsque je vis Quirós se lever et traverser la rue vers le salon de coiffure, provoquant en moi une stupéfaction que j'eus du mal à surmonter. Surprise, le cœur battant comme un candidat pendant le dépouillement du scrutin électoral, je me suis dit que le texte colérique de l'Italien avait dû vibrer dans ma tête avec une telle force qu'il avait été projeté sur celle de Quirós et, avec la violence d'une tempête tropicale, l'avait poussé vers la vitrine du coiffeur, en proie à l'envie insolite de se faire couper les cheveux. Il regarda une minute entre les lettres blanches – COUPE ET RASAGE – en posant ses mains sur son front pour ne pas être ébloui par le reflet du soleil sur la vitre. COUPER ET COLLER. Je retrouvai peu à peu mon calme, surtout lorsque je compris que le *spirito* vitupérateur et amer de Pasolini s'était évanoui.

Mais la quiétude de Quirós ne dura que l'espace d'un cillement, car je le vis alors gagner le centre de la rue (sans craindre qu'un chauffard grisonnant, possédé à son tour par l'Italien, ne fonce sur lui à toute vitesse, emporté par la rancœur contre une jeunesse qui, pensait-il, le

---

laquelle s'était déjà formé ce que les historiens de l'art et de la littérature appellent "un univers propre*" – indispensable à tout artiste digne de ce nom – au cœur duquel palpitait l'attirance maudite pour la liberté. Sur l'idée qu'il se faisait de son destin, nous savons ce qu'en dit Pasolini lui-même par quelques lettres écrites à ce moment-là : "Ma vie future ne sera en aucune manière celle d'un professeur d'université. Le signe de Rimbaud pèse déjà sur moi." Il avait jusque-là écrit de la poésie, mais avait aussi travaillé comme correcteur, journaliste, scénariste et instituteur. "À cette époque, écrit Siciliano, il avait l'allure d'un *beatnik* avant la lettre. Il désirait plaire aux *ragazzi.* Il confrontait son corps aux leurs. La récompense était une pizza ou une paire de chaussures. Cela suffisait. Et les garçons étaient des voyous qu'il trouvait très beaux."

* À la question de savoir si les artistes qui pillent/rapinent/volent le bien d'autrui possèdent aussi un univers propre, je dois reconnaître que je n'ai pas encore la réponse.

reléguait aux oubliettes) et se mettre à photographier la devanture du coiffeur, très belle, de ce style *vintage* revenu au goût du jour. Logiquement, cette action de Quirós, qui brisait le calme psychique que je lui avais secrètement imposé, finit par me porter sur les nerfs.

– J'avais tellement envie de revenir! s'exclama-t-il lorsque je lui ouvris la porte et, son appareil photo rangé, il me serra dans ses bras, tandis que je ne cessais d'entendre la voix lointaine de Pasolini qui nous maudissait. Il est fort possible que Quirós ait perçu lui aussi l'écho de ses cris (mendigots! minables! aphasiques!), mais nous avons fait tacitement la sourde oreille et substitué à la présence turbulente de l'Italien, que j'aimais tellement autrefois, par celle de n'importe quoi d'autre, choisi parmi des millions de sujets disponibles par l'action de quelque algorithme luciférien.

Le revenant Quirós me raconta qu'il était claqué, que la grève des contrôleurs aériens l'avait laissé en rade à l'aéroport de Berlin pendant quarante-huit heures, mais je restai de marbre. Je tentai de feindre que je ne l'attendais pas et de lui faire comprendre que j'étais loin de vouloir devenir son repos du guerrier, un cocon accueillant, un baume ou la Calypso de ses aventures. LA PROPRIÉTAIRE ne m'a pas prévenue de ton retour, mentis-je, et devançant sa réplique, j'alléguai que LA PROPRIÉTAIRE ne pouvait pas lui donner la permission de s'installer avec moi, car la décision m'appartenait : la terre est à celui qui la travaille, dis-je, ou une phrase équivalente, un peu décalée mais efficace, car Quirós capta aussitôt le message et, pour reprendre pied dans la maison, surtout pour m'embarquer de nouveau dans ses projets, il chercha une excuse, une friandise que, j'en prends le pari, aucun de vous (si peu curieux que vous soyez) n'aurait repoussée d'emblée. Les temps qui courent sont ainsi, chers amis : nous sommes attirés par la moindre verroterie, comme les indigènes d'Amérique devant un miroir espagnol. Pour ma part, je suis assez têtue pour rester imperturbable face à la plupart des prétextes qu'aurait pu invoquer Quirós pour franchir le seuil : option A (la plus prosaïque), "j'ai oublié un pull et je viens le récupérer" ; option B (une variante de l'option A, avec ingrédient sentimental), "j'ai oublié un pull, un pull en laine blanche, le dernier que m'a tricoté ma grand-mère, ou un pull de laine blanc, comme les nuages du ciel, et je viens le récupérer" ; option C (l'enjôleuse), "j'ai fini par avoir beaucoup d'affection pour Oméga et je voudrais le revoir" ; option D (celle qui me fait rougir malgré moi), "j'ai beaucoup d'affection pour toi, Bea, et j'avais besoin de te revoir" ; option E (la plus sincère), "il faut que je trouve où loger et ta maison est un bon endroit, ou modérément bon et opportunément gratuit" ; option F (celle qui commence sur un mode sincère, puis dérape et finit par un mensonge), "j'ai besoin de loger quelque part et ta maison est un bon endroit, je ne resterai que quelques jours" ; option G (radicalement sincère) "je cherche un endroit où loger et en plus j'ai besoin que quelqu'un m'écoute pendant des heures jusqu'à ce que je puisse décider quelle forme va prendre mon maudit film". À toutes ces allégations, croyez-moi, j'aurais su quoi répondre. Une réponse ferme mais élégante, face à laquelle Quirós aurait clairement compris que le mieux pour lui (pour lui, pour moi et même pour Oméga) était de se trouver son propre nid. Mais le stratagème qu'il employa me désarma. Je me dis parfois que Quirós aurait beaucoup de succès en se consacrant au marketing et que s'il s'était spécialisé dans la vente il serait déjà propriétaire (je veux dire LE LÉGITIME PROPRIÉTAIRE, attesté par un acte notarié et l'inscription au registre de la propriété) d'une maison avec piscine. J'ai découvert quelque chose que tu vas adorer, dit-il, une cathédrale de la classe touristique, un endroit extraordinaire sur lequel tu vas vouloir écrire et auquel tu pourras consacrer un tas d'articles, et, qui sait, un livre.

Et, stupidement, la vague promesse de redonner un sens à ma carrière – et pourquoi pas à ma vie entière – me fit presque applaudir et sautiller de joie lorsqu'il m'invita à venir sous le porche et m'avança une chaise comme si j'étais une dame distinguée et aimable, et je l'entendis dire qu'il prévoyait un autre voyage, pas dans l'immédiat mais très bientôt, et qu'il pourrait m'emmener avec lui, si je le désirais, pour visiter ensemble cet endroit incroyable et même que je pourrais l'aider à trouver les angles adéquats pour son film, mais aussi en vue de documenter graphiquement mes futures recherches.

– Où ça ? Où il faut aller pour trouver cette merveille ?

En Allemagne, répondit-il, dans une forêt impénétrable qui borde la frontière polonaise. Une de ces forêts où vivent les esprits nocturnes, les sorcières, les loups et les braconniers. On y arrive par une route étroite semée de nids-de-poule qui débouche sur une esplanade où sont garées des files interminables de véhicules. Des voitures de gamme moyenne et surtout bas de gamme, précisa Quirós, aux plaques allemandes, polonaises et tchèques. On marche entre elles et ce n'est que lorsqu'on commence à se demander si cette accumulation de roues et de carrosseries prendra fin que l'on aperçoit au loin une nef industrielle arrondie et oblongue, comme une énorme capsule métallique dont la couleur se confond avec le ciel et l'asphalte.

– Quand nous irons, il faut obligatoirement que ce soit en hiver, dit-il après un instant de réflexion, avec ce regard ardent d'illuminé qu'il a parfois. La neige sale sera fantastique sur les parebrises de toutes ces voitures immobiles. Et comme les visiteurs porteront anorak et bonnet à fourrure et auront le nez rougi par le froid, le contraste avec l'endroit où ils se dirigent sera encore plus saisissant et nous pourrons en capter toutes les contradictions.

Je ne sais si cette question, celle des contradictions, intéressait réellement Quirós, ou s'il s'imaginait qu'elle comptait pour moi, mais au fil de notre conversation, qui se prolongea jusqu'à la nuit tombée, il répéta comme un mantra que la véritable puissance de l'image tient aux paradoxes qui explosent à deux doigts de nos rétines de moins en moins impressionnables et provoquent soit du plaisir, soit de l'affliction. Le plaisir ! Le plaisir ! je murmurais en battant des mains, car à ce moment-là je croyais vraiment que nous allions partir ensemble et même nous associer, et je nous voyais déjà cheminant côte à côte entre des centaines de voitures de la rude Europe centrale, couvertes de givre comme le congélateur d'un appartements d'étudiants, vers un grand édifice nacré, formé, comme je pus le voir sur les vidéos et les photos qu'il me montrait, de plaques de métal fixées entre elles par de longues nervures donnant à la construction l'apparence d'un exosquelette, comme le robot animal d'un film futuriste. Tropical Islands, dit Quirós, et il le répéta afin que je saisisse l'ironie : Tropical Islands, annonce un panneau décoloré à l'entrée de l'édifice, au-dessus d'un guichet où font la queue des familles chargées de sacs à dos ou de sport. Une hôtesse vêtue d'une tenue de néoprène, parée d'un collier d'hibiscus en plastique, les mains couvertes d'engelures, souhaite la bienvenue aux visiteurs qui, en achetant leurs tickets, reçoivent un plan pliable du parc aquatique et un bracelet en plastique permettant l'accès aux installations et qu'ils doivent ajuster de façon à ce qu'il ne tombe pas ni ne gêne la circulation sanguine. Après quoi, hommes et femmes sont séparés et invités à entrer dans leurs vestiaires respectifs et à choisir un casier de couleur vive, à l'ouvrir en introduisant une pièce de monnaie et à le fermer avec une clé si petite qu'elle est très facile à perdre. Le parallèle entre l'expérience de l'estivant et celle de l'ouvrier d'usine, quand ils se préparent l'un à prendre du bon temps et l'autre à travailler, n'est-il pas évident ? me demanda Quirós en me faisant un clin d'œil qui mit prudemment un point final au jeu des ressemblances et des analogies avant de se fourvoyer en suggérant, comme on le fait si souvent sans rougir, une comparaison infâme entre un parc d'attractions, une prison et un camp de concentration.

Les visiteurs sortent des vestiaires en tenue de bain, avec des serviettes et tongs en caoutchouc, ce que j'ai fait moi aussi, dit Quirós, qui semblait avoir une idée très personnelle mais effective de ce que nous appelons en sciences sociales "travail de terrain", si bien qu'il décida de suivre un vieillard qui tenait par la main un enfant de cinq ou six ans et arriva ainsi devant une piscine d'un bleu turquoise qui simulait la mer, ou plus exactement une plage tropicale traversée par une passerelle en bois, bordée de palmiers et de plantes exotiques, il s'installa dans un hamac pour observer les gamins plonger et barboter au pied d'une cascade artificielle, sauter dans l'eau bouillonnante, nager à l'aide de flotteurs aux formes sympathiques de requins ou de bananes. À quelques mètres de là, le grand-père s'était enfoncé dans une chaise longue et suçotait une paille plongée dans une bouteille de Coca-Cola et levait de temps à autre les yeux de *Autobild,* un de ces magazines dont la couverture présente une éblouissante voiture de sport, pour jeter un regard sur son petit-fils qui s'était joint au ballet des autres gamins et dont Quirós associa les mouvements lysergiques à la scène de danse de *Tabou.* Murnau est parti en Polynésie, dit-il, à la recherche de scènes paradisiaques qui allaient être projetées sur les écrans du monde entier, au grand plaisir du public. Tropical Islands est en fin de compte une version allemande du paradis, poursuivit Quirós, une version domestique et démocratique de l'éden, et il est indéniable que les enfants l'adorent. Quirós s'efforçait de dissimuler qu'il en ressentait une légère souffrance, un peu démodée, qui s'accordait très mal à cette ambiance de vacances, aussi changea-t-il de sujet pour se mettre à raconter sa promenade dans cette forêt tropicale (la forêt couverte la plus vaste du monde, selon le prospectus publicitaire) d'où émergeait une montgolfière qui s'élevait jusqu'à frôler le plafond de l'édifice, à bord de laquelle deux gamins ou un gamin et un adulte agitaient leurs mains de façon de plus en plus compulsive. Poursuivant son exploration il arriva au mini-golf – mini-sport que je déteste et dont la seule mention m'énerve depuis que ce crétin de Gabriel Ayala avait accordé le titre de doctorat à une thèse intitulée *Le mini-golf comme stratégie pour la dynamisation urbaine : le cas de Chiquihoyos à Pueblo Bermejo*, et non à la mienne –, où deux familles rivalisaient joyeusement et sportivement, jusqu'à ce que l'un des enfants, exaspéré de voir son petit frère loger les balles dans les trous plus habilement que lui, se mit à le poursuivre en le menaçant de sa canne en métal. Quirós s'éloigna de cette scène d'une violence caïnique et entra dans le pavillon de style balinais, parcourut ses trois étages en bois et finit par tomber sur la crêperie Latiki, où il décida de déjeuner avant de visiter le joyau des lieux, une gigantesque piscine imitant les eaux cristallines d'un lagon, avec un petit village polynésien, des palmiers et du sable fin glissant plus soyeusement entre les doigts que le sable d'une plage normale, sous un vaste plafond pastichant le ciel – pas n'importe quel ciel, mais un archétype de ciel, un ciel parfait, un ciel conceptuel, le Greta Garbo des ciels –, un trompe-l'œil peuplé de nuages spongieux en guise de toile de fond de la baignade polynésienne d'une foule d'enfants pâlichons, le *background* des photos bien cadrées, mais qui, si l'objectif était pointé un rien plus haut, laisseraient entrevoir, derrière la vitre, le ciel réel de l'Allemagne et, en hiver, les flocons de neige d'un blanc immaculé qui tombent lentement. C'est pour ça qu'il faut y aller en hiver, insista Quirós, pour pouvoir filmer la jointure entre le ciel enneigé et le ciel ensoleillé, et révéler les coulisses de ce paradis tropical dans le Brandebourg. Et moi j'imaginais deux enfants en maillot de bain en train de bâtir un château de sable au pied d'un cocotier, sous un faux ciel, dans une île qui n'était qu'un décor de carton-pâte surveillé par un secouriste roux, qui a pris pour toujours dans mon esprit les traits fins du prince Frédéric-Charles de Hesse[91], ainsi que le peignit Hans Thoma[92] sur une toile exposée aujourd'hui au musée Städel, que vous pouvez trouver facilement sur Internet.

Pendant des heures Quirós parcourut et filma Tropical Islands, mais il ne vit pas le temps passer et lorsqu'il s'en rendit compte, la nuit commençait à tomber à l'extérieur, ce qui se traduisit dans la nef par une diminution de l'éclairage, donnant au ciel en trompe-l'œil, grâce à un jeu de lumières, une tonalité de crépuscule, d'abord rosée, puis violette et finalement indigo, installant une fausse nuit morose.

Regarder sur la vidéo de Quirós ce crépuscule simulé dut toucher en moi une fibre sensible et, profitant de l'obscurité qui nous entourait, je réagis en lui donnant un baiser sur les lèvres, qu'il ne me rendit pas, tout au contraire : il écarta sa bouche de la mienne et ouvrit de grands yeux comme s'il avait vu un mort.

---

91. Année 1900 : à l'âge de trente-deux ans, le prince Frédéric-Charles se rend à la célébration du 82e anniversaire de sa belle-mère, la princesse Victoria, qui donne une grande fête au château Friedrichshof (aujourd'hui un splendide cinq étoiles avec terrain de golf). Frédéric-Charles (Fischy pour les intimes) ne savait pas encore qu'un an plus tard sa femme hériterait de ce magnifique endroit dont le couple allait faire sa résidence. Mais ce déménagement ne devait pas rendre Fischy heureux, très nostalgique qu'il était du château où il avait passé son enfance.

92. 1871 : vu avec le recul, on peut dire que l'année de ses trente-deux ans est pour Hans Thoma celle d'un changement décisif : il vient de faire la connaissance du docteur Otto Eiser, un médecin de Francfort qui sera dès lors son principal mécène.

Après quelques secondes d'un mutisme embarrassant, Quirós poursuivit son récit comme s'il y avait en lui un mécanisme parlant. Il s'était assis près d'un groupe de gamins qui assistaient à un spectacle de marionnettes et d'ombres dans le petit théâtre javanais décoré de lumignons rouges, mais je ne pus continuer à prêter attention à tout ce qu'il dit ensuite, dans mon souvenir se mêlent les boutiques de paréos, les saunas, les cabanes en simili bambou où les visiteurs passent une chaude nuit, la fausse Samoa, le faux Bali, le décor thaïlandais, la mangrove, les cascades. À un moment, ressentant des difficultés à respirer, je suggérai de rapprocher le ventilateur et le souffle puissant qui agita nos cheveux me procura un étrange soulagement, je laissai Quirós parler sans discontinuer et le courant d'air emporter ses paroles. Je ne me ressaisis que lorsque je l'entendis dire que Tropical Islands appartenait à une immense corporation malaise, Tanjong.

– Une corporation malaise ? je pus enfin demander lorsque le silence se fit, et Quirós, tel un ressort, me raconta qu'il avait rencontré à Berlin, à la mi-journée, à la cafétéria de la Deutsche Kinemathek, le multi-célébré mais quasi incorporel réalisateur du cinéma malaisien Jalani Singh[93], qui voulait tourner un film sur le premier homme à avoir fait le tour du monde, qui n'était pas comme on le croit souvent Juan Sebastían Elcano[94],

93. 1987 : Jalani Singh a trente-deux ans quelques jours après avoir été arrêté, avec de nombreux autres intellectuels et artistes, au cours de la dénommée Opération Lalang, en application de la loi de Sécurité intérieure. La torture qu'il subit alors, vous l'aurez deviné, est à l'origine de son film couronné *Lalang*.

94. Bien que sa date de naissance soit incertaine, il existe un document dans les archives de Simancas assurant qu'Elcano avait trente-deux ans en août 1519, lorsqu'il appareilla, enrôlé dans l'escadre commandée par Magellan, qui effectua le premier voyage autour du monde.

ni aucun autre Européen, mais Enrique de Malacca, un Malais, surnommé Enrique el Negro, qui fut l'esclave de Fernand de Magellan[95]. Quirós continua de parler. De la circumnavigation, des pénuries et des prouesses de ce voyage, du royaume de Cebu, des vents qui aujourd'hui encore poussent les navires des explorateurs les plus hardis.

J'ai dû regagner ma chambre en me traînant. J'ai nourri Oméga : d'abord trois pincées de daphnies, puis trois autres (du rab), et puis trois autres encore. Je me suis assise jambes croisées contre le mur, comme punie, dans une pièce dont je vous parlerai plus tard,

---

95. 1512 : L'empire portugais a conquis Malacca et Magellan, qui vient d'avoir trente-deux ans, revient à Lisbonne après avoir combattu sept ans aux Indes. Il arrive dans son pays comme un étranger et commence alors une période de sa vie que Stefan Zweig, selon la biographie qu'il consacra au navigateur, n'hésite pas à titrer "Magellan s'émancipe". À part la compagnie fidèle du très jeune Enrique, il a rapporté de son voyage l'idée fixe de trouver une nouvelle route pour atteindre la mer du Sud. Zweig raconte que Magellan écrivit alors : "Il existe un passage de l'océan Atlantique au Pacifique. Je le sais, je connais l'endroit", ce qui incite Zweig à se demander : "Comment Magellan peut-il – c'est une énigme – connaître d'avance cette route que tous les autres navigateurs ont cherchée en vain ? Il ne s'est jamais approché de la côte américaine. S'il affirme avec une telle assurance la réalité de cette voie, c'est sans doute qu'il connaît son existence et sa position par l'expérience de quelque prédécesseur. Mais si tel était le cas – situation compliquée ! – Magellan ne serait pas le glorieux découvreur que célèbre l'histoire, mais le plagiaire, l'usurpateur de l'exploit d'un autre."
Je n'ai pas oublié l'esclave Enrique : on perd sa trace bien avant ses trente-deux ans. Tout ce qu'on sait de lui, c'est que, à l'encontre des dispositions du testament de Magellan, à la mort de celui-ci Enrique ne fut pas affranchi de sa condition d'esclave. On raconte que, peut-être pour se venger, il participa à un empoisonnement massif au cours d'un banquet que donna le rajah de Cebu, où tous les participants d'origine hispanique tombèrent foudroyés.

car seule une description exhaustive des objets que j'accumule dans l'entrepôt où je vis sera peut-être capable de rendre compte de tout le poids que j'ai supporté ces dernières années, et ainsi gagner enfin votre sympathie, une certaine estime que, je le sens bien, vous ne m'accordez pas encore. Sans vouloir vous offenser, il ne serait pas extravagant de penser que vous vivez dans une pièce semblable à la mienne qui engendre un malaise comparable à celui dont j'ai beaucoup de mal à vous parler et qui devrait être répertorié par l'Organisation mondiale de la santé comme une maladie dominante.

J'observais les rugosités du mur, les minuscules cratères de la peinture acrylique, qui n'avait pas la blancheur d'un badigeon frais, mais avait pris avec le temps un ton proche de la couleur des os. Ce mur évoquait une omoplate géante, une plaque de chaux muette comme un défunt, sur laquelle j'appuyais mon front, os contre os.

La première de mes pensées fut : les archéologues se fondent sur la taille des omoplates pour déterminer si un squelette humain est celui d'une femme ou d'un homme. La deuxième de mes pensées fut : dans la cosmologie tibétaine l'île de Jambu, où habitent les êtres humains ordinaires, a la forme d'une omoplate. La troisième de mes pensées fut : certaines des premières révélations du Coran furent écrites sur des omoplates de chameau. Pendant quelques secondes, j'imaginai le mur de ma chambre couvert de caractères arabes, minuscules comme des fourmis en file indienne.

Je me suis concentrée de nouveau sur la blancheur déficiente du mur.

Au XIIe siècle, apparaît dans les royaumes ibériques chrétiens une pratique religieuse (une forme de spiritualité alternative observée par des femmes) qui consistait à se faire emmurer. Les emmurées s'introduisaient dans une cavité étroite ouverte dans un mur (presque toujours le mur d'une église) et, après un rite semblable à celui d'un enterrement, l'entrée était murée définitivement. Le seul contact que ces femmes avaient avec l'extérieur se faisait à travers une petite ouverture par laquelle elles recevaient de la nourriture et conversaient avec ceux qui venaient leur demander conseil. Souvent considérées comme des sages en lien avec la divinité, les emmurées exerçaient ainsi un magistère éthéré. Protégé par la pierre, leur corps était intouchable, inviolable, ingouvernable, à l'abri du monde pouilleux et sale. Malgré l'étroitesse de la cavité, elles étaient autonomes et disposaient de leur temps, de leur espace et de leur esprit, ainsi que l'ont affirmé des historiens dans des publications récentes et des colloques universitaires, sans hésiter à voir dans cette pratique pieuse une composante féministe et libératrice qui mériterait d'être revendiquée. Mais cette claustration ne fut jamais vue d'un bon œil par l'autorité catholique, qui finit par l'interdire au XVIIe siècle.

Je ne nierai pas qu'à un moment cette question des emmurées m'a paru inspirante. Être cloîtrée pour gagner la force de la pierre, comme un retour dans un deuxième utérus qui, à la différence du premier, ne menace pas d'expulsion, mais offre un abri sans date d'échéance. *Yes, yes, yes...* c'est une belle image avec un potentiel poétique et tout et tout. Il est cependant évident que ce refuge hermétique est très loin d'être une parfaite bouée de sauvetage, si ce n'est qu'en vous parlant de tout cela, je ne fais en réalité que chercher un peu de compagnie – disons plutôt un peu de chaleur humaine, comme si je voulais me liquéfier parmi vous, à la façon d'un glacier dont la présence sur une planète de plus en plus chaude prend rapidement une forme distincte, moins solide. Ne faire qu'un avec l'univers, toutes ces fadaises viennent certainement d'une chansonnette de la secte chrétienne, mais qu'est-ce qu'on peut y faire ? Seule l'énigme du sourd-muet peut offrir un sanctuaire et une issue, écrivit il y a peu George Steiner[96], et il avait sûrement raison, sauf qu'il oublia de mentionner que la plupart des refuges que l'on puisse imaginer sont déjà aussi bourrés que des coussins trop remplis de plumes d'oie. J'inspire, j'expire, et j'inspire encore le souvenir de l'oxygène apporté par la bourrasque qui poussa Quirós jusqu'ici. Ce ne serait pas mal de continuer un moment, et même agréable : alterner inspirations et expirations jusqu'à ce que par malheur un souvenir m'égare (comme une mouche qui entre par la fenêtre de la chambre d'un écolier, interrompant sa révision d'une leçon fastidieuse) et que je recommence à me demander avec désespoir où je me trouve et où je vais, et à me reposer sans fin la question.

---

96. 1961 : George Steiner a trente-deux ans lorsqu'il cesse d'enseigner à l'université de Princeton pour intégrer le Churchill College, à Cambridge. Certains de ses nouveaux collègues l'accueillent avec une froideur manifeste : son intérêt pour la question juive, pensent-ils, n'est-il pas un prétexte pour éviter d'aborder des questions plus nettement… anglaises ? Cette année-là, il publie *La mort de la tragédie*, un ouvrage remarquable, malgré un critique à courte vue qui affirma que c'était faire un tort considérable à un titre classique et imposant. Cette année-là, Steiner publie aussi son article "L'abandon de la parole", dans le numéro 23 de *The Kenyon Review*, dans lequel il lance une mise en garde intéressantissime : "Le langage se venge de ceux qui le mutilent."

J'ai entre les mains *The Psychic Labyrinth of Friedrich Wilhelm Murnau*, une édition bilingue en chinois et anglais que Quirós a rapportée d'un voyage, mais dont je doute qu'il l'ait lue. Pourquoi alors l'ai-je fait? Je n'ai pas de réponse, sauf qu'on ne peut pas dire que j'aime prendre des raccourcis. En tout cas vous conviendrez que ce titre est très mauvais: *Le labyrinthe psychique de…* pourrait intituler un traité sur quasiment n'importe qui ou presque tout, c'est peut-être pourquoi j'ai la sensation que ce livre tient d'un certain désir occulte, voire inconscient, de passer inaperçu, de voir se dissiper son contenu, promptement et pour toujours, dans l'univers: un livre embarrassé. Nous ne devrions pas être chagrinés que se volatilisent de manière si peu écologique les nombreux petits caractères et les délicats pictogrammes composant les deux cents pages de ce volume, même si nous faisons l'effort de nous mettre dans la peau de l'éditrice Winnie Fu[97] – *Le labyrinthe psychique de Winnie Fu* fonctionne,

97. 2002: Winnie Fu (qui, selon la biographie universitaire disponible sur le site de l'École de médias et design de l'université Jiao Tong de Shanghai, s'est formée à l'Académie de cinéma de Pékin et à l'université de Tubinga, et est l'auteur de plus de vingt articles publiés, entre autres revues, dans *Camera Oscura*, *New German Critique* et *Nineteenth Century Theater and Film*) fête ses trente-deux ans au moment où son livre *The Chineseness of European Cinema* (publié par les éditions de l'Université d'État de l'Ohio) remporte le prix de l'Académie du cinéma chinois pour la meilleure recherche,

même dans le cas extrême où la psyché de Winnie Fu aurait été calcinée par les braises du soleil rouge de la révolution culturelle et qu'il n'eût resté d'elle qu'un tas de poussière juste capable de maintenir les fonctions vitales minimales –, de Winnie Fu, je disais, qui fut chargée (ce qu'elle prit assurément très au sérieux) d'éditer un livre pour accompagner la rétrospective qu'allait organiser le Hong Kong Film Archiv, où devaient être projetés les principaux films de Murnau, suivis de quelques colloques, et présenter une exposition inaugurée à Berlin qui allait circuler d'abord à Hong Kong, puis dans d'autres villes du monde entier. Quirós désirait filmer la fin de cette tournée, qui comprenait certains décors et de curieux trucages (très novateurs pour l'époque) de la scénographie du cinéma de Murnau. Quirós s'intéressait, par exemple, à une petite maquette du décor où avaient été tournées des parties du film *Phantom* et, concrètement, une scène qualifiée de "jour hésitant" à laquelle le cinéaste faisait souvent référence : Lorenz Lubota marche dans une rue ensoleillée ; fou d'amour et angoissé par ses dettes, il a l'impression que les immeubles vont s'effondrer sur lui ; pour ne pas être écrasé, le très insignifiant Lorenz court, mais les ombres des édifices se jettent sur lui et le poursuivent. Grâce à un système de rails sur lesquels se déplacent les fausses façades en contreplaqué, la ville le harcèle. Les spécialistes qui ont situé Murnau dans le courant expressionniste citent des séquences comme celle du jour hésitant, mais pour Quirós ces classifications académiques, justifiées au millimètre, étaient sans intérêt, voire une forme d'affliction morbide, identique dans leur consistance à ces lézards raidis plongés dans un demi-litre d'alcool de riz. Ce qui l'excitait, je crois, était le trucage optique comme inventé par un esprit infantile,

---

qui lui fut décerné pendant la XXVIIIe édition du Festival du Coq d'or et des Cent fleurs.

qui s'amuse bien dans son coin, mais pas à la manière de ce brillant ingénieur dont parle William Gaddis[98] qui achète un piano mécanique parce que au-delà de la musique – qui l'indiffère – il est fasciné par le mécanisme qui la produit. Quirós voulait voir dévoilé le tour de magie comme une sorte d'appendice à toute histoire. Il cherchait la révélation instructive, pédagogique et théâtrale des secrets de l'illusionniste, quand les masques et les déguisements des personnages sont rangés dans les malles et que les acteurs démaquillés se sont assis devant un bon dîner. Le *show-must-go-on* comme explication narcissique que demandent les intoxiqués, le *spin-off* fracassant que le public réclame par des applaudissements. Pour le reste, peu importe que ce fût réellement sur un mode de plaisanterie auto-parodique que Quirós affirma vouloir faire un clin d'œil au cinéma de Robert Bresson[99] par

---

98. 1954 : une petite semaine après son trente-deuxième anniversaire, William Gaddis, qui est sur le point de voir publié son premier roman (*Les Reconnaissances*), envoie une lettre très respectueuse au physicien Robert Oppenheimer, dont il vient de lire la conférence "Prospects in Arts and Sciences" qui lui a fait une forte impression. *L'amplitude du monde dérive du caractère irréversible de la connaissance : ce qui a été appris une fois fait partie de la vie humaine*, énonce Oppenheimer. J'ai été frappé, lui écrit un Gaddis ému, par la concision et le langage avec lesquels vous exposez des problèmes que j'ai mis sept années à concevoir, et presque mille pages. Et en reprenant les mots d'Oppenheimer, Gaddis avoue que son roman tente de montrer l'intégrité de l'intime en contraste avec l'immensité de la vie, la grandeur du monde, la disparité des gens et des chemins, et l'obscurité qui recouvre tout.

99. 1933 : on sait qu'à l'âge de trente-deux ans Bresson collabore comme dialoguiste au scénario du film *C'était un musicien*, son premier travail au cinéma. Ses années de jeunesse sont enveloppées de mystère. Bien qu'il n'ait jamais exposé son œuvre picturale, il s'était au début consacré à la peinture, puis l'abandonna pour "prendre des photographies et jouer du piano, écouter des disques et assister à des concerts", selon le livre *The Films of Robert Bresson*, publié par Bert Cardullo.

l'enchaînement d'une sélection de pièces de l'exposition – il dit : fragmentation, synecdoque, ainsi de suite, ouaf ouaf ouaf – qui allaient être facturées, embarquées, transférées et déballées dans les cinq continents par des mains anonymes. À qui appartiennent les mains qui emballent et déballent la marchandise ? Ce point présente un intérêt plus que nul, car les noms propres doivent se dissoudre dans l'action et dans…, voyons…, la chaîne humaine à l'arrière-goût manufacturier, aussi allons-nous délaisser ce sujet, même en supposant – ce qui n'a rien d'extravagant – que quelque chercheur en pratiques culturelles ait fait l'effort de recenser les ouvriers de l'exposition sur Murnau pour comparer et publier leurs données. Mais puisque Quirós écartait ce type de détails, je vais le faire moi aussi, et dès lors ils me seront aussi indifférents que la gloire *post mortem* l'était pour Murnau, qui, d'après ce que j'ai appris sur lui, n'était pas de ces artistes trouvant une consolation dans la célébrité qui prolonge leur nom au-delà de leur vie. Son désir de connaître les lieux, son goût pour la navigation tenaient plus de la fuite, de la recherche de décors vierges, que de l'envie de bains de foule. La célébrité (si elle ne servait pas à lui procurer plus d'argent et de liberté pour continuer à faire les films qu'il voulait) n'était pas pour lui une stimulation majeure. Toute forme d'activité, semblent dire ses actes, relève pour lui de la volonté de réaliser brillamment un film de plus et jamais du désir de durer et de la vanité, ce qui explique l'anecdote suivante, que nous connaissons grâce à Murnau lui-même, qui la raconte dans une lettre adressée à son amie intime Salka Viertel[100]. Il se

100. 1921 : à l'âge de trente-deux ans, Salka Viertel, qui avait travaillé comme actrice à Vienne et à Berlin – sous la direction, entre autres, de Max Reinhardt, qui lui fit rencontrer Murnau –, voit sa carrière décliner. Comme dans la plupart des cas semblables, il est impossible d'affirmer si ce déclin fut la cause, ou au contraire l'effet, de ce que Salka commença à privilégier son rôle d'épouse et de mère.

promène un soir dans le centre de la ville mexicaine de Mazatlán, sur la côte Pacifique, lorsqu'il arrive devant un petit cinéma et, comme sous l'effet d'une obscure impulsion, il entre dans la salle déjà dans le noir. Il ne sait rien du film qui est sur le point de commencer, *Hermana Felicitas*, aussi est-il éberlué par le générique : un film de la UFA, réalisé par F. W. Murnau.

> Des acteurs inconnus de moi, une histoire tout aussi inconnue et qui était extraordinairement stupide. N'est-ce pas une étrange coïncidence ? Dans ce cinéma, les films ne sont projetés qu'une seule journée. Ce jour-là j'y suis entré par pur hasard et j'étais à peine assis que mon nom apparut sur l'écran. Je ne sais si tu peux imaginer à quel point c'était mystérieux et horripilant. Je suis immédiatement sorti pour aller au Café Paris. Mes amis et moi étions les seuls clients et nous nous sommes bien amusés.

Vous savez quoi ? Subitement je me sens envahie par l'envie de m'amuser, de passer de ce mode si anaérobique et joliment puéril de la panique à l'euphorie, d'enchaîner les aventures tristes aux plus joyeuses. Si j'avais cultivé ce côté jubilatoire, Quirós ne se serait peut-être pas éloigné de moi, ou plus exactement serait revenu près de moi. Je ne me pardonne pas de l'avoir effrayé par mon penchant à émettre des propos so-po-rifiques. Nous avions lui et moi l'habitude de boire de l'eau-de-vie, et plus nous en buvions plus mes paroles partaient dans tous les sens. Je me suis rappelé cette sensation d'expressivité maximale, pénétrante et barbare, en voyant sur la couverture du livre hongkongais l'image célèbre du vampire Nosferatu debout sur le pont d'un bateau que Murnau avait baptisé du nom infernal de *Empusa*, sur le point d'aborder la ville imaginaire de Wislorg, et une décharge électrique m'a traversé le corps, comme si les petites cellules qui me constituent se mettaient instinctivement en état d'alerte, d'abord une, puis très vite toutes les autres, face au mal qui me guette, malheureuse comme un ciel nuageux. Moi et monsieur Tout-le-Monde[101]. Ma peau se hérisse et mon cœur palpite musicalement ; dans mon corps se met en marche un mécanisme parfait qui réagit au jeu de la capitulation devant le monstre et cela de façon optimale, ce qui m'oblige à affirmer qu'à l'encontre de mes propres soupçons, je me trouve en pleine *santé pathético-ludique* (selon l'expression forgée récemment par Giovanna Mazza-Turner[102] et qui a si vite fait florès). Je répands mes terreurs par terre et je m'y vautre ; je m'y frotte le dos avec délice, avec un plaisir animal qui, cependant, s'évanouit en une nanoseconde en même temps que retombe mon moral comme du plomb, à l'instant où j'ouvre le livre – *The Psychic Labyrinth*... comme un avertissement – et en jetant un coup d'œil sur le sommaire, je me vois submergée par une flopée d'articles d'universitaires des cinq continents qui commentent et replacent en contexte l'œuvre de Murnau, sur un ton paperassier qui me fait tout de suite bâiller et à cause duquel on ne peut que conclure que ce volume a été publié pour donner un vernis institutionnel à la rétrospective sur le cinéaste allemand et, en fin de compte,

101. NOTE À L'ATTENTION DE MOI-MÊME : cela a-t-il un sens que je continue à utiliser le standard monsieur Tout-le-Monde comme catégorie de description sociale ? Et en théorie esthétique ?

102. Mazza-Turner, qui n'a pas encore trente-deux ans, est professeur-assistante à l'École d'enseignement de l'université James Cook, où elle donne les cours de *Adolescent Development & Health* et de *Game-Based Learning (IV) : Research Methods.* Elle a publié vingt-sept articles dans des revues scientifiques de haut niveau, ainsi que diverses recensions, dont l'une d'elles (la première qu'elle écrivit, avant de se décider à émigrer résolument dans la région ensoleillée de la bibliographie) m'a véritablement emballée, intitulée "Face à l'œuvre d'Anna Freud : une intense vibration émotionnelle".

parce que éditer un tel livre n'est pas très coûteux, il dure toute la vie et sert à faire figurer les logotypes des organismes et des entreprises qui ont financé l'événement. Les lecteurs n'y trouveront que des travaux universitaires d'une orthodoxie amidonnée, obsolète, truffée de lieux communs, sans aucune référence à des questions substantielles, ni des clins d'œil au présent ou à des sujets d'actualité, ni des allusions à des événements spécifiques et plus que singuliers de la République populaire de Chine. Avec un peu d'astuce, et en prenant certaines libertés, ce que nul parmi les vivants ne condamnerait, les auteurs auraient pu recourir à l'image du vampire (si prisée par Karl Marx[103]) pour railler les héritiers de la nomenklatura chinoise. Mais aucun n'a eu ce cran et de fait la plus grande audace du volume se trouve dans la présentation, écrite par un certain Dieter Keil, qui le

---

103. 1850 : avec éloquence mais en faisant peu de place aux nuances, la biographie écrite par Francis Wheen qualifie l'année où Marx eut trente-deux ans d'*annus horribilis* du philosophe et de sa famille. Récemment installés à Londres, ils vivent dans une misère qui peut être qualifiée de dickensienne. À ce moment-là, Marx a déjà écrit quelques-uns de ses textes fondamentaux, comme les *Manuscrits de 1844*, *Thèses sur Feuerbach* et, avec Engels, *Manifeste du parti communiste**. L'année 1850 commence par la sortie de la *Nouvelle Gazette rhénane*, en laquelle Marx fonde de grands espoirs. Peut-être trop. Nous pouvons quasiment entendre le ricanement de Francis Wheen lorsqu'il écrit : “Les ambitions placées dans la revue sont héroïquement exorbitantes. *J'ai peu de doutes*, prédit Marx, *que lorsque seront publiés trois numéros mensuels (peut-être deux), éclatera une conflagration mondiale*. Mais en attendant, la revue affronte de petits mais épuisants problèmes financiers.”

* Bien que la pensée d'Engels soit très présente dans le *Manifeste du parti communiste*, il est indubitable que de l'ébauche écrite à quatre mains il resta fort peu dans la version finale, que Marx rédigea quasi compulsivement, en griffonnant ces lettres un peu amorphes, évoquant davantage les volutes de la fumée d'un cigare que celles d'un alphabet connu, ce qui mettait souvent ses éditeurs dans l'embarras.

signe en tant que directeur du Goethe-Institut de Hong Kong[104]. Comme il est de plus en plus habituel dans les présentations institutionnelles, M. Keil commence par un éloge de l'exposition, mais glisse en moins de deux vers l'anecdote personnelle : "Le dernier jour du festival de cinéma de Berlin, écrit-il en évoquant un incident aux allures mythiques, je pris l'autobus pour le cimetière de Stahnsdorf. Je voulais me rendre sur la tombe de F. W. Murnau, mais personne ne put m'indiquer son emplacement. Après avoir parcouru cet immense bois pendant deux heures, je m'avouai vaincu et décidai de partir. À l'instant où je faisais demi-tour, juste en face de moi se trouvait le caveau de Murnau, partagé avec d'autres membres de la famille Plumpe." Qu'en ditesvous ? Murnau est la cerise sur le gâteau de ce festival de cinéma, sa clôture épatante qui mobilise ce brave Dieter Kiel, lequel s'est non seulement surpris lui-même en devenant un grand mandarin de la culture qui a vu naître Goethe[105] et Arnold Kreikamp, mais se montre aussi en homme curieux et simple dédaignant réceptions

104. 1997 : à l'âge de trente-deux ans, Dieter Keil a consolidé sa carrière de gestionnaire. Il a été commissaire aux comptes du district de Frisinga et de la Société Max Planck de Munich, où il a été nommé directeur financier. Ceux qui ont travaillé avec lui soulignent, plus que tout, sa constance et sa rapidité vertigineuse dans l'établissement d'un bilan comptable.

105. 1781 : Johann Wolfgang Goethe fête son trente-deuxième anniversaire à Weimar, où il s'est installé depuis quelques années pour devenir le conseiller du duc Charles-Auguste. Bien qu'il ne soit encore l'auteur que d'une poignée d'œuvres, parmi lesquelles le célèbre *Werther*, sa fonction politique le tient un moment éloigné de la littérature. Cette étape ne sera pas du tout heureuse : d'après Lukács, Goethe échoua dans sa tentative de réformer la principauté selon les principes des Lumières, ce qui lui causera une profonde déception. Son œuvre postérieure ne peut se comprendre en faisant abstraction de cette désillusion politico-sociale, mais il ne renonce pas pour autant à l'idée de progrès.

et cocktails officiels, et prenant l'autobus pour aller voir la dernière demeure de Murnau, qu'il trouva enfin lorsqu'il était sur le point de jeter l'éponge. Murnau est le trésor enterré qui permet à Keil de se vanter de son exploit, de le raconter, de se regarder avec complaisance et probablement de se tirer brillamment de la comparaison avec les autres. Ou bien : Murnau n'est que le dérivatif parfait d'un après-midi de l'existence laborieuse de Dieter Keil, dont le succès de fouineur de cimetière me répugne tout autant que me séduit l'échec de Quirós, qui à sa première tentative n'avait pas réussi à trouver la tombe, peut-être parce que quelque chose d'inconscient en lui s'opposait à atteindre ce qu'il vaudrait mieux ne jamais rencontrer. Tout comme Keil, Quirós se rendit en autobus au cimetière de Stahnsdorf et s'y perdit lui aussi, pour finalement repartir sans avoir trouvé la sépulture du cinéaste. La chance qui avait souri à Keil n'était pas à ce moment-là du côté de Quirós, mais le connaissant comme je le connais, il est pensable que dans le fond, dans un recoin obscur de son âme, il désirait se perdre dans le cimetière et ne jamais atteindre son but, et avait eu l'envie soudaine de faire obstacle à ce modeste objectif – *Le labyrinthe psychique de J. B. Quirós*, vous comprenez ? Cela n'a rien d'insolite : Marcel Schwob[106] lui non plus ne put se rendre sur la tombe de Stevenson[107], raison de son

---

106. 1899 : peu avant ses trente-deux ans, Marcel Schwob publie une anthologie de contes, *La Porte des rêves*, qu'il dédie à son médecin, Samuel Pozzi. Il souffre de maladies chroniques. Ses œuvres principales sont déjà écrites. Le traitement clinique qu'il reçoit l'empêche d'écrire régulièrement.

107. 1882 : le jour de ses trente-deux ans, Robert Louis Stevenson écrit une lettre à sa mère depuis Marseille, où il vient de s'installer en quête d'un climat convenant à sa santé très fragile : "Trente-deux ans accomplis ! Je me souviens qu'à vingt-neuf ans j'étais à San Francisco, c'était aussi un anniversaire maussade. Et mes vingt-huit ans n'ont guère été meilleurs." Et dans un regain d'optimisme,

voyage (heureux mais non sans difficultés) aux Samoa. Il n'est pas impensable que cette forme de défiance impérieuse, intime, dissuada également Quirós de se rendre au 22 de la Douglasstraße, où se trouve aujourd'hui encore la maison qui fut léguée à Murnau par la famille de Hans, le poète Hans Ehrenbaum-Degele, son premier amour, mort prématurément au cours d'une offensive contre les Russes pendant la Première Guerre mondiale[108]. Comme au volant d'un rouleau compresseur sans freins, Quirós cessa de s'intéresser à cette maison, bien qu'y ait résidé un temps l'actrice polynésienne Anne Chevalier[109], héroïne de *Tabou,* qui se rendit en Europe pour assister à la projection à Berlin de l'œuvre posthume de Murnau. Je parie que plus d'un parmi vous fraternise avec Quirós dans ce boycott, cet acte d'auto-sabotage, ou même cette nausée, comme il me l'a dit lui-même, qui montait de sa poitrine et le déconcertait, l'obligeant à reculer devant les lieux que

---

dont nous devrions nous inspirer, il ajoute: "Mais après il y eut des jours agréables, passés dans des circonstances agréables."

108. Hans n'atteignit pas les trente-deux ans. Malheureusement sa vie s'interrompit peu après son vingt-sixième anniversaire.

109. 1944: Anne Chevalier a trente-deux ans lorsqu'elle retourne à Tahiti. Elle est alcoolique et cherche une consolation en se jetant dans les bras du premier venu, probablement pour oublier le bel Eugeniusz Bodo, à l'époque le plus populaire des acteurs polonais, qu'elle avait rencontré lorsqu'elle travaillait au théâtre Alhambra de Varsovie, comme danseuse de *shows* d'inspiration exotique à la mise en scène pétillante. Bodo, qui était aussi scénariste, écrivit pour elle le rôle principal du film *Perle noire*, que dirigea Michał Waszyński, après quoi Anne ne reviendrait au cinéma que pour jouer un personnage secondaire dans *Hurricane*, de John Ford. Anne et Bodo s'aimèrent passionnément, mais leurs chemins se séparèrent rapidement, car l'abstinent qu'il était ne pouvait supporter la prédilection d'Anne pour les nuits de beuveries. J'ai lu quelque part que son histoire avait inspiré le scénario de *La Comtesse aux pieds nus.*

Murnau avait habités, renoncer au parcours que par ailleurs Yves de Peretti[110], caméra à l'épaule, avait tracé dans le documentaire *Tabou, dernier voyage*. Un pionnier n'est pas exempt de faiblesses dans la grande marche de l'humanité, a-t-il dit, je crois, dès lors comment pouvais-je deviner que Quirós allait un jour retourner à Stahnsdorf? Je ne vous cacherai pas que ça m'amuse de l'imaginer chargé de la caméra et de tout l'attirail, décidé à profaner en pleine nuit la tombe du cinéaste et à voler son crâne desséché. Mais réflexion faite, son retour servira peut-être à apaiser ma colère provoquée par son départ et sa disparition du jour au lendemain, car cela suppose qu'il poursuit son projet conçu ici, à mes côtés, pas toujours avec netteté mais avec beaucoup d'ardeur, et répond en un certain sens à mon désir de continuité. Je suis une sentimentale, je suis incapable de le dissimuler. Que Quirós m'ait tenue à l'écart et quasiment enterrée, au fond peu importe. Me sentir ainsi rejetée ne devrait m'énerver que si je me laisse gagner par la vanité. *Et nous demeurerons à l'ombre des morts, et envierons leur repos et leur béatitude, ces crânes insouciants, en vacances éternelles. Grouillant dans l'obscurité, nous connaîtrons au moins la satisfaction de ne plus avoir à nous regarder en face, le bonheur de perdre notre visage*, écrit Cioran[111], et

---

110. 1984: Deuxième Festival international de vidéo de Montbéliard. Yves de Peretti, trente-deux ans, présente un bref documentaire de six minutes intitulé *Qui est Clara Clara?*, "un voyage sensuel avec le peintre et sculpteur Henri Bassmadjian autour d'une œuvre de Richard Serra installée dans le Jardin des Tuileries". Cette année-là, le jeune Peretti a aussi filmé *Triptyque*, une vidéo de dix minutes qui "connecte le temps discontinu du journal d'Eugène Delacroix avec l'image d'un paysage en métamorphose".

111. 1943: Emil Cioran vit à Paris depuis quelques années grâce à une bourse, lorsqu'il a trente-deux ans. Il loge dans des hôtels miteux et s'impose une existence de parasite. Étrange et rageur, le philosophe transylvain est déjà devenu le plus anti-système des hommes. Il travaille au *Bréviaire des vaincus*, qu'il écrit pendant

je me propose désormais de me nourrir de sa prédiction, que je réciterai pendant que mon corps perdra son sang puis se momifiera. Avec soulagement je laisserai derrière moi toute l'ambition qui m'a habitée, née de l'envie de me forger ce qu'on appelle un bel avenir, ou un avenir digne (un désir quelque peu raréfié, comme l'air qui sent le renfermé après la nuit), animée de la coutume nocive de rivaliser, qui m'a poussée jusque-là à imiter le peintre ambitieux Robert Delaunay[112], lequel selon Gertrude Stein[113] dans *Autobiographie d'Alice Toklas*, devant tout tableau célèbre demandait quel âge avait son auteur

---

l'occupation allemande et qui sera sa dernière œuvre écrite en roumain (langue que, dans son désir de détruire toute sorte d'attache, il abandonnera définitivement pour adopter le français). Dans une page du *Bréviaire des vaincus*, je lis aussi : "Mes semblables, je les connais. Ils veulent, veulent sans cesse. Et, puisqu'il n'y a rien à vouloir, je marchais sur leurs brisées hérissées d'épines, ma sente serpentait dans la fange de leurs désirs et blanchissait, sous un nimbe dérisoire, leur quête toujours dans les limbes." Ces paroles me semblent une bonne manière de vous dire comment je me sens et, en un pot-pourri de paresse et d'insuffisance mentale, je les adopte et m'en sers ici, pour votre agrément. Je souhaite qu'elles vous plaisent.

112. 1917 : à son trente-deuxième anniversaire, Robert Delaunay vit depuis trois ans entre l'Espagne et le Portugal. Il était arrivé avec sa famille à Fontarrabie pour y passer l'été, mais la guerre éclata, de sorte que les vacances se prolongèrent pendant six ans. Il laissait derrière lui Paris et une époque de grandes réussites artistiques.

113. 1906 : Gertrude Stein a trente-deux ans quand Picasso peint son portrait, auquel elle ne s'est mise à ressembler qu'avec le temps, comme si le peintre avait entrevu son avenir de souveraine altière, un pied dans l'âge de pierre, l'autre dans les avant-gardes. Il y avait quasiment trois ans qu'elle résidait, avec son frère, au 27 de la rue Fleurus, à Paris, tout près du jardin du Luxembourg, dans une maison d'un étage qui devint rapidement un lieu de réunion des artistes modernes, et aux murs de laquelle était accroché, entre autres tableaux, les *Trois Tahitiennes* de Gauguin. C'est à cette époque qu'elle publia *Trois vies*, à compte d'auteur, et qu'elle préparait son œuvre majeure *Américains d'Amérique*.

lorsqu'il l'avait peint, afin de comparer sa propre trajectoire avec celle de son collègue. Lues sous un jour nouveau, certaines phrases de Thorstein Veblen[114] éclatent maintenant sous mon nez, qui me sert enfin à autre chose qu'à y poser mes lunettes : la légitime finalité de l'effort actuellement consenti se résume à pouvoir se comparer aux autres, avec l'idée de se qualifier quant au mérite ou à la valeur. Autrement dit : le succès se prouve par une comparaison odieuse qui devient l'unique et puissante motivation de l'action. Cette expression, une comparaison *odieuse*, est beaucoup plus éloquente en anglais : *an invidious comparison*, dont l'étymologie révèle une manière plus que trouble de regarder un monde contre lequel moi, ici devant vous, je me lance comme ces pilotes kamikazes, avec si peu d'adresse qu'il est très probable qu'il n'y aura à déplorer qu'un seul mort. Bizarre, en effet, cette idée de penser stratégiquement en faveur de ma carrière et de finir par me concentrer sur l'intention très supérieure de contempler les étoiles du firmament. Mais que diable ! Ma carrière ne me conduit nulle part. C'est une route départementale dont les pompes de la seule station-service sont depuis longtemps à sec. À l'horizon : une retraite modeste, quand mon cerveau sera

114. 1889 : à ses trente-deux ans, Veblen est confortablement abrité sous l'aile de ses parents, dans le Minnesota, dans une ferme très rentable construite selon la tradition norvégienne, pays d'où les Veblen avaient émigré. Bien qu'il ait fait ses études au Carleton College, à l'université Johns Hopkins et celle de Yale, Thorstein avait échoué à obtenir un poste de professeur, aussi revient-il dans le giron familial où, dit-on, il se laisse aller et, affirmant à sa décharge qu'il est phtisique et a besoin de repos, il passe sept ans à lire. Chez les Veblen on parle norvégien, on cuisine des plats norvégiens et on prie à la norvégienne, en compagnie de voisins d'origine norvégienne. De fait, tout dans la vie de Thorstein eut un fort arrière-goût norvégien, ce qui explique peut-être qu'il ne s'intégra jamais complètement aux États-Unis. Pour le dire vite, c'était un marginal, ce qu'on appelle un *outsider*.

aussi grillé qu'un taon abruti qui s'approche d'une lampe anti-insectes et – crac ! – adieu la vie ! Désormais je vais cesser de comparer mes réussites et surtout mes misères avec celles des autres. Quelle importance de savoir ce que faisaient les uns et les autres à trente-deux ans ? Je vais m'arracher les yeux, me perfectionner en futilité et rompre avec le dictionnaire, cet héritage aussi lourd et étouffant que foutrement mensonger. Est-ce que les mots ne peuvent commettre de péchés ? Appeler "carrière" le service fumeux que j'accomplis dans l'université à laquelle je suis a-ffi-liée participe de ce péché originel qui nous a expulsés du paradis. Tout ce baratin menaçant sur les pommes de l'arbre de la science aurait mérité qu'on y prête un peu plus d'attention, vous ne pensez pas ? Au point où j'en suis, ma démission ne me sauvera pas, mais me libérera au moins de la tyrannie des calendriers, qui sont aussi dangereux qu'une armurerie : à partir d'aujourd'hui j'affirmerai que j'ai cent deux ans révolus ou, mieux encore, deux cent trente-deux, et dans la catégorie comparaison envieuse, je serai tranquille (tout spécialement sur le chapitre des exigences professionnelles, si singulièrement et servilement abusives). Je serai un Membre Non Comparable de notre civilisation qui "a institutionnalisé l'envie", selon la très lucide appréciation de David Bell[115]. Je suis décidée à faire du feu dans la cheminée en forme de panthère et à brûler, entre les deux crocs pointus, mon curriculum vitæ (ce chapelet de références entre lesquelles ont fondu tous les muscles de mon corps juvénile), comme Quirós l'a fait avec ses scénarios. Je me demande si l'heure est venue de quitter mon poste à l'université, ce qui du reste ne serait

115. Si, incités par l'habitude que vous avez prise dans les pages précédentes, vous voulez savoir ce que faisait le brillant David Bell à l'âge de trente-deux ans, je vous invite à chercher vous-même cette information.

pas une tragédie pour les sciences sociales. Je me dis que c'est le moment de faire un pas en avant, d'abandonner la vie académique, en raccrocher les habits (donner un coup de pied rageur à la toge et un autre encore plus fort à la toque), ce qui sera vu par la corporation universitaire comme un échec personnel, une décision honteuse et de loin beaucoup plus blessante qu'un divorce agressif. Ce n'est pas pour rien que depuis quelques années prolifèrent sur Internet les histoires de professeurs qui débutèrent avec enthousiasme leur carrière universitaire et dont les illusions, cours après cours, ont été pulvérisées par ce rouleau compresseur qu'est l'université. Cherchez vous-mêmes sur Internet : tapez *quit-lit* – pour "lit(térature) de la démission ou du tout-envoyer-au-diable" – et découvrez les tribulations des nombreux universitaires qui ont levé le drapeau blanc et ont voulu laisser par écrit leur dénonciation de ce grand dépotoir qu'est toute faculté (dans de nombreux cas comme une thérapie psychologique de longue durée). Grosso modo, la *quit-lit* se nourrit du drame que toute trajectoire universitaire, outre la sueur et les larmes, provoque : frustration et rares possibilités de lâcher la bride au désir et à la créativité ; un système de rétribution où le mérite n'est que peu récompensé ; lésions de la peau et des muqueuses, d'origine presque toujours psychosomatique (mais pas uniquement) ; interminables journées consacrées à la paperasse ; périodes où vous flottez dans les pantalons de taille S et d'autres où vous devez retenir la respiration pour fermer ceux de taille L ; réunions monopolisées par des lèche-bottes ou des ineptes ; sentiments de haine exacerbés quand un article de votre spécialité ne mentionne pas votre travail ; solitude ; compétitivité ultra-capitaliste fusionnée avec des formes très originales de vassalité médiévale ; coïts peu satisfaisants parce qu'on a la tête ailleurs (mais pas seulement pour cela) ; étudiants rarement motivés, despotiques et/ou capricieux comme un client VIP ; auto-complaisants discours inauguraux de la bouche du doyen en poste ; anxiolytiques et antidépresseurs. Quelqu'un qui a toute sa tête, ou exempt de tout penchant sadomasochiste, peut-il s'adapter à ce *pack* pervers ?

Je jure qu'à partir de maintenant il me suffira de bien ouvrir les narines et d'emplir mes poumons de l'odeur subtile de Quirós, qui revient dans cette vieille maison comme un courant d'air délicat. Un sixième sens me dit qu'il passe de nouveau ses nuits plongé dans le projet Murnau (allez savoir dans quelle chambre, quelle ville du monde, car Quirós se déplace d'un lieu à l'autre au mépris des frontières, avec autant de liberté que l'argent) et qu'il lui manque à cet instant un de ses livres, ceux que moi je possède et que je feuillette un bon moment, du début à la fin ou inversement comme si c'était le soufflet d'un accordéon dont je tente de tirer une triste mélodie. De fait, je trouvais dans un des livres quelque chose s'apparentant au calme, raison pour laquelle je m'y plonge parfois. Il s'agit d'un volume édité par Schirmer/Mosel et qui contient, comme l'indique son titre (*Friedrich Wilhelm Murnau. Die privaten Fotografien 1926-1931*), les photographies personnelles de Murnau, parmi lesquelles une série prise aux environs de Berlin, sur un grand lac, pendant une journée de repos. Un jeune homme blond et très beau l'accompagne, il s'appelle Hans (ce n'est pas le poète Ehrenbaum-Degele, amour de jeunesse du cinéaste, mais un autre Hans, Hans Jahnke). Ils naviguent ensemble sur un petit voilier. Le garçon a la peau dorée, comme du pain chaud, et à côté de lui celle de Murnau souffre d'une décoloration lunaire. Tous deux paraissent détendus, enjoués, comme il sied à une journée de promenade, et entre leurs corps un lien ardent saute aux yeux qui, je ne sais par quel mécanisme, transparaît sur le papier imprimé, comme un végétal perpétuellement en fleur, une plante carnivore immortelle qui traverse le temps et dit *je vais te manger*. S'agit-il de l'intimité que partagent les amants ? demanderez-vous, et je dois dissiper votre soupçon, car ce n'est pas la douce trace que laisse le sexe sur la chair qui palpite encore dans l'image, mais quelque chose de très différent. Dibbouk ! Dibbouk ! Je pourrais me défouler en criant à cet instant comme un corbeau borgne, pour feindre la surprise et même la stupeur, et masquer le plaisir secret que j'éprouve. Quelqu'un parmi vous devrait alors s'interroger : le visage affectueux de Murnau (avec ses petits yeux de poupée de chiffon) ne cacherait-il pas une de ces âmes mortes qui parasitent un corps splendide ? Serait-ce le dibbouk de la kabbale, le suceur de sang, le vampire réel que recrée Nosferatu ?

– Bien sûr que oui !

Mettre en évidence ce secret est, je pense, la partie essentielle du film que Quirós veut tourner. Pour cette raison, parmi toutes les photos prises par Murnau, Quirós frémissait devant celle où Hans marche nu au milieu de la végétation. Il se dirige vers le lac jusqu'à ce que quelqu'un l'appelle. Hans ! Le jeune homme s'arrête et regarde derrière lui, sans poser pour la caméra mais seulement pour le photographe. Il a un léger sourire. Il ne pense pas à la postérité, mais à son rayon d'action qui ne s'étend pas au-delà d'un après-midi sentimental en plein air. Son intention est de séduire celui qui tient l'appareil, dont l'ombre se projette sur le sol, dessinant le profil contracté de Murnau, qui guette derrière la caméra, prêt à obéir à son instinct prédateur et à vampiriser ce jeune corps si appétissant. Lorsqu'on observe la photo, on parvient même à percevoir la respiration excitée de Murnau.

Et pourtant, ce n'est pas tout.

Si on scrute l'image, si on aiguise le regard en tentant de voir au-delà de l'évidence, on ne tardera pas à découvrir une présence humaine sur la rive du lac opposée à celle où se trouvent Murnau et Hans. Une vague figure, aussi ténue qu'un papier à cigarette, comme harassée par une existence banale. C'est moi. À force de rôder dans l'album de photos, j'ai fini par m'y infiltrer. Parfois ma présence n'est qu'une trace comme de gélatine ou de bave, un suintement – ne faites pas semblant de ne pas l'avoir remarqué. Murnau et Hans sont morts et je tripote les photographies qu'ils ont prises l'un de l'autre dans cette journée de promenade, j'observe leurs corps et je me délecte. Je ne sens, en revanche, aucune envie d'aller faire un tour à la campagne. La vue du lac allemand ne m'incite pas à chercher une rivière ou un étang pour m'y baigner et m'allonger au soleil sur la rive. Il est vrai que ma peau est toujours pâle et qu'on me conseille souvent de bronzer un peu, mais il me paraît prudent de ne pas perdre de vue le danger du mélanome. Depuis des années les journaux alertent sur ce risque avec une telle instance qu'il est impossible de le négliger et de se croire protégé par une crème solaire. Hans et Murnau ont beaucoup de chance, sans le savoir, d'ignorer le danger des rayons ultraviolets. Disons qu'en matière de risques oncogéniques, Murnau et Hans vivaient dans la préhistoire, et ce manque d'information leur allait franchement bien ; il les rendait légers et capables d'inspirer la bonne humeur. En ce qui me concerne, je n'arrive pas à me souvenir de ma dernière balade en montagne et je n'ai pas une idée précise de l'endroit où finit la ville et commence la nature, du moins s'il existe encore quelque chose digne de s'appeler ainsi. Y a-t-il quelque part un panneau indicateur où est écrit "NATURE" ? Je considère que le jardin qui s'étend devant mon porche peut combler toute envie de faune et de flore qui se manifeste dans mon organisme, toute nostalgie de la vie champêtre qu'il serait peut-être souhaitable que ressentent les humains qui habitent au milieu du fer, du plastique et de la foule, quelque chose comme un amour atavique pour celui qui a forgé à bon escient le terme approprié (sur le mode de *naturesick* ou de *greensick*). Oui, mon jardin contient une verdure plus que suffisante et, avec ses ombres et ses endroits humides, il a un aspect beaucoup plus allemand que la végétation des rives du lac sur les photos de Murnau. Étrange jardin. *Ein seltsamer Garten.* Mon jardin étranger. Vous êtes invités à le visiter dès que vous en aurez envie.

Sur la page web où il offre ses services d'archiviste, Bernd Eichhorn recourt à une citation de l'inégalable Ror Wolf, extraite du premier volume de *Raoul Tranchirers Enzyklopädie für unerschrockene Leser*, qui parodie l'idée d'encyclopédie et dont le titre pourrait se traduire par *L'encyclopédie de Raoul Tranchirer pour lecteurs intrépides.* Un titre qui nous oblige à nous demander si, en prenant le risque de relever le défi d'être un bon lecteur – dans le sens que lui donne Nabokov : être un bon relecteur –, nous ne devrions pas au moins chercher le moyen d'être un lecteur intrépide. "Il est facile de mettre rapidement de l'ordre dans une chambre. On y arrive avec le jeu *La marée monte.* Tout objet, tout livre doit être mis à sa place dès que possible pour que l'assaut des vagues ne l'emporte pas. Et lorsque tout est en ordre on a la chance que la marée ne monte pas", ce qui me fait imaginer Bernd Eichhorn, qui frise les quarante ans, pariant contre lui-même pour voir s'il réussit à s'immerger dans une chambre en désordre et mettre fin au fouillis avant que la marée monte. Ceux d'entre vous qui préfèrent les références classiques apprendront avec plaisir que l'activité d'Eichhorn peut aussi s'expliquer par une citation classique, d'Anaxagore : "Toutes les choses étaient mêlées, puis vint l'intelligence et elle les a mises en ordre." Inutile que je vous dise qu'Eichhorn est l'incarnation de l'intelligence ordinatrice. Un démon de Maxwell incarné, vous m'avez comprise. Je l'imagine, par exemple, devant la montagne de documents accumulés pendant des décennies par Stanley Kubrick, et catalogués par Eichhorn devant les caméras de Jon Ronson, dans son documentaire *Les boîtes de Stanley Kubrick*, où on peut le voir submergé par des centaines de caisses empilées dans la demeure de la famille Kubrick à Hertfordshire, avec un air qui nous invite à penser qu'il mourait d'envie d'ordonner, cataloguer, classifier en vertu d'un jeu qui promettait de le tenir occupé deux ans au minimum et dans lequel il allait mettre un tel zèle qu'il lui valut les félicitations de diverses institutions cinématographiques internationales, ainsi que des meilleurs spécialistes dans le champ de la documentation, ce qui lui servit à obtenir un poste à la Deutsche Kinemathek, créé précisément quand on découvrit à Vienne des boîtes appartenant à la famille Plumpe, qui contenaient ni plus ni moins que 16 095 mètres de pellicules provenant probablement de la Polynésie. On pensa aussitôt que ces boîtes pouvaient abriter le négatif original en nitrate de cellulose du dernier film de Murnau (le matériau brut, non coupé : un joyau), ce qui justifia le déblocage de fonds pour approfondir les connaissances sur *Tabou* et, si tout se passait bien, pour restaurer le film. La conservation du patrimoine de l'humanité est toujours une noble raison, susceptible, en outre, de rapporter des bénéfices juteux par une exploitation commerciale sur le marché mondial. Pendant une réunion des pontes de la plus haute institution cinématographique allemande, l'un d'eux lança l'idée de monter une grande exposition à Berlin sur Murnau dans les mers du Sud, qui circulerait dans les capitales du monde entier, idée que tous ses collègues sans exception approuvèrent, en opinant du bonnet avec cette emphase qui n'est ni sincère ni hypocrite, mais simplement pragmatique et professionnelle, qui aspire à amplifier le plus possible le bilan annuel de l'institution. Lorsqu'ils décidèrent de chercher un expert pour mener à bien ce projet, un expert qui s'occuperait avec ferveur et diligence du fonds documentaire de Murnau en Polynésie, ainsi que des bobines trouvées à Vienne, quelqu'un mentionna le nom de Bernd Eichhorn, qui fut recruté en exclusivité (pour deux années prolongeables par une troisième) et auquel on attribua le bureau occupé jusque-là par la perfectionniste et auto-flagellante Kirsten Kittel qui, à son habitude, était très insatisfaite de sa réussite à la tête d'un projet sur la filmographie de Pabst et ne se permit pas de protester lorsque son contrat ne fut pas renouvelé.

Lorsqu'il apprit l'existence d'Eichhorn et de sa mission, Quirós voulut le rencontrer et lui envoya un courrier, assez abracadabrant, pour tout dire, sur son intérêt pour les boîtes de Vienne, recevant en retour une réponse glaciale et administrative dans laquelle Eichhorn annonçait que le projet était en phase d'exécution et que tout le matériel et l'information sur le tournage de *Tabou* serait en accès libre sur le site de la Deutsche Kinemathek le moment venu. Nous qui connaissons Quirós savons qu'il ne s'avoua pas vaincu. Avec une honnêteté désarmante il lui répondit que ce qu'il souhaitait, en réalité, était filmer le développement du projet: "Si beau qu'il soit, *mein lieber Freund*, la fin est toujours une toile qui cache le parcours. Dans quelques mois tu auras terminé une toile sur le tournage de *Tabou.* Mon intention est de te montrer en train de composer cette peinture." Quirós a cette qualité d'invoquer ainsi l'artiste présumé que nous portons tous en nous d'une manière qui paraît sincère, peut-être parce qu'il sait très bien que, sous cette potentialité créative sur laquelle Richard Florida a écrit avec tant de gloire et d'aisance – et qui, selon sa définition, est une catégorie sociale englobant artistes, universitaires, informaticiens, hipsters et autres (des esprits tolérants, flexibles, excentriques et très sympas, que l'on peut rassembler sous le nom de "bobos") –, palpite le désir – un désir pri-vi-lé-gié qui sent le déjà-vu – de toucher le ciel artistique du bout des doigts et de se sentir spécial et, en somme, meilleur[116]. Comme il était prévisible, cette analogie entre l'archive et l'œuvre d'art dut plaire à Bernd Eichhorn, car dans son deuxième mail il accepta la visite de Quirós, qui fut fixée au moment où la Deutsche Kinemathek allait recevoir les bobines trouvées à Vienne. L'archiviste prévenait cependant que les pellicules ne seraient pas révélées à Berlin mais à Bologne, dans un laboratoire spécialisé dans les films anciens, au nom bien approprié : L'Imagine Ritrovata. Cette dimension internationale de l'histoire enfiévrait Quirós, qui n'arrivait pas à décider quelle serait la meilleure manière de la faire ressortir dans son documentaire de façon originale et significative, démontrant en définitive que sur la planète Culture les frontières avaient depuis belle lurette cessé d'avoir un sens, mais qu'il ne fallait s'y fier. L'idéal cosmopolite serait-il tombé à l'eau ? Moins difficile était de montrer que ce qui intéressait véritablement Eichhorn n'était pas le cinéma de Murnau mais que son obsession tenait principalement à l'instauration de l'ordre là où régnait l'anarchie, ou à la séparation de la lumière des ténèbres (pour employer une autre métaphore biblique). Eichhorn est une machine parfaite pour le traitement des données, dit Quirós avec raison, car sa manière de procéder est mathématique, impitoyable et implacable comme une faux aiguisée sur une meule nanoprécise. Ainsi démembra-t-il sans sourciller le cahier que Murnau avait utilisé pendant le tournage de *Tabou*, avec un sang-froid qui glaçait le sang de Quirós. Le sang de

116. , ce qui signifie, bien sûr "meilleur que". Il serait élégant de clore ici cette note, mais comme dernièrement je plaide pour une démesure de franc-tireur, je vais ajouter une évidence qu'il ne serait pas mal de répéter à satiété : que cette aspiration à se vouloir artiste – rien d'original, mais surdimensionné dans l'imaginaire bobo – a sa grande matrice irradiante dans le ca-pi-ta-lisme.

Eichhorn aussi ? Impossible d'affirmer que non. Peut-être que cela lui déchira le cœur de dépecer les notes du cinéaste comme un crime atroce. Accordons-lui le bénéfice du doute et considérons qu'il l'a fait pour obéir à un ordre impératif, selon une méthodologie solidement ancrée dans sa discipline et/ou se pliant aux indications détaillées d'un supérieur. Le fait est qu'il disséqua les pages, les notes et les dessins afin de pouvoir les réordonner selon des critères raisonnables et scientifiques pour obtenir que le legs de Murnau fût enfin conforme à son étude. Quirós filma le démantèlement de ces notes, en ayant le plus grand mal à ne pas lâcher la caméra et avec l'attitude d'un reporter de guerre devant une crise humanitaire : il serra les dents, retint ses larmes et fit contre mauvaise fortune bon cœur en filmant les ruines auxquelles avait été réduit le journal de Murnau, mais il ne put s'empêcher de rugir comme le lion de la Metro Goldwyn Mayer lorsqu'il se retrouva seul. Son accablement, cependant, dura peu. Vous aurez déjà remarqué que Quirós a l'art d'encaisser les coups, ce qui fait de lui un être humain apte à vivre au XXIe siècle. Pour que vous me compreniez, je dirais qu'il est le type de personne que les gourous du *positive thinking* et du dépassement de soi associent au succès et au bonheur, car il possède un haut degré de ce qu'ils appellent “résilience”, ou la capacité à faire le dos rond selon la sagesse populaire. Aussi, et parce qu'il est peu rancunier, à peine fronça-t-il le nez lorsque, quelques jours plus tard et avec l'envie de le provoquer, j'ai déclaré qu'après tout le journal du cinéaste n'avait de valeur ni agglutiné (comme il l'était dans les mains de Murnau) ni désagrégé (dans la forme que lui donna la méthode d'archivage d'Eichhorn), et que, probablement, s'il ne s'était pas tué sur la route, le cinéaste aurait lui-même jeté ses notes à la poubelle une fois son film terminé et sorti sur les écrans. Je pensais que mon commentaire, dans sa légèreté, aurait fait voir à Quirós que son projet ne portait pas préjudice à la transcendance de l'œuvre, ce qui devrait le rassurer, l'encourager à prendre des risques, à se lancer dans le vide sans la moindre pudeur, à être un peu voyou, mais à ma surprise il ouvrit son cœur et affirma s'être senti très seul et incompris lorsque Eichhorn, assis à la cantine de la Deutsche Kinemathek, devant un plateau métallique où son visage se reflétait déformé sans pitié, dit qu'il n'avait aucune idée de l'existence d'un film inachevé intitulé *Turia* et qu'il doutait de sa présence dans les boîtes de Vienne. Son incrédulité et, surtout, son manque d'enthousiasme contrariaient Quirós qui se rappela avec nostalgie les heures passionnantes qu'il avait passées avec Berriatúa, puis il entreprit d'expliquer à Eichhorn que *Turia* n'était pas une invention. On trouve trace de son existence, dit-il, dans un article de Mark Langer – l'historien de l'art canadien, précisa-t-il au cas où – qui apporte les preuves que Colorart, une petite compagnie créée à l'aube du cinéma sonore et en couleur, avait pris contact avec Murnau, qui venait de se séparer de la Fox pour tourner une version de Don Juan sur la musique de Richard Strauss. Il se peut que le thème du héros espagnol n'ait pas emballé Murnau, car à sa place, expliqua Quirós satisfait de sa maîtrise des détails, il proposa de diriger avec Robert Flaherty *Turia*, une histoire d'amour frustré dans les mers du Sud. La proposition dut convaincre les dirigeants de Colorart qui s'engagèrent à envoyer en Polynésie, outre de l'argent pour financer la production, quatre caméras de dernière génération pour filmer en Technicolor et un équipement pour enregistrer le son. Le premier film sonore en couleur du génial Murnau, se dirent les futés dirigeants qui imaginaient déjà la promotion publicitaire du film. Malgré leurs bonnes intentions, le projet tomba malheureusement à l'eau et mourut avant d'avoir commencé. On en ignore les causes, mais il est fort possible que la jeune compagnie Colorart, encore maigrichonne comme un oisillon apeuré qui commence à peine à piailler, frappée par le krach boursier de 29, ait simplement considéré le contrat lettre morte, au mépris des engagements pris avec Murnau. Malgré tout, dit Quirós avec l'espoir chevillé au corps, il y a de sérieuses raisons de penser que les deux cinéastes, du moins pendant quelques mois, se sont consacrés à l'histoire de *Turia* et qu'en se servant de leurs propres caméras pour tourner en noir et blanc, ils ont filmé quelques décors naturels et procédé aux premières auditions d'acteurs. Ces images doivent être nécessairement rangées quelque part, conclut Quirós, sans parvenir à contaminer le visage figé d'Eichhorn du virus de l'émotion. L'empathie éveille l'intérêt, mais Quirós n'avait pas pressé la bonne touche. Il se rappela soudain les papiers de Flaherty qui avait la réputation de noter tout ce qui lui arrivait, et pensa que devait y figurer le projet *Turia*, mais il parvint à s'abstenir de mentionner cette idée à l'archiviste Eichhorn (ou plus justement, se dit-il, au médecin légiste Eichhorn), car c'eût été une tragédie que les journaux intimes de Flaherty finissent à leur tour dépecés, et il pensa alors qu'il devait en parler à Rudy Jou et le convaincre de se rendre dès que possible à New York pour lire et peut-être filmer ces documents manuscrits, conservés aujourd'hui à la bibliothèque de l'université de Columbia. Aussi son moral retomba-t-il lorsqu'il entendit Eichhorn dire, précisément, que si *Turia* existait, il devait en être question dans les notes de Flaherty, qui avaient été prêtées à Berlin quelques semaines plus tôt et qui, en ce moment même, occupaient des rayons de son armoire, mais qu'une calligraphie démentielle rendait indéchiffrables. Tu vois ? dis-je à Quirós, et je me rendis compte qu'à cet instant, pour la première fois, il m'écoutait attentivement : c'est comme si Flaherty avait voulu empêcher que ses pensées soient étripées après sa mort. Avec son écriture illisible, il a bloqué l'outrage. Il écrivait avec un code de signes et de graphies incompréhensibles pour éviter d'être pillé. J'étais consciente que cette explication était, au mieux, une hypothèse osée qui, bien déployée, pouvait passer pour moyennement convaincante, mais le fait est qu'elle fonctionna. J'affirmai, quasi solennellement, que rendre impossible le *revival* et laisser les choses mourir[117] quand

117. Il est vrai qu'abondent les arguments contraires (ceux qui rendent évidents le désir enragé d'intellectuels et d'artistes d'être reconnus, célébrés à chaque anniversaire, relus, réédités, réhabilités à la lumière de nouvelles théories et problématiques, etc.). La vie de Lukács, sans chercher plus loin, donne des indications de cette volonté de permanence. J'ai moi-même consacré à cette question l'article "Reloading Lukács : du grain à moudre", que j'ai écrit il y a des années de cela pendant une résidence à l'Institut Lukács de Budapest, et qui, à grands traits, rend compte des faits suivants. 7 novembre 1917 : pendant que le prolétariat s'empare de Saint-Pétersbourg, le jeune Lukács (trente-deux ans, mais peu importe désormais) quitte l'Allemagne et revient à Budapest. Le moteur de l'histoire tourne à plein régime et il faut se préparer. Avant, il a déposé une valise dans un coffre de la Deutsche Bank de Heidelberg, où il a caché mille six cents lettres (de Weber, de Bloch, de Simmel, de Mannheim...) ainsi que des textes sur l'esthétique, des journaux intimes, des notes personnelles, qui devaient lui paraître précieuses et dignes d'être conservés. C'est pourquoi, en 1933, au cours d'un voyage à Moscou, Lukács fait une halte à Heidelberg et renouvelle la location du coffre, dont il ne récupérera jamais le contenu. La dénommée *valise de Lukács* fut découverte en 1973 par un employé de la banque. Parmi tous les papiers se détache la trouvaille d'un cahier qui contient, si on le lit depuis le début, les notes que Lukács a prises pendant un cours de Georg Simmel, à l'université de Berlin, en 1906, et si on le lit à partir de la dernière page, le brouillon en hongrois d'un texte intitulé "Sociologie de l'art", écrit vers 1909. Ce cahier a été reproduit en fac-similé et publié récemment par les éditions Hatje Cantz, que l'on peut acheter pour la modique somme de 6 euros.
Cette anecdote a cependant sa contrepartie. En effet, il y a certains détails sur la période qu'il passa en Union soviétique que Lukács aurait sans doute préféré garder secrets. Vous avez peut-être déjà deviné : je veux parler des purges staliniennes. Le fait est qu'un

l'heure est venue, c'était là un impératif majeur. Cela inclut les journaux intimes mais peut-être aussi, dis-je prudemment, les films. Et Quirós, laissant pour la première fois son esprit se détendre, comme s'il se sentait un peu soulagé, s'appuya sur ma poitrine et dit qu'en effet, devant le fantôme de Murnau (et celui de Flaherty) nous étions tous des déterreurs de cadavres. Qu'inaptes pour la création, notre veine artistique était irriguée du sang de morts magnifiques, que nous privons du repos éternel. De quelle absence ou de quelle lésion souffre donc notre cœur pour être ainsi obligés de chercher la substance qui le maintient dans la vie et l'œuvre d'un autre? Derrière Murnau, dit Quirós en se ressaisissant, nous qui sommes ses déterreurs, nous défilons, nous accompagnons sa dépouille dans une veillée funèbre éternelle, à laquelle nous participons comme des antennes humaines qui reçoivent un signal, l'interprètent, s'en émeuvent et le transmettent. En tête du cortège, poursuivit Quirós retrouvant un peu d'entrain, marche un jeune couple de New-Yorkais (Dennis Doros et Amy Heller) qui avait lancé vers 1990 Milestone Film & Video avec l'idée de récupérer et de distribuer le cinéma indépendant du monde entier, et dont *Tabou* fut le premier objectif: Doros et Heller réglèrent religieusement aux nièces de Murnau les droits du film et restaurèrent la version conservée à l'American Film Institute de Berverly Hills, une copie qui, selon l'affirmation d'un collaborateur de Murnau, avait exactement la forme conçue par le cinéaste

---

certain Reinhard Müller, dans un livre intitulé *L'épuration*, affirme avoir examiné des documents du KGB récemment déclassifiés, qui prouvent que Lukács – je pense, pour dissiper des soupçons qui pesaient sur lui après de durs interrogatoires – dénonça plusieurs de ses camarades pour de supposées déviations de l'orthodoxie. Si ces données ont quelque valeur ou non, je laisse cela à votre jugement, mais en tout cas vous serez incapable de juger G.L. avec autant de dureté qu'il le fit lui-même.

– et reléguait pour toujours (sauf dans les livres d'histoire et les ciné-forums les plus fantaisistes) l'horrible version ressortie après la Seconde Guerre mondiale, se pliant aux règles de la censure qui avait obligé très tranquillement à mutiler les scènes où les femmes polynésiennes montraient leurs seins avec insouciance et celle de la danse frénétique des amants, qui suggérait en un tourbillon merveilleux la transe de l'acte sexuel.

La loi chimique qui gouverne la matière, dit Quirós après quelques instants d'une réflexion silencieuse, veut que le celluloïd commence à s'altérer dès qu'il est fabriqué, il résiste un temps et se corrompt lentement au début, comme un corps humain dans la trentaine, où pointe, encore timide, la décrépitude à venir. Sa fin est annoncée par une minuscule tache de moisissure qui profite d'un endroit humide (un raccord ou un pli sur un photogramme) pour incuber la nécrose. Le temps agrandit la purulence et autour d'elle les images virent d'abord au rose puis s'évanouissent. Elles deviennent collantes comme le miel, dégagent une odeur bizarre et peu à peu tombent en poussière. C'est pourquoi les techniciens spécialistes qui travaillent sur de vieilles pellicules portent des gants et sont partagés entre le respect et l'appréhension, comme s'ils manipulaient les reliques d'une religion étrange. C'est une pure fiction (un des mythes de l'industrie) de penser que le celluloïd fasse des acteurs des présences immortelles. Tout au plus les convertit-il en un écho visuel qui finit par s'éteindre. Mais que tout soit voué à la pourriture est un souhait très impopulaire. Peu importe qu'au plus intime de nous-mêmes ce destin fatal (la perspective de la disparition) puisse parvenir à nous soulager, dit Quirós, qui me remit en mémoire ces vers de Czesław Miłosz : “Je crois à la destructibilité de tout ce qui existe / Pour ne pas me perdre, j'ai sur la main une livide carte de veines”, que j'ai toujours trouvés très beaux, mais aussi la énième répétition de la trouvaille cartésienne, qui constate que nous sommes orphelins d'une méthode. Il est vrai qu'à cette époque je pensais la posséder : gloire au vide et lutte à la lutte contre la caducité, ce qui faisait de la technique cinématographique une ennemie personnelle, car elle met une obstination tenace à chercher des supports stables, qui ne se décomposent ni ne s'enflamment du jour au lendemain. Par exemple :

La moitié du XXe siècle est quasiment écoulée lorsque la firme Kodak abandonne la production de pellicules de nitrate de celluloïd en faveur d'un nouveau matériau (l'acétate). On arrête les machines, toutes obsolètes six décennies après que George Eastman eut l'idée géniale d'utiliser le celluloïd pour les rouleaux photographiques d'abord, puis pour des pellicules, dans le kinétoscope d'Edison. Certaines inventions font le vide et, cependant, il arrive un jour où – salut, bon vent ! merci pour le service rendu ! – elles sont amorties. Reste en souvenir le moment brillant où Eastman simplifia la technique de la photographie et la mit à la portée des masses, alors qu'il n'était encore qu'un jeune employé de banque cherchant à tirer parti de ses économies – vous connaissez cet épisode ? Je parie que oui : il s'agit d'un de ces événements stellaires où le capitalisme réussit à prouver que l'initiative individuelle est la prairie enchantée où pâture le progrès. Tout commença lorsque arriva aux oreilles d'Eastman la rumeur que l'armée des États-Unis projetait de construire une base militaire dans les Caraïbes et qu'il eut le pressentiment que l'endroit choisi allait être la République dominicaine, aussi pensa-t-il acheter un terrain sur l'île pour le vendre ensuite au gouvernement. Autrement dit, Eastman voulait devenir riche en spéculant, il prépara un voyage à Saint-Domingue et acheta un équipement complet de photographie : un appareil (aussi lourd et grand que son désir de prospérer) et de nombreux accessoires (un trépied, des plaques de verre, des produits chimiques, une tente pour créer de l'obscurité et je ne sais combien d'autres trucs qui – j'en fais le pari – doivent être aujourd'hui exposés dans le Musée Eastman à Rochester). En fin de compte son voyage fut annulé, en revanche Eastman se passionna pour la photographie. Lassé que la technique soit si compliquée, il chercha à concevoir un système plus simple pour prendre des photos. Ses trouvailles furent prodigieuses, l'enrichirent et, grâce à elles, la photographie put devenir un passe-temps populaire et les touristes se consacrèrent enfin à éterniser de beaux endroits. N'est-ce pas Simmel qui décrivit le tourisme comme la recherche de la photogénie ? Peu importe. Je voulais oublier cela et tout ce que j'avais appris. Je voulais que tout ce que je savais sur Simmel devienne flou dans ma mémoire. Je voulais une démence très peu sélective, prendre plaisir à regarder s'effondrer les pièces de l'édifice kitsch que j'avais construit dans mon crâne d'intellectuelle régionale discutailleuse. Je n'allais pas bouger le petit doigt pour le sauver. Je me serais opposée bec et ongles à quiconque eût suggéré sa restauration. Je me disais : réjouissons-nous de la perte de ce qui fait de nous des humains ! Observons avec satisfaction comment Eastman devient flou dans notre souvenir avant de disparaître. Et qu'avec lui se consume ce détestable couple Johnson, que Quirós critiqua un jour avec véhémence et que j'ai vite pris en grippe, après plusieurs cours – je l'avoue – où j'en avais parlé, un peu comme si c'étaient des petits bonbons à l'anis à la fin de cette leçon intitulée "Un week-end de la vie sauvage". Martin et Osa Johnson formaient un couple d'aventuriers avec lesquels le célibataire Eastman partagea à la fin de sa vie des safaris en Afrique, enrôlé dans des expéditions financées "grâce à la contribution généreuse de millionnaires philanthropes" – je ne prendrai pas la peine d'expliquer pourquoi cette phrase m'exaspère ; pour les insatiables, je recommande l'essai

De la magnanimité et autres indices criminels, de mon très cher Benito García-Luna, qu'il repose en paix. Les Johnson réalisaient des documentaires sur la vie sauvage. Leurs films sur les animaux et des tribus indigènes étaient célèbres. Osa Johnson en était toujours le personnage principal sur lequel la caméra se focalisait. Elle se fabriquait une image splendide de femme moderne américaine (belle, courageuse, sophistiquée et super blanche, telle une pâquerette au milieu des ronces, en compagnie des natives, tellement sauvages), qui lui servait à promouvoir et à vendre des tenues de style aventurier aux plus stylées de ses compatriotes. Au dire de Quirós, les Johnson étaient des prédateurs armés d'une caméra, je lui ai donné raison tout de suite et pensé que cette fois je ne m'étais pas trompée en le considérant comme un ALLIÉ. Il m'est passé par la tête que je devrais peut-être profiter de cette découverte sympathique pour écrire un petit texte simple, et cependant curieux – et avec une touche critique (bien qu'en réalité ce ne serait une fois de plus qu'un tir de carabine à air comprimé comme dans les foires) –, qui tracerait une généalogie partant d'Osa Johnson jusqu'à ces photos de vacances qui encombrent Internet, où les estivants se photographient avec des autochtones, pittoresques autant que possible, qu'ils veulent exhiber : amplitude des regards, intrépidité, dons, ainsi qu'une touche bohème extrêmement distinguée.

Ce texte, je pourrais l'intituler "Cannibales" (ou genre), il serait un peu rageur mais chargé de vérités, comme un splendide arbre fruitier, qui remonteraient à l'époque où Martin Johnson n'était qu'un petit jeune animé de l'envie féroce de dévorer le monde et décrochait un poste de cuisinier sur un bateau à bord duquel Jack London tenterait, en vain, de faire le tour du monde. À ce moment-là, London était déjà très célèbre, en plus d'être un homme bon, un ange intrépide et fougueux. Johnson allait s'inspirer de lui au moins à deux reprises : lorsqu'il publia

Dans les mers du Sud avec Jack London (un de ces livres parasites) et quand il se servit des photos prises pendant la traversée pour monter un vaudeville intitulé *Les aventures de Jack London dans les îles des mers du Sud.* Ce spectacle conduisit Johnson dans une tournée de ville en ville et c'est ainsi qu'il fit la connaissance, au Kansas, de celle qui allait devenir son épouse et sa partenaire. Joviale comme nulle autre dans les Grandes Plaines, Osa assista au *show*. D'abord simple spectatrice, il ne lui fallut que quelques jours pour monter sur scène, déguisée en Polynésienne, et entonner une mélodie qui se voulait un chant traditionnel Hula. Formant un couple intrépide et quasiment sans vergogne, Martin et Osa décidèrent sans tarder d'organiser leur propre voyage dans le Pacifique Sud, munis d'une caméra avec laquelle ils tournèrent leur premier film au titre excitant et cristallin, *Chez les cannibales des îles des mers du Sud*, qui a été perdu – oooh ! Le film atteignait son apothéose lorsque les Johnson étaient capturés par des cannibales de l'île de Malekula. Heureusement pour eux, ils parvinrent à s'échapper et à présenter leur film, qui fut chaleureusement applaudi par leurs compatriotes. Leur célébrité est perpétuée par le musée-safari Martin et Osa Johnson, de la ville de Chanute, État du Kansas, grenier de l'Amérique.

Attendez une seconde. Une fois de plus je devine dans vos yeux ce que vous pensez : pourquoi diable tu nous racontes toute cette histoire des Johnson ? Si détestables qu'ils soient, direz-vous, les Johnson ne devraient pas parasiter le récit sur Quirós, supposé être le noyau, fût-il déconcertant, de ce livre. J'admets que j'avance sans boussole, au gré des sujets qui me viennent à l'esprit. Il faudrait peut-être donner de nouveau raison à Aldous Huxley qui disait que ce ne sont pas les philosophes mais ceux qui se consacrent à la marqueterie et les collectionneurs de timbres qui forment la colonne vertébrale de notre société. Un peu de concentration, exigerez-vous de moi, mais il y a déjà de nombreuses pages que j'ai renoncé à tenir en bride ce récit, aussi ne vais-je pas pouvoir éviter que s'y impose une certaine logique, trouble mais aussi réelle que la chair vive qui, sur mon squelette, métabolise, métabolise et métabolise. Telle est peut-être l'essence de la vie jusqu'au jour du Jugement dernier. Là où une forme vivante cesse de se gouverner quand l'ordre s'effondre, écrit Baudrillard, les cellules commencent à proliférer de manière incontrôlée dans le chaos, dans un cancer abominable qui dépasse toute forme de compréhension.

– Quel ordre? je m'écrie, affolée, perdue. Quel ordre? Il n'y a jamais eu d'ordre dans le passé, mais seulement la jeunesse.

Je vous supplie d'être patients avec mon discours cancéreux, très actuel par son inconsistance. Voyez de quelle façon étourdissante s'y accumulent les sujets, qui enflent, génèrent des échos et de nouvelles rémissions, quatre-vingt-dix pour cent desquelles ne sont que déchets – le calcul n'est pas mon truc: je suis déjà trop vieille pour réfléchir; en extrapolant je pense à la Loi de Sturgeon qui diagnostique avec aplomb que "quatre-vingt-dix pour cent de la science-fiction est du déchet, parce que quatre-vingt-dix pour cent de TOUT est du déchet". Croyez-moi si je vous dis que la croissance de mon texte est débridée et qu'il porte dans son ADN le mot FIN, une fin qui ne sera pas précisément heureuse. Walter Benjamin écrit: "Je n'ai rien à dire. Seulement à montrer. Je ne vais rien dérober de précieux ni m'approprier des formules spirituelles. Mais les guenilles, le rebut: je ne veux pas en faire l'inventaire mais leur rendre justice de la seule façon possible: en les utilisant." Notez maintenant de quelle manière Eastman et les Johnson gagnent en vigueur, combien ils ont grandi comme un phlegmon dans ma grande gueule, dont le débit augmentera exponentiellement, telle une voiture trop rapide qui finira dans un fossé. Patatras! Le diagnostic de Stevenson sur la difficulté de raconter a vieilli et est hors-jeu : "N'importe qui peut écrire une nouvelle – comprenez une mauvaise nouvelle –, avec un peu d'application, du papier et du temps. Mais tout le monde ne peut espérer venir à bout d'un mauvais roman. C'est la longueur qui tue." La grande difficulté ne sera jamais la longueur, car s'il est quelque chose qui abonde dans le monde, ce sont les faits, ils apparaissent jusque sous les pierres, ou comme les escargots après une matinée pluvieuse, qu'un romancier ou un scénariste en manque d'histoires peut s'approprier facilement, même avec l'ordinateur à côté. Le défi tient, en effet, à une magnitude distincte de la largeur, qui est celle de votre degré d'attention. Les informations ne se perdent pas dans l'obscurité mais dans l'excès de lumière, dans leur visibilité flagrante comme une pastèque trop mûre sur le point d'éclater. Je cite torrentiellement livres et films, tout en ressentant la liberté illusoire de la légèreté : il n'y a pas de position, pas de dehors ni de dedans, ni haut ni bas, il n'y a pas de culture, le matin n'existe pas plus que la nuit, il n'y a que le plaisir anxieux de dévorer, de consommer, de vomir, de triturer, d'emmêler des idées, des concepts, des problèmes, des références, comme dans le conte du petit cochon heureux. Vous le connaissez ? Je l'avoue : je suis une narratrice bruyante. Patatras ! Patatras !

Qu'est-ce que tu as fait pendant mon absence? me demanda-t-il, et moi à cet instant j'aurais voulu lui parler de journées chargées d'aventures lumineuses, de quelque chose qui aurait éveillé son intérêt et même son admiration sincère. Sauver des gens en danger, en connaître d'exceptionnels. Comment admettre devant Quirós que je suis vide et monochrome comme une baignoire? Je ne sers, aurais-je dû lui dire, que si je me remplis, mais au risque qu'il prenne la métaphore pour une allusion sexuelle (qu'il croie que je lui demandais de remplir le vide avec son phallus), alors que je cherchais seulement à partager le diagnostic du mal dont je souffre, que je suis incapable de décrire sans recourir aux pensées des autres, ce qui en constitue paradoxalement le premier symptôme. *La Madeleine à la veilleuse*, de Georges de La Tour, aurais-je pu murmurer d'une voix mourante et aphone, en luttant avec une ferveur militante contre l'envie de raconter aussitôt la curieuse histoire de ce tableau parfois intitulé *La Madeleine de Terff*, en allusion au collectionneur Camille Terff qui l'acheta en 1914 pour la somme de trois cent cinquante francs. J'ai réussi à ne pas en parler alors, et cependant tout a changé depuis ce moment, aussi est-ce à vous que je vais la raconter, avec la volonté de vous distraire et le souhait qu'à l'occasion ce soit vous qui la racontiez. La voici: la Seconde Guerre mondiale avait éclaté et Terff, couvert de dettes, décida de vendre *La Madeleine*. On a des biens pour les vendre si le besoin s'en fait sentir, pensa-t-il : la vie en société est une valse viennoise entre les ennuis d'argent des uns et l'aisance des autres. Il chargea Georges La Loë de cette vente, avec l'instruction d'obtenir pour le tableau au moins sept cent mille francs, en lui promettant une commission de dix pour cent. Le chiffre n'était pas exagéré, surtout depuis qu'avait été redécouverte et revalorisée l'œuvre de Georges de La Tour grâce à un article universitaire écrit par le jeune historien de l'art Hermann Voss (un de ces intellectuels qui – là est le hic – quelques années plus tard et sans être membre du parti, conclut un accord faustien avec le pouvoir nazi, qui le nomma directeur du Musée du Fürher). La première offre importante pour *La Madeleine* fut présentée par la Société des Amis du Louvre, qui mit sur la table ni plus ni moins qu'un million de francs, et que La Loë refusa abruptement. Il devait déjà être en négociation avec le musée Wallraf-Richartz de Cologne, qui offrit finalement un million et demi, dont Terff n'empocha que la moitié. Sa satisfaction s'évapora lorsqu'il apprit que La Loë l'avait escroqué, ce que Terff dénonça aux autorités compétentes, lesquelles ne purent empêcher que le tableau se perde dans le fracas de la guerre. On ne le retrouva qu'à la fin du conflit, caché dans une mine de sel, et il fut acquis légalement pour être exposé au Louvre. La justice attribua alors à Terff la somme très décevante de trente mille francs.

À combien d'heures de travail équivaut une immense déception ? Cela dépend, je le crains, de la personne qui travaille, mais en tout cas : si amère qu'elle soit, la première déception finit par être surmontée. Tout comme la deuxième et même la troisième. La difficulté est de se maintenir à flot quand la désillusion empire et forme un voile, comme de vinyle, qui couvre corps et âme, et entrave respiration et mouvement. C'est justement dans cet état que, paralysée, j'aurais pu prononcer devant Quirós "la-madeleine-à-la-veilleuse", et que Quirós aurait réagi en murmurant :

– Oh, je comprends.

Qu'aurais-tu réellement compris, mon bien-aimé? Le repliement, la pause, le regard perdu dans le vide, les livres fermés et le silence enfin complet et glorieux? Ou aurait-il fallu un squelette décharné sur mes genoux pour attirer à cet instant ton attention? Avec le recul, je ne doute plus que grandissait en toi l'idée, pas si extravagante que cela, de voler le crâne de Murnau, de ronger ses os desséchés devant la caméra et pousser aux ultimes conséquences – disons-le ainsi – notre manie charognarde. Sur un mode de plaisanterie ar-tis-tique.

Mais il répéta: qu'as-tu fait pendant mon absence? J'aurais aussi pu toucher juste en récitant les vers de Sylvia Plath, de son poème "Le paralytique", que j'aime, que j'aime follement:

Œuf mort
je gis entier
dans un monde entier que je ne peux toucher
dans le tambour tendu et blanc de mon lit
où des photographies me rendent visite.

C'est ça: entière dans un monde entier, des photographies me rendent visite. Je suis superflue, vide, vaine, et tout ce que j'entreprends est vain. Stérile, paperassière, essorée. C'est pourquoi en l'absence de Quirós j'avais décidé de m'asseoir dans une pièce de l'étage et de laisser passer les jours. J'étais résolue à ne pas faire comme les étés précédents: ne pas me vautrer sur le canapé pour lire des romans l'un après l'autre, ni à devenir accro à une série en regardant tous les épisodes en continu, avec cette gloutonnerie qui fait que la nuit on rêve qu'on vit dans cette série, qu'on participe aux intrigues des personnages. J'ai posé quelques provisions autour de moi, une demi-douzaine d'oranges et des biscuits au riz. Par moments je me demandais comment faire pour méditer et se vider l'esprit, en quoi consiste l'atteinte du nirvana, ou de l'extase mystique, et le temps passait simplement. De manière inattendue les heures prirent une consistance infantile, très agréable, mais réfléchir sérieusement à ces questions rompait le charme. Je caressais les veines du plancher, y cherchant des formes amusantes ou curieuses. Je chantonnais : *Summertime, and the livin' is easy. Fish are jumpin' and the cotton is high. Oh, your daddy's rich and your ma is good-lookin'. So hush, little baby, don't you cry.* Quand je ne me rappelais pas les paroles, je les inventais ou je fredonnais la mélodie. Je contemplais les changements de lumière et la progression des ombres au fil des heures et le soleil pointait puis déclinait à l'horizon. Je m'étais libérée du poids d'Arnold Kreikamp, une sorte de bourdonnement monotone me faisait oublier l'idée d'aller à la bibliothèque et de me perdre dans les étagères de la littérature allemande du XXe siècle, qui était à ce moment-là le dernier de mes projets professionnels. S'il n'apparaissait pas mentionné dans *A Companion to Twentieth Century German Literature* (Raymond Furness et Malcolm Humble, eds.), si mon amie Ana María ne savait rien de lui, le plus sensé serait de parier que le dénommé Kreikamp était une invention. D'après les catalogues que j'avais consultés sur Internet, il n'existait dans aucune université européenne aucun livre écrit par Arnold Kreikamp (ni Krejkamp ni Kreykamp). Renoncer d'aller à la bibliothèque était sans doute une bonne décision. Dans ma mémoire palpitait encore le souvenir de ma visite précédente, où j'avais fini par perdre de vue mon objectif initial (qui, si je me souviens bien, consistait à préparer un cours sur les conséquences sociales du tourisme dans les sociétés d'accueil) et à consacrer bêtement une soirée entière à un exercice que seule la générosité pourrait attribuer à ma qualité de sociologue. J'étais arrivée à la bibliothèque au moment où le soleil, qui entrait par les grandes baies vitrées de la salle de lecture, commençait à décliner et ne permettait plus de lire confortablement, c'est alors qu'un type que je n'avais pas vu alluma sa lampe individuelle, ce qui fut le signal pour les autres lecteurs d'allumer la leur, non tant par un réflexe mimétique, mais parce que s'était tout à coup éveillé l'appétit de lumière. N'ayant que peu envie de travailler, j'ai interprété ça comme une invite et je me suis assise près de lui, à trois mètres environ, d'où je pouvais l'observer sans l'intimider. Je vis qu'il n'en était qu'aux premières pages d'un livre assez mince que je ne reconnus pas d'emblée et qui paraissait l'exalter. Il n'avait pas une allure d'étudiant, mais peut-être parce qu'il portait un costume noir élimé rappelant vaguement celui d'un prêtre, il ressemblait plutôt à un professeur débutant, pas très différent de moi. Il lisait avec des lunettes à monture bordeaux, plus attendues chez un politicien écolo-socialiste que chez un universitaire. Il soulignait rapidement des phrases, des gouttes de sueur tombaient de son front et il essuyait ses mains poisseuses sur son pantalon. Il accélérait, lisait des paragraphes, revenait en arrière, prenait des notes en marge et se frottait les mains sur les cuisses toutes les trente secondes. Sa manière de lire me fascinait. Cette fois, contrairement à d'autres, je ne fus pas choquée de voir un lecteur annoter un livre de la bibliothèque (je n'eus pas envie de lui faire avaler son crayon ni de lui crier que dans une République qui se respecte le fait d'annoter ainsi devrait être puni par la loi, comme un viol, un accès charnel non consenti, un outrage au livre qui soumet le prochain lecteur à une expérience de lecture anomale, biaisée et dictatoriale). Au contraire, je l'observai près d'une heure, jusqu'à ce qu'il consulte soudain sa montre, il ouvrit alors de grands yeux surpris, comme pensant il est très tard, et il partit en laissant le livre sur la table. Lorsqu'il eut disparu, je me suis bien sûr précipitée pour m'emparer du livre, avant que des rivaux ne l'emportent. Il s'agissait de *Les temps hypermodernes*, de Gilles Lipovetsky. Je m'assis sur la chaise abandonnée par le lecteur, dont le revêtement en skaï était encore tiède, et je me mis à éplucher les soulignements, les annotations et à scruter les paragraphes. Un petit rire comme une ligne tracée au crayon (hihihi), un rire comme de souris oisive (hihihi), comme de souris accro aux *reality-shows* s'échappa entre mes incisives et mes canines (hihihi).

Ceux qui ont lu ce livre savent qu'il commence par une préface d'un certain Pierre-Henri Tavoillot[118], qui malgré sa brièveté énonce avec efficacité les deux choses qu'on peut en exiger : Tavoillot affirme solennellement que l'œuvre de Lipovetsky est cruciale pour comprendre le présent et il explique en deux lignes (faisant preuve d'une capacité de synthèse enviable) ce que Lipovetsky appelle "hypermodernité". J'espère que vous savez de quoi il s'agit, parce que je me sens incapable de vous le dire sans finir comme un cheval emballé. L'important en l'occurrence c'est que dans les deux pages et demie de la préface, le lecteur (appelons-le M. Émotion) souligna la phrase suivante au crayon d'une main ferme, comme un malade enfin soulagé par un diagnostic :

> Plus autonome, l'individu hyper-contemporain est aussi plus fragile que jamais, dans la mesure où les promesses et les exigences qui le définissent deviennent plus grandes et pesantes.

118. qui, à la différence d'Arnold Kreikamp, existe réellement, car ainsi que vous pourrez le constater, une page lui est consacrée sur Wikipédia. Tavoillot est un philosophe français, titulaire d'une thèse de doctorat sur Kant, qui donne des cours à la Sorbonne-Paris IV en plus d'être président du Collège de philosophie. Son livre *Le Crépuscule des Lumières* fut le début d'une carrière universitaire solide, brillante et, à en juger par les photos de Tavoillot, très heureuse – même s'il avait dans sa jeunesse échoué à l'entrée à l'École normale supérieure, on peut imaginer qu'il apprit alors que, dans la vie, on ne pouvait pas tout avoir –

Le choix de cette phrase me parut irréprochable, car elle résume bien un des points essentiels de l'œuvre de Lipovetsky, ce qui m'encouragea à continuer de m'intéresser à la sélection de M. Émotion qui, pareil à un client devant un étal de fruits, choisissait dans le texte les meilleurs passages.

La préface est suivie d'un chapitre intitulé "L'individualisme paradoxal. Introduction à la pensée de Gilles Lipovetsky", signé par un certain Sébastien Charles[119]. À en juger par le pourcentage de phrases soulignées, le paragraphe "Perte du sens et complexité du présent" dut intéresser au plus haut point M. Émotion, surtout le fragment suivant :

> la consommation de masse et les valeurs qu'elle transmet (la culture hédoniste et psychologisante) sont les principales responsables du passage de la modernité à la post-modernité,

à côté de laquelle M. Émotion avait dessiné une étoile à cinq branches (plus ou moins comme celle-ci : ), ainsi que près d'autres syntagmes tout aussi frappants, comme un slogan publicitaire du type "l'éphémère systématique", "célébration de l'identité singulière" ou "règne de la mode totale" (hihihi).

J'imagine que la mention de Foucault, qui figure dans le texte – qui est le premier d'entre vous à l'avoir deviné ? – en lien avec la discipline exercée sur les corps et les esprits, accéléra le rythme cardiaque de M. Émotion, comme si était apparu dans la bibliothèque le philosophe monté sur un cheval blanc, ce qui expliquerait le triple cercle finissant en volute tracé au crayon autour du nom

---

119. À ce jour, aucune page de Wikipédia n'est consacrée à Sébastien Charles. Ce que nous savons de lui tient à la préface de Tavoillot, où il est dit que Charles est professeur de philosophie à l'université canadienne de Sherbrooke.

Foucault, réaction bien distincte de l'indifférence manifeste de M. Émotion pour Tocqueville ou Heidegger qui ne méritèrent même pas un simple cercle, comme celui qui, en revanche, fut accordé à Bourdieu. Son plaisir de tomber sur Foucault et Bourdieu me rappelle ce qu'écrivait Andy Warhol sur la philosophie de la vie [rires en boîte] : "Une bonne raison pour être célèbre tient à ce que vous pouvez lire tous les grands magazines et connaître tous ceux qui y figurent. À chaque page vous rencontrez des gens connus. J'adore ce genre d'expérience de lecture." La désinhibition de Warhol me désarme, surtout lorsque je découvre à quel point la vérité l'anime : il y a peu de choses aussi agréables que la lecture d'un essai, du supplément culturel d'un journal, ou les commentaires que des lecteurs écrivent sur Internet, et trouver à chaque pas des auteurs que vous connaissez, ne fût-ce que peu et incidemment, bien que leur œuvre soit comme ces chansons dont on a du mal à mémoriser le refrain. Après la satisfaction de la rencontre avec les auteurs adorés, M. Émotion poursuivit placidement sa lecture (trouvant ici une idée éclairante, là un concept efficace) jusqu'à ce qu'il tombe sur le fragment suivant :

> Les discours idéologiques, les systèmes de représentation se sont convertis en des objets de consommation et tous sont aussi interchangeables qu'une voiture ou une maison. Au fond nous sommes face à l'expression ultime de la sécularisation moderne, qui n'avait pu jusque-là se manifester totalement [...],

à côté duquel il ne put s'empêcher d'écrire avec anxiété "Oh, ça c'est terrible". (Hihihi.) Ce fut impayable de voir comment M. Émotion était tombé des nues. Étrange qu'il n'ait jamais envisagé que la liquidation des Certitudes – processus qui, d'emblée et sur un plan théorique, éveillait sûrement sa sympathie et une certaine vantardise – avait ouvert des portes et rempli nos maisons, les bibliothèques et les cafés de centaines de théories émoustillantes qui faisaient se tortiller de plaisir la foule des consommateurs d'idées ☆. Quoi qu'il en soit, M. Émotion réagissait hyper exagérément à chacune de ses trouvailles. Il avait écrit *c'est ça!* ou *tragique!* ou *exact!* ou *en plein dans le mille!* et y compris quelques *cool!* en marge du texte de Sébastien Charles, et même un *HA-HA-HA* (tout à la fois muet et retentissant), en réaction à la phrase

> L'élection relativement dangereuse de George W. Bush n'a donné lieu à aucune effusion de sang,

que je n'ai pas su très bien comment interpréter[120]. Ce M. Émotion commençait à me paraître un objet d'étude imprévisible, notamment lorsque, avec l'idée que la consommation hypermoderne ne cherche pas l'ostentation mais un plaisir intime, il s'aventura à écrire tout joyeux : "Houellebecq a lu ce livre !!!"

---

120. NOTE À L'ATTENTION DE M. ÉMOTION : Permettez-moi de vous expliquer un soupçon qui me vient à l'esprit, au risque de paraître arrogante. Je crois qu'il y a un type de lecteur, auquel il est possible que vous apparteniez, envers lequel Lipovetsky (et avec lui ses partisans, parmi lesquels le supposé réel Sébastien Charles) reste dubitatif, parce qu'il oblige à être pondéré, à se défier des jugements manichéens et à fuir le catastrophisme. Vous devez savoir que, si on veut voir quelqu'un montrer ses tripes, le mieux est de ne pas perdre son temps avec Lipovetsky. Pour lui (maintenant que je lui ai pardonné d'avoir enterré le concept d'aliénation et osé affirmer que loin d'être contrôlés, les humains sont plus libres que jamais), la Bea adulte et responsable que je devrais être l'inviterait à faire une promenade en bateau dans le parc, puis à dîner dans un bon restaurant, où nous commanderions des plats ni très caloriques ni très légers, que nous accompagnerions d'un verre et demi de vin blanc.

Je levai les yeux au ciel nocturne. Dans la portion de nuit que me laissait voir la baie vitrée il n'y avait pas une seule étoile. Je me mis soudain à imaginer de toutes mes forces que M. Émotion n'avait pas quitté la salle de lecture et que j'allais l'inviter à se rendre compte à côté de moi du noir d'encre que peut devenir le firmament, du soulagement sans médiation et de la paix que procure l'immensité du néant. Je n'aurais pas dû détourner mon regard de la nuit, mais sans y penser, ou comme entraînée par l'habitude, ou la faim, j'ai respiré profondément et tourné une page, puis une autre, jusqu'à ce que je rencontre le passage suivant que M. Charles consacre au travail intellectuel :

> Le désir de savoir, dans la majorité des cas, a primé sur celui de complaire et d'être reconnu, et le rythme lent de la pensée théorique s'adapte mal à celui, extrêmement mobile, de la société du spectacle : les intellectuels restent d'obstinés forgeurs de sens et, comme tels, une espèce rétro peu disposée à saboter délibérément leur travail pour gonfler leur carnet d'adresses. Il est possible que le travail intellectuel, par sa nature inévitablement artisanale et passionnée, soit celui qui oppose, de temps en temps, la résistance la plus tenace à la frivolité, à la spectacularisation du monde,

passage qui produisit en moi un effet très différent que chez M. Émotion, lequel sentit qu'on lui concédait un certain mérite, une certaine exceptionnalité, qu'il était reconnu comme un bastion de la résistance face à la vanité qui campe aujourd'hui à son aise dans le monde. Reconnaissant, M. Émotion avait dessiné un visage souriant ☺ à côté du fragment, alors que l'affirmation auto-complaisante de M. Charles me faisait enrager. Les intellectuels, artisans et passionnés ? Oh ! mais c'est terrible ! Surtout si M. Charles et M. Émotion pensent au petit monde universitaire qui, un siècle et des poussières après, n'a toujours pas digéré que les choses ont changé le jour où le nouvel ordre de la marchandise posa son gros derrière sur le trône (révélant que la carrière universitaire ne serait plus jamais la voie royale d'accès aux postes les plus juteux de la fonction publique), d'abord en Allemagne, puis (avec ses variantes, ses accents et ses rapiéçages) dans tout le monde occidental. Depuis ce trauma, les universitaires se divisent entre étonnés et affolés, mais tous passent leurs matinées à faire du crochet. Un point ici, un point là : moi, M. Émotion, et Charles aussi, dont le chapitre introductif s'achevait quelques lignes plus loin, après lesquelles le soulignage disparaissait. En terminant la lecture de cette introduction, M. Émotion dut se rendre compte qu'il avait perdu la notion du temps, dommage car il fut obligé de partir sans avoir commencé à lire le texte de Lipovetsky, c'est-à-dire l'essentiel du livre. J'ai alors pensé qu'il restait la possibilité, quoique improbable, que M. Émotion revienne un autre soir à la bibliothèque pour reprendre la lecture, aussi ai-je improvisé une note (hihihi) qu'il trouverait dans un papier plié en quatre entre les pages :

Cher Inconnu,

Je n'ai pu m'empêcher de t'observer pendant que tu lisais[121]. Tu es des nôtres. Je ne me réfère pas aux descendants des érudits d'autrefois, des gardiens des essences, des amoureux de la connaissance accumulée (lourde comme une dalle, certes, mais grandiose et éternelle). Je veux parler de ce gentil groupe de nombreux garçons et filles qui (par naïveté et par une négligence intellectuelle tenant à la mode) adoptèrent des slogans théoriques inconsidérés

121. D'accord : j'admets que ce début, un rien flirtant, est très cruel pour M. Émotion, dont le cœur va palpiter un instant en s'imaginant être le personnage d'un fantasme banal : une dame (idéalement très belle et si possible intelligente et cultivée) s'est amourachée de lui dans les couloirs tapissés de livres de la bibliothèque.

et parfois ignobles, les rendant incapables de profiter des plaisirs de la vie et, ce qui est plus sadique, inaptes à participer au marché du travail.

Par cette note je souhaite t'encourager à renoncer à tes projets d'avenir, du moins s'il t'est arrivé (dans une exaltation illusoire, mais touchante) d'imaginer la place que tu allais conquérir par tes efforts et ta sagesse acquise de longue lutte. Je sais qu'il est impossible que tu tiennes compte de mon avertissement. Mais au moins tu n'auras jamais la tentation de te jeter à cor et à cri dans la mêlée en hurlant "Pourquoi personne ne m'a jamais prévenu à temps de ces foutaises???" Lorsque tu commenceras à comprendre la duperie dont tu as été victime, il n'y aura plus d'espoir pour toi. Et tu n'auras plus que trois options à ta portée :

a) Entrer dans une secte destructrice.

b) Te rendre dans les services administratifs les plus proches pour solliciter le Revenu Minimal d'Insertion et assumer dès lors que tu vas devenir officiellement un exclu en puissance.

c) La VENGEANCE.

Avec toute ma sympathie.

Je relus le papier. Ce n'était pas un grand message, mais il avait la vertu d'être clair et de laisser peu de place à l'interprétation. Il est important que des notes de ce type (comme celles qui annoncent un kidnapping) soient univoques. La signature fut, à ma grande surprise, ce qui me prit le plus de temps. J'ai d'abord pensé signer Sébastien Charles (hihihi), mais le message courait alors le risque d'être considéré comme une farce. Puis, à me contenter de mes propres initiales (B.S.), ou simplement Bea, ce que j'ai aussitôt écarté pour éviter à M. Émotion de tomber fatalement amoureux et de consacrer son énergie à identifier sa mystérieuse alliée de la bibliothèque. Enfin, je me suis décidée à signer par un gribouillis illisible, et je suis sortie en coup de vent de la bibliothèque.

Je n'ai jamais revu M. Émotion, mais si je devais aventurer une hypothèse, je dirais que sa vie en est encore à ce point où aller régulièrement à la bibliothèque et se consacrer à l'étude est source d'un bonheur moins angélique que candide, quelque chose comme être le gardien du Saint-Suaire. Le cœur battant au rythme d'une mélodie où revient à chaque strophe le mot *Sorbonne* (ou analogue), M. Émotion continue, je dirais, à mijoter dans sa propre sauce. Je ne serais pas surprise qu'à certains moments, surtout la nuit lorsqu'il scrute l'obscurité de sa chambre et fait le bilan de sa vie, M. Émotion soit envieux – une envie débile et romantique à sa manière – de ces hommes et de ces femmes qui réalisent un travail manuel, cultivent des céréales, cuisinent pour une parentèle aux dimensions bibliques, ou fabriquent des objets. Mais cette envie se dissipe au lever du jour et M. Émotion voit de nouveau ses étagères chargées de livres et la photo de Theodor Adorno posée sur la porte – bonjour tête d'œuf! –, le soleil pointe sur le bâtiment de l'université, éclairant la devise sculptée dans la pierre "le savoir est lumière". Aujourd'hui encore, M. Émotion jouit de ses nombreux renoncements. Le renoncement est la contrepartie de la sagesse, se vante-t-il bêtement. Il suit l'exemple déplorable de personnages comme Lukács, qui s'imposa de décapiter son histoire d'amour avec Irma Seidler. On a dit – par exemple Ágnes Heller dans *Le naufrage de la vie face à la forme* – que pour le jeune Lukács, Irma était une idée à aimer, une présence inaccessible plus qu'une femme en chair et en os, avec ses propres désirs et ses intérêts. Pour devenir le brillant universitaire qu'il aspirait à être, Lukács sacrifia l'amour et, bien sûr, le couple. Ainsi était-il : aveuglé et têtu. Il croyait impossible de devenir un intellectuel éminent sur les deux rives du Danube si l'on a l'esprit occupé par les soucis des fiançailles : le savoir exige un engagement complet et ses sentiments pour Irma relevaient, selon ce qu'il écrit dans son journal, d'une sympathie mystique qu'il devait repousser. Et ce n'est pas tout : l'existence d'Irma lui offrit l'occasion unique de rivaliser avec Kierkegaard, lequel, éperdument amoureux de Régine Olsen, se sacrifia et la repoussa, parce qu'il n'était pas capable, disait-il, d'expliquer philosophiquement son amour pour elle –? – et parce que, en plus, il voulait se consacrer au savoir à temps plein, sept jours sur sept, comme un serf de la philosophie, un *workaholic* fou, ou peut-être parce que le travail intellectuel compulsif n'avait pas mauvaise presse. Avec le dévouement forcené d'une esclave du Sacré-Cœur décérébrée. Le sage conseil que lui adressa Poul Martin Møller de son lit de mort par la bouche de Frederik Sibbern ne servit à rien : "Dis au petit Kierkegaard de veiller à ne pas se prescrire un programme d'étude excessif, car cela m'a fait beaucoup de mal." Faute de quelqu'un qui se charge d'expliquer l'histoire de la philosophie comme une succession de modèles néfastes et singulièrement contraires à la vie[122], nous pouvons nous amuser à répondre à une question qui ne manque pas de sel : que sont devenues les amoureuses répudiées ? Régine fit un paisible mariage bourgeois, très satisfaisant, qui la rendit heureuse à un point inconcevable pour ce raseur de Kierkegaard. Irma, par contre, se suicida en se jetant dans le Danube, pas seulement à cause du rejet de Lukács, mais qui sait. Lorsqu'il apprend la nouvelle, Lukács écrit dans son journal : "Autour de moi il n'y a que la nuit et le vide. L'intelligence travaille dans l'obscurité, dans un espace vide. Oh, tout mon orgueil et

---

122. Bon, il est vrai que cette personne existe, elle se nomme Michel Onfray (je pourrais mentionner quelqu'un d'autre, moins polémique mais tout aussi irrédentiste). Imaginez maintenant ce nom entouré d'un triple cercle finissant en volute.

mon ambition : n'être qu'un pur esprit, avoir abandonné toute chose terrestre ! Voilà maintenant les représailles." Sur l'amour de Lukács et d'Irma, Marshall Berman a écrit : "Quel grand film hongrois on aurait pu faire avec cette triste histoire ! Il y eut deux générations de grands cinéastes hongrois – Miklós Jancsó, Márta Mészáros, Pál Gábor, István Szabó, Károly Makk, et d'autres que j'ai oubliés ou qui me sont inconnus – qui auraient pu comprendre cette histoire, qui savaient situer le phénomène du communisme et celui des émotions amoureuses dans le même cadre, et possédaient une palette assez riche pour la développer. Hélas, *Irma et Georg* ne sera jamais tourné. À présent, c'est trop tard" ☺.

C'est un exercice très actuel que celui d'imaginer des films qui auraient pu être faits, ou des livres écrits, dans un univers différent du nôtre, et rien n'empêcherait de ranger le mien sur le projet Murnau dans cette catégorie – celle du méta-art contrefacteur ✩ –, sauf qu'en ce moment même j'ai de nouveau bon espoir que le film de Quirós verra tôt ou tard le jour dans cet univers, aussi changeant soit-il. D'autre part, il est de moins en moins vrai que le moment opportun pour écrire certains livres ou tourner certains films risque de disparaître : plus rien ne pourra jamais être intempestif. Tout reste possible. Aussi ne suis-je pas d'accord avec Berman qui croit impossible de tourner maintenant l'histoire des amours malheureuses d'Irma et de Lukács – reste la question très différente (et sûrement sans importance) de savoir si celui qui aura envie de le faire possédera une connaissance suffisante de la Hongrie, ou ne connaîtra de hongrois que le Rubik's cube qu'il a tenu entre les mains. Mais qui a besoin de savoir où se trouve la Hongrie pour parler d'un renoncement stupide à l'amour ? Il n'est pas improbable qu'un jour *Irma et Georg* soit projeté sur grand écran. Il faut seulement attendre que l'idée surgisse dans l'esprit vivace d'un cinéaste et qu'un producteur influent finance la réalisation. Croyez-moi : ce film est imminent. Mais est-ce une bonne nouvelle ? Un jour, Pascal Aubier évoqua dans une interview un ami qui découvrit dans les papiers de son grand-père un scénario écrit par Guillaume Apollinaire en personne. Cet ami pensa que c'était là une occasion en or et, bien sûr, entreprit d'en faire un film qui, selon les mots d'Aubier, fut une merde.

– Je ne veux pas dire que le scénario était une merde, poursuit Aubier, ni que si Apollinaire avait fait le film, ça aurait été une merde, cela on ne le saura jamais. Mais je crois que la pire chose qui puisse vous arriver est de vous embarquer dans un projet qui n'a jamais existé.

Ou un projet qu'on n'aurait pas dû terminer, faudrait-il ajouter, en pensant inévitablement à l'exemple terrible de la Sagrada Familia, le temple que Gaudí laissa inachevé en mourant et qui aurait dû rester en l'état (comme une ode à l'inachèvement, à l'idée projetée mais jamais conclue ; comme un bras d'honneur adressé aux dieux créateurs, signifiant "voilà ce qu'on fait ici-bas avec tout ce baratin sur la création", car qu'est-ce que la vie humaine sinon persévérer dans son être sans connaître l'échéance ?). Malgré tout, à cause d'une fluctuation entre l'obstination et l'acharnement, après des années en stand-by, quelqu'un eut l'idée de proposer un plan (bizarre à la lumière du résultat) pour reprendre la construction interrompue de la Sagrada Familia, et ce plan fut accepté, il est encore en vigueur et, aujourd'hui, ainsi que l'a écrit le critique Rowan Moore dans les pages de *The Observer*, le temple a fini par ressembler au résultat d'un coït entre Freddy Mercury et le Saint-Siège, avec tous ces éléments assemblés comme un méli-mélo dont la conception, je pense, va se poursuivre, un raccord après l'autre, jusqu'au Jugement dernier. Pour le reste, le projet paraît s'entêter à revendiquer ses records : d'après Wikipédia, c'est le *chef-d'œuvre* de Gaudí ; le *plus grand représentant* de l'architecture moderniste catalane ; une fois terminé, ce sera le temple chrétien *le plus haut du monde* ; c'est déjà un des monuments touristiques *les plus visités d'Espagne* et l'église *la plus visitée d'Europe* (à l'exception, bien sûr, de Saint-Pierre du Vatican).

– Allons ! Édifions une église dont le sommet atteint le ciel et rendons un nom célèbre : Barcelone.

Maintenant que j'y pense, un sale tour du destin m'a conduite à me consacrer à : la sociologie du tourisme, dans : une ville qui s'exalte – sauf les jours où les groupes contestataires barbouillent les murs de graffitis du genre "le tourisme tue les quartiers" ou, plus classique et avec réminiscences, *"tourists go home!"* – de se voir convertie en destination du tourisme sympa. Cela ne me donne-t-il pas un statut spécial (comme celui d'institutrice à Bath ou ingénieur en informatique dans la Silicon Valley) ? Si je n'étais pas aussi épuisée, je pourrais devenir sans grand effort une voix de référence dans l'étude du tourisme ou de l'anti-tourisme. Seul l'épuisement pourra me sauver de moi-même. Je n'ai pas envie de continuer à perdre des batailles. Ma chance est tombée pour ne jamais se relever. Peut-être que le plus simple et en fin de compte le plus adapté aux circonstances serait de m'inscrire comme hôte sur Airbnb et de sous-louer quelques pièces de la maison, sauf que je fais autant de manières que l'un de ces messieurs de l'Académie royale espagnole, aux grosses fesses et aux tripes serrées, qui jouent les importants parce qu'ils se réunissent tous les jeudis pour goûter. C'EST LE SIÈGE QUI DONNE SA FORME AU CUL : je l'ai lu sur la porte des toilettes de la faculté, écrit avec un feutre d'une couleur à vomir. NE T'ASSIEDS JAMAIS SUR UNE CHAIRE, M. ÉMOTION, j'aurais dû écrire sur la porte des toilettes pour *caballeros – caballeros :* exaltation à laquelle se prête le dictionnaire et qui finit par devenir un coup de pied en pleine poire, hihihi.

Et s'agissant de *caballeros* :

– Shh, Shh, aurait dû m'interrompre Quirós au moment où j'ai montré ma faiblesse, comme dénudant mon âme de perdante cosmique et de lamentable causeuse. Aime-moi comme si le jour ne devait pas se lever!

Cela aurait très excitant et je n'aurais pas trouvé d'arguments convaincants pour répondre non, ainsi nous nous serions embrassés et nous aurions maintenant quelque chose à raconter, on aurait même pu prendre une de ces photos qui servent à crier à la face du monde: je veux que tu me voies comme je me vois! Une de ces photos à encadrer et accrocher au mur, au lieu de ces portraits qui suggèrent: symptôme de maladie.

– Docteur, qu'est-ce qui m'arrive? Je collectionne des photos de messieurs qui ne sont pas mes grands-pères.

Le DSM-5 reste muet sur ce comportement. Ainsi que sur d'autres très semblables qui consistent à accrocher aux murs des choses significatives, car elles recèlent peut-être parfois la vérité. Dans "Feu pâle", le long poème écrit par le supposé John Francis Shade, dans le roman éponyme de Vladimir Nabokov, des vers décrivent la chambre de l'extravagante tante Maud, qui a élevé le poète. Parmi le bric-à-brac que la tante Maud conserve, il y a un article du journal *Star*: "Les Red Sox battent les Yanks 5-4 sur L'Homère de Chapman, épinglé derrière la porte." Et ce grand fou de professeur Charles Kinbote, l'éditeur et commentateur de l'œuvre de Shade, personnage inventé par Nabokov, d'expliquer: "Référence au titre du fameux sonnet de Keats ["*On first looking into Chapman's Homer*"] qui, à la suite d'une distraction d'imprimeur, a été transposé, d'une manière cocasse, de quelque autre article dans le compte rendu d'une rencontre sportive." Autrement dit: la poésie se glisse par erreur dans les pages sur le baseball, c'est à mourir de rire, que la tante Maud veut conserver et montrer à ses invités. Sachez que Kinbote est supposé avoir écrit cela en

1959, dans un livre que Nabokov publie en 1962. Vous voyez quel est le drame ? L'erreur du journal (erreur dans la continuité, à l'époque aussi sacrée qu'une mère) a un effet comique sur la tante Maud, sur Shade, sur Kinbote et sur Nabokov, mais qui passe inaperçu un demi-siècle plus tard. Si la combinaison d'une information sportive et d'un poème de Keats était aujourd'hui amusante, les nombreuses tantes Maud de chaque quartier auraient alors leurs chambres couvertes de coupures de journaux. Elles auraient la mémoire de leurs téléphones portables et de leurs ordinateurs bourrée de photos combinant des nouvelles impossibles. Existe-t-il des tantes Maud qui tapissent leur chambre de coupures de presse, voire tout leur logement du sol au plafond ? Diriez-vous que oui, elles existent ? Je ne sais pas, mes amis, je crois qu'il est temps de commencer à parler de situation-tendant-au-collapse (S.T.C.). Nick Lang écrit dans *Collapse* : la tactique-k ne s'occupe pas de bâtir le futur mais de démanteler le passé. Je pense souvent que cela ne saurait tarder.

Si vous introduisiez dans la conversation quelque sujet écologiste, Quirós se disait concerné par les problèmes de l'environnement et même engagé (le recyclage des déchets, la biodiversité des océans, la vie des phoques dans l'Arctique, dont les glaces fondent dans un silence peu embarrassé). Dernièrement, il avait découvert sur Internet, me dit-il d'un air effaré, le spectacle horrible d'une multitude de poissons éventrés dont les tripes dégorgeaient des bouchons en plastique, des briquets et même un flacon de gouttes pour les yeux. Et pourtant, ce matin-là il avait commis, dit-il, la peccadille d'ignorer la pétition "*Save water, the world is in your hands*", accrochée au robinet d'eau chaude, et exceptionnellement, sans penser au futur de la planète, il avait pris une douche prolongée (de 6 heures à 6 h 30, environ ; plus de 600 litres d'eau savonneuse à l'égout), avant de descendre en chantonnant à la cafétéria de l'hôtel (à 7 heures) où, au lieu de déjeuner en jetant un coup d'œil à la presse et aux titres de trois ou quatre quotidiens numériques, il demanda à la serveuse le petit-déjeuner spécial et se mit à travailler enfin au nouveau scénario de son film (version n° 8). Depuis qu'il avait brûlé les brouillons antérieurs il n'avait pas eu le courage de se remettre à écrire. Sans savoir très bien ce qui avait changé, en ouvrant les yeux sur l'oreiller trop dur de l'hôtel Savoy, au centre de Berlin, il s'était senti comme une belle au bois dormant et, après s'être piqué à l'aiguille du fuseau de l'apathie, il avait reçu le baiser inespéré d'un prince aux lèvres enduites d'amphétamine. Il ouvrit sur l'ordinateur un document vierge et, après quelques secondes de réflexion, il adopta (du moins provisoirement) le titre qui lui avait trotté dans la tête la veille, avant de s'endormir : *Turia ou l'énergie libérée*, et se mit à écrire dans une liste verticale les jalons du tournage de *Tabou*, projet énergétiquement débiteur de ce premier film manqué. Le cœur de l'histoire, se rappelait Quirós comme un marin qui vérifie que l'ancre est bien fixée dans le fond marin, est le parcours de *Turia* à *Tabou* (un processus que Quirós schématisait, sous l'effet de je ne sais quelle étrangeté, comme un jeune trop scolarisé, par la pseudoformule *TU* > *TA*) qui passait par les étapes suivantes :

1. M+F (signifiant "Murnau parvient à associer Flaherty au tournage d'un film dans les mers du Sud").
2. F/P (c'est-à-dire "Flaherty se rend en Polynésie et commence à préparer le tournage").
3. F+M/P ("Murnau arrive en Polynésie et commence à monopoliser le projet").
4. ~~Colorart~~↓ ("Colorart, l'entreprise qui devait leur fournir les moyens techniques pour le tournage, commence à se soustraire à ses obligations").
5. Colorart, **M↑** ("Murnau et Flaherty rompent leur contrat avec Colorart. Murnau met de l'argent sur la table et s'approprie le projet").
6. ^{F}+M/P ("Écœuré, Flaherty s'enferme dans le laboratoire, se consacre au développement et laisse tomber le tournage").

Le caractère dominateur de Murnau explique qu'il ait monopolisé le projet, bien que la malchance de Flaherty y fût pour quelque chose : sa caméra habituelle tomba en panne (une caméra Akeley, conçue, d'ailleurs, par le célèbre père de la taxidermie). Et la faillite de l'entreprise condamna *Turia* qui devint une idée impossible, bloquée dans une de ces impasses auxquelles conduit souvent la loi de propriété intellectuelle : selon le contrat, *Turia* était la propriété de Colorart, qui ne pouvait en financer la production, ce qui reléguait directement le film dans les limbes des projets impossibles, le tiroir de l'inaccompli, par manque de liquidités. Dans ces circonstances, Murnau dut faire contre mauvaise fortune bon cœur et chercher une autre histoire à raconter, et tous les mètres de pellicule qui avaient été tournés sous le titre de *Turia* durent être déclarés matière jetable, inutilisable et errante comme une âme en peine. Pour comprendre le cinéma, déclara Derrida dans une interview, il faut penser ensemble le fantôme et le capital (ce dernier étant quelque peu spectral, car présent sans l'être matériellement, sa non-présence hante et occupe en même temps).

– Oh, très suggestif, aurait assuré Quirós, en se grattant la tempe avec l'index et pensant que cette dimension métaphysique du cinéma (ou post-métaphysique, je ne sais plus trop) était une idée intéressante à creuser, mais seulement une fois son film terminé. Intimement il aurait objecté que les trapézistes ne devraient pas réfléchir aux mystères de la gravité, si fascinantes que soient les lois de la physique. Pour leur bien, le plus sensé était de se concentrer sur la précision de chacun de leurs mouvements en l'air, tout comme ce matin-là Quiros essayait de se concentrer dans la cafétéria de l'hôtel Savoy, pour percevoir toutes les nuances de l'arc-en-ciel de l'évasion. Sa longue promenade au petit bonheur le long de la Spree le soir précédent semblait avoir eu un effet revigorant dans cette partie du cerveau qui s'active lorsqu'on se livre à des tâches créatives, et depuis il regardait l'avenir, comment dire ?, avec l'amplitude du cinémascope. Le regard fixé sur les eaux du fleuve, troubles mais affables comme un grand-père de conte qui parle à son petit-fils dans un dialecte que l'enfant comprend à peine, il commença à entrevoir ce qui ne serait évident que quelques jours plus tard : que si la vie des êtres humains se définit par un geste, le geste crucial dans la vie de Murnau fut de quitter l'Europe, parce que le vieux continent n'avait rien fait d'autre qu'attester sa propre expiration. Contemporain de Murnau, Kafka avait dit un jour à son ami Janouch au cours d'une promenade dans les rues de Prague : "Ce n'est pas une ville. C'est une figure dans le lit océanique du temps, couverte de décombres de passions et de rêves calcinés parmi lesquels nous cheminons comme à l'intérieur d'une cloche de plongée. C'est intéressant mais avec le temps on a du mal à respirer. Comme tout plongeur, il faut remonter à la surface ou, au contraire, le sang vous fait éclater les poumons. J'ai vécu trop longtemps ici. Je dois m'en aller."

Vous allez penser que je frôle l'obsession si je vous raconte que j'ai analysé (qualitativement et quantitativement) sept de la vingtaine d'ébauches de scénarios que Quirós écrivit pour son film sur Murnau, mais je ne vois aucun autre moyen de relever le défi de le comprendre. Au fond, je n'arrive pas à faire abstraction de mon penchant pour la méthode dite scientifique et, comme par une réaction acquise de force, pour l'autorité de la statistique qui est comme un clou brûlant auquel parfois je m'accroche, surtout les nuits où la tête me tourne et qui me paraissent si longues. Cette manie analytique a plusieurs inconvénients – le principal étant que m'engager dans une affirmation me prend beaucoup de temps –, mais elle offre certains avantages : concernant le cas de Quirós, je me permets, par exemple, des assertions susceptibles d'être ou non validées et acceptées (par vous). En voici un échantillon : quelle est selon vous l'image la plus fréquente dans l'ensemble des scénarios abandonnés de Quirós ? Celle de Murnau aux commandes d'un vaisseau (parfois un voilier, parfois un avion, cap sur l'horizon), à laquelle Quiros recourt en vingt-trois occasions, mais oui, plus de trois fois en moyenne dans chacune des ébauches analysées. On peut donc affirmer avec confiance que Quirós s'intéressait à l'idée de représenter Murnau lâchant du lest, s'affranchissant avec élégance de sa vie antérieure, partant pour laisser derrière lui corset, entraves, formalités, et se libérer de ce malaise qui, pour parler comme Lukács, naît de la friction entre la discipline typiquement prussienne et l'anarchie du sentiment enraciné dans l'artiste. À en juger par les scénarios, il y a une anecdote dans la vie de Murnau que Quirós adore recréer : le 4 décembre 1917, vers quatre heures de l'après-midi, un avion biplan de l'armée allemande (modèle Hannover CL) décrit dans le ciel de Bâle de grands cercles pendant une vingtaine de minutes tandis que les forces armées suisses échouent à l'abattre. L'avion finit par atterrir sur un terrain de football et en descendent deux militaires, qui sont immédiatement arrêtés. Lorsqu'on constate qu'il n'y a pas de munitions à bord, les détenus sont transférés à la caserne d'Andermatt. Selon le rapport officiel, le brouillard épais et un orage expliquent que le pilote se soit égaré (quittant le trajet qu'il devait suivre de Strasbourg jusqu'en Lorraine, en un vol de reconnaissance), qu'il ait franchi la frontière suisse et se soit vu forcé d'atterrir. Le rapport ne dit rien sur ces deux hommes, sauf qu'ils furent promptement libérés. Nous savons par la correspondance de Murnau que le pilote de l'appareil était un lieutenant appelé Meyer et que son compagnon était Murnau lui-même qui se chargeait de l'observation aérienne. En prenant quelques libertés, Quirós s'était servi de cette histoire pour amorcer son film, du moins dans trois de ses scénarios. CIEL DE BÂLE, EXTÉRIEUR JOUR : le brouillard couvre l'écran comme si c'était une page blanche. Peu à peu on distingue au loin un biplan – note : ce pourrait être un Hannover CL.IV, mais aussi un Rumpler C.IV, ou encore un Aviatik C.I – qui progresse vers la caméra, et on reconnaît bientôt la croix teutonique sur le fuselage.

À bord, un seul homme. Sa tête, coiffée d'un bonnet de cuir avec des lunettes, émerge de la cabine comme un œuf d'un coquetier. Malgré le brouillard, l'appareil atterrit aisément sur le terrain de football, interrompant un match entre deux équipes locales, à égalité jusque-là. Le pilote, un type élancé et sûr de lui, descend de l'avion et attend, appuyé sur une pale d'hélice criblée de balles. Il sait qu'il a pénétré dans un espace aérien étranger et qu'il va être arrêté. Peu après, assis dans le bureau d'un militaire suisse, il donne son véritable nom, Wilhelm Plumpe, officier de l'armée allemande, et explique qu'un orage violent lui a fait perdre son cap. Nous apprendrons plus tard, dans une conversation avec son ami Alphons (peut-être au cours d'une promenade dans la ville de Lucerne, ou au pied de la célèbre sculpture du lion blessé), que l'orage n'a été qu'une excuse pour fuir la guerre, parce que se trouver au front est une contrainte pénible et une perte de temps. En réalité, selon ses biographes, il n'y a aucune preuve que Murnau avait déserté, mais il est plus que pensable que la guerre l'aurait lassé (que se serait évaporée la vibration initiale que provoquent la fraternité entre soldats et le rappel des exploits du passé) et vraisemblable qu'il eût songé à s'en éloigner et que la Suisse, devenue un refuge d'intellectuels et de pacifistes allemands depuis la déclaration de guerre, lui aurait paru une excellente échappatoire, dans une impulsion qui l'animera, de fait, le reste de sa vie.

Encore dans la cafétéria, Quirós mordillait quelque chose d'artisanal ressemblant à un beignet, tout en réfléchissant à ce qu'il allait filmer et en établissant une nouvelle liste : sans doute en premier lieu les hôtels pour touristes de Tahiti et de Bora Bora, qui joints aux images tournées à Tropical Islands lui serviraient à dresser le tableau du paradis (plus exactement d'un succédané de paradis). D'une certaine façon, TRAVAILLER AU SCÉNARIO ÉTAIT UNE ACTIVITÉ QUI RESSEMBLE BEAUCOUP

À faire un puzzle sans disposer de toutes les pièces, en anticipant ce qui serait filmé après. Les premiers documentaristes, au début du siècle passé, avaient une idée très claire sur le sujet: "Ne te fie pas trop à l'improvisation: la seule chose que tu feras en tournant sera de mener à bien quelque chose que tu as déjà fait." Aussi Quirós passait-il au crible et ordonnait des matériaux futurs dans un processus tâtonnant, comme qui organise un voyage à l'aide d'un guide touristique non actualisé. Sa tâche, malgré tout, n'était pas très étrangère à celle de Bernd Eichhorn avec ses archives: une gestion de l'information, tentant d'être à la fois minutieuse et de pouvoir nager dans l'océan. Quelque chose comme: la totalité visible en cent vingt minutes, mue par une piété qui met toute sa foi dans l'acte surhumain de résumer – un résumé de bonne foi, qui parfois ne peut avancer qu'à l'aide de béquilles lourdes comme du plomb, et devant lequel nous devrions avoir envie de nous agenouiller et de prier, un brin théâtralement. Ou (bis) quelque chose comme: montrer l'océan et mentir en disant qu'on peut y nager, produisant les mêmes effets que lorsque, au téléphone, une voix de SOS Amitié vous remplit la tête de bonnes raisons de redescendre du rebord de la fenêtre du côté moins immédiatement suicidaire.

Concentré, Quirós se souciait fort peu que la cafétéria de l'hôtel commence à se remplir de touristes qui s'empiffraient. Malgré le brouhaha, il refusa d'abandonner le siège sur lequel il s'était senti soudain plus inspiré que jamais. Il ne se leva même pas lorsque deux jeunes Français voulurent partager sa table (à 8h05), autour de laquelle restaient les dernières chaises libres de la cafétéria. Quirós leur jeta un coup d'œil. À leur allure, soignée comme un cahier de brouillon en papier recyclé, il supposa que c'étaient deux universitaires en voyage culturel. Il finit par les inviter à s'asseoir, avec l'envie de signifier qu'il ne comptait pas encore partir, puis il demanda à la serveuse de remplir sa tasse de café. *Uti possidetis, ita possideatis*, vous posséderez ce que vous possédiez déjà. D'après ce qu'il me raconta, une joyeuse nervosité l'incita à écrire (SCÈNE 1 : PLAGE DE BORA BORA, EXTÉRIEUR, LEVER DU JOUR), le plongeant dans un état émotionnel qui paraissait conjuguer la visite d'un parc d'attractions, la gravité zéro et le boom boursier. Soudain il trouvait toutes les idées qui lui venaient sinon fabuleuses, du moins très bonnes. Et probablement l'étaient-elles ; Quirós avait, croyez-moi, le don très remarquable de générer des images aussi splendides qu'une pluie d'étoiles filantes une nuit d'été, mais il souffrait le martyre d'habiter un écosystème surexploité où respirer était de plus en plus difficile, ce qui rendait chaque mouvement très pénible, comme s'il souffrait d'emphysème. Je sais que le dégoût du monde est un trait essentiel de l'être-artiste. Souvenez-vous que j'ai lu Lukács, peut-être trop, qui écrit dans *La spécificité de la sphère esthétique* : “Derrière toute activité artistique se pose la question : jusqu'à quel point l'être humain peut-il considérer le monde comme sien, comme quelque chose d'adéquat à son humanité ?”, à quoi Quirós tente de répondre sans paroles, en brandissant dans une pose anti-héroïque un kaléidoscope contenant indistinctement et démocratiquement des pierres précieuses, des semi-précieuses, de la verroterie et du toc. Cet appareil optique, à la fois magique et monstrueux, produit en tournant des formes splendides (des couleurs géométriques hallucinantes, des images qui évoquent des fleurs barbares, des organes intersexuels, des appareils de torture médiévaux) qui se recomposent à chaque seconde dans un effet stupéfiant et désespérément baroque. Vous comprenez maintenant pourquoi j'ai pensé à ce moment-là que Quirós avait besoin d'une pause ? Reprendre son souffle lui aurait permis de faire le point et de rafraîchir son esprit, comme un conducteur qui, après trois heures de route, a besoin de s'arrêter dans une station-service pour se dégourdir les jambes, prendre un café et aller aux toilettes. Peut-être aussi pour chercher quelqu'un avec qui tirer un coup pouvant passer pour affectueux, entre une chose et une autre. Mais n'allons pas plus loin.

Le fait est que l'inspiration de Quirós s'évapora lorsqu'un des deux Français (celui qui portait un tee-shirt à toucans) se leva (8 h 25, approx.), prit un livre décoratif sur une étagère et commença à lire en allemand et à traduire à son compagnon des phrases sur le district de Tiergarten, où ils se trouvaient à ce moment-là. Sans quitter l'écran des yeux ni le clavier des doigts, Quirós écouta les explications sur l'origine du quartier, ses édifices principaux, ainsi que la biographie des célébrités qui y étaient nées. C'est seulement à la fin (8 h 35), alors que le Français qui lisait commença à dire que la rue où se trouvait l'hôtel Savoy avait plusieurs fois changé de nom – Steglitzerstraße jusqu'en 1936, puis Ludendorffsstraße jusqu'en 1947, et enfin Pohlstraße –, que Quirós se tourna vers la baie vitrée rectangulaire de l'hôtel, d'où on voyait une rue ni très large ni très étroite, où peu de voitures circulaient. Sur le trottoir, raisonnablement spacieux, ni très propre ni très sale, une adolescente promenait son chien avec une apparente décontraction, que trahissait la bride très raide avec laquelle elle le retenait, et une femme, en veste tailleur, parlait au téléphone tout en se roulant une cigarette d'une manière qui révélait son passé, sans doute parce qu'elle la tenait avec nervosité comme si à tout moment elle allait devoir prendre ses jambes à son cou, pensa Quirós, qui soupçonna aussi que ces deux silhouettes féminines étaient guettées par un piège mortel pour leur bien-être si fragile. Il aurait été agréable de trouver chez ces femmes un certain confort lié au fait de vivre heureuses en marge du déménagement nominal que le XXe siècle avait imposé à la rue qu'elles foulaient, mais c'était comme exiger de la neige en été. À propos de certains personnages de Dostoïevski, Lukács écrit : "Ce sont des solitaires, des individus livrés à eux-mêmes, qui se sentent reflétés dans toutes les circonstances de la vie et qui, pour cette raison, vivent avec une telle force intérieure que le monde intime des autres reste toujours pour eux comme une *terra incognita*", d'où il s'ensuit, en poussant le raisonnement, que les Autres pourraient être alors la Terre Promise (ou l'Enfer), mais cette conclusion me parut soudain – devant le visage aux yeux cernés de Quirós – s'apparenter aux nouveautés sur les tables des librairies, de sorte que je préférai en formuler une autre : une grossesse, un rejeton qui vient au monde, c'est toujours une nouvelle opportunité que nous donnons à l'ignorance, laquelle est invincible et se renouvelle à chaque génération. Faisons sur ce point confiance aux nouveau-nés. Comme chargée d'une mission très flatteuse, je voulus protéger Quirós, craignant que reverdisse l'angoisse qui palpitait dans chaque plan de son premier film et tenait à une foule de paroles aux nuances infinies qui passent par le regard et n'arrivent jamais à être translucides, pas même pour ceux qui ont la tâche de les éclaircir. C'est encourageant, tu ne trouves pas ?, que la mission et la possibilité de l'art soient (en empruntant l'heureux concept du chimiste Ilya Prigogine) d'édifier une de ces structures dissipatives ☺, c'est-à-dire : un îlot d'ordre dans un océan de désordre.

– Au contraire – et si Quirós avait été un oiseau il se serait envolé.

Au contraire signifie-t-il a) que la tâche de l'art ne peut être de créer de l'ordre, ou b) ni d'être encourageant, car ce serait alors un ordre tyrannique, ou sinon, hypothétique, fictif, faux et aussi répulsif qu'un organigramme affiché au mur d'une salle de réunion ? Je n'ai pas vérifié. Quirós commença alors à me raconter l'effort inutile qu'il fit pour se concentrer de nouveau sur l'image des boîtes de film abandonnées pendant des décennies dans un entrepôt autrichien, muettes mais riches en significations, dans l'attente que quelqu'un les ouvre et déroule leur contenu sur le grand bureau du monde pour expliquer leur secret et plus encore. S'avouant vaincu, il ferma d'un coup sec son ordinateur et quitta l'hôtel (vers 8 h 40) à petits pas. Sans pouvoir se libérer du vertige, il marcha ainsi dans la Pohlstraße, qui s'étendait devant lui et, dès que cela fut possible, il bifurqua à un carrefour pour s'engager dans une autre rue, dont le nom et l'histoire lui étaient inconnus, ce qui le réconforta. Il respira profondément, compta jusqu'à dix et se promit qu'au bout du tunnel de son projet de film il y aurait de la lumière. Il en avait sans aucun doute aperçu une lueur le matin même. Bien qu'il fût lointain, l'éclat émanant de Murnau était puissant, si bien qu'il ne devait pas être très compliqué de se frayer un chemin jusqu'à lui. TRAVAILLER AU SCÉNARIO EST UNE ACTIVITÉ QUI RESSEMBLE BEAUCOUP À la recherche d'une bouteille où reste un fond de vodka à la fin d'une fête. La chance d'un écrivain (de scénarios, de livres) dépend donc du niveau d'alcoolisation des fêtards.

– *Turia* devait être l'amorce de mon film. Impossible autrement, dit-il, catégorique comme un panneau indicateur.

Un bon début est en effet important, ai-je acquiescé, parce que si le démarrage ne coupe pas le souffle, c'est raté. Seul un type très concret de lecteur et de spectateur sadique (outre les membres de la défunte Commission de lectures obligatoires dans l'enseignement secondaire[123]) s'obstine à maintenir en vie des romans et des

123. (je fais allusion à cette commission qui, une seule fois depuis sa création en 1982, céda aux critiques et élimina de cette liste de lectures obligatoires dans tous les lycées du pays le *Rapport sur la loi agraire*, de Gaspar Melchor de Jovellanos, sommet de la littérature espagnole du XVIIIe siècle)

films tellement indigestes qu'on ne peut dépasser le paragraphe initial ou la première scène sans bâiller à s'en décrocher la mâchoire. Soit j'adore, soit je l'ignore. Un récit au début ennuyeux meurt cruellement, les yeux se ferment, et lorsqu'ils se rouvrent après un battement de paupières, il n'y a pas de deuxième chance, comme un gladiateur recevant le coup de grâce lorsque le pouce s'abaisse, pour emprunter la métaphore du manuel *A Winning Beginning*, de Marcus T. Hattus Jr. (médecin spécialiste de la maladie d'Alzheimer, devenu scénariste de la célèbre et multi-récompensée série de la télévision australienne *Short-Term Memory*).

Quoi qu'il en soit, Quirós retrouva enfin son énergie. TRAVAILLER À UN SCÉNARIO EST UNE ACTIVITÉ QUI RESSEMBLE BEAUCOUP AU flipper, avec cette bille métallique qui monte et descend comme la joie, que l'on frappe avec des leviers qui la font se déplacer sur un plateau truffé de récompenses et de dangers. J'avoue que je n'ai jamais joué au flipper, mais j'en parle dans un cours sur la régulation des loisirs que j'ai intitulé "Jeux interdits". VILLE DE NEW YORK, ANNÉES 40, EXTÉRIEUR JOUR. Le maire Fiorello La Guardia, affirmant que les adolescents dépensent au flipper l'argent du repas, les interdit et ordonne à la police de tous les saisir et de les détruire. Il pose pour les journaux, masse à la main, qu'il abat sur quelques machines qui finiront en tas de ferraille jetés dans l'Hudson (la mafia exploitera clandestinement les flippers et naîtra en même temps le prototype nord-américain du jeune rebelle, mais ceci est une autre histoire). Le fait est que dans la partie de flipper que jouait Quirós, la bille se trouvait en haut du plateau lorsqu'il franchit la porte d'entrée de la Deutsche Kinemathek (9 h 05). Il arrivait en avance mais décida de ne pas attendre jusqu'à l'heure du rendez-vous et monta à pied, presque en courant, les huit étages qui le séparaient du bureau de Bernd Eichhorn. Il croisa dans le couloir une fille superbe au regard mystérieux qui le projeta dans des fonds abyssaux, dit-il, elle poussait un chariot de courrier et lui fit un clin d'œil, que Quirós vit comme un signe que de bonnes nouvelles étaient arrivées à Berlin et qu'il faisait bien de se dépêcher pour les apprendre, car il émanait du trésor trouvé dans les boîtes de Vienne assez d'énergie pour réaliser un très très beau film, un de ces films qui relèvent du genre réputé du *found-footage* (à savoir : métrages retrouvés), mais le signe aussi qu'il était urgent de se mettre à travailler. Il en fut de même lorsqu'il passa devant un bureau du département de catalogage, où il découvrit à travers la porte magiquement entrouverte une autre femme pas moins ravissante que la précédente, qui lui sourit et lui dit bonjour. Les employés de la Kinemathek doivent être au courant, pensa-t-il : le bruit a couru et ils sont tous conscients que la journée va être mémorable. Une de ces journées qu'il faut signaler aux agences de presse. Il pressa le pas. Sur le mur, Marlène Dietrich taquinait le menton d'un vieux professeur. Quirós pensait trouver Bernd dans son bureau, euphorique, l'attendant pour célébrer la trouvaille, peut-être accompagné par un des pontes de la Kinemathek, en train de déboucher une bouteille d'eau-de-vie allemande. Sans prendre la précaution de frapper, Quirós ouvrit la porte et découvrit l'archiviste assis devant son ordinateur, en train de travailler comme chaque jour à la lumière d'une lampe semblable à celle d'un prothésiste dentaire. Il se rendit compte alors qu'Eichhorn avait un doigt tordu, un annulaire droit récalcitrant, qui attira toute son attention, si bien qu'il ne put percevoir que du coin de l'œil le léger hochement de tête négatif que fit Eichhorn, signifiant sans doute que dans les boîtes de Vienne il n'y avait ni les bobines originales de *Tabou* ni les premières prises de *Turia*. Ils avaient trouvé quelques photogrammes intéressants, lui dit alors Eichhorn, quelques chutes d'une indéniable valeur historiographique, des curiosités utiles pour les archives, mais rien qui présentât un intérêt véritablement commercial.

Ne niez pas que vous aviez pressenti le fiasco. Quant à moi, j'étais dès le début convaincue qu'il ne sortirait des boîtes qu'un peu de fumée, et je dois reconnaître que cette obstination de la matière à disparaître me réconforta comme si le législateur du cosmos m'avait caressé la joue en me murmurant à l'oreille *chérie, je ne suis pas un crétin; d'abord les ténèbres, ensuite la lumière, puis retour aux ténèbres*. Cela ne m'a pas empêchée d'éprouver de la compassion pour Quirós et de regretter que, sans bien savoir comment, il ait perdu le souvenir des heures suivantes. Il se rappelle avoir bu quelques bières dans un bar voisin de la Kinemathek, assis au comptoir avec Bernd, qui supportait de toute évidence le revers et l'alcool beaucoup mieux que lui. L'archiviste ressentait lui aussi la déception à fleur de peau, mais doté d'une nature moins expansive que celle de Quirós, il encaissait plus stoïquement l'échec : le contenu des boîtes était pauvre, ce qui réduisait inévitablement l'envergure de la tâche qui lui avait été confiée et, d'après ce que comprit Quirós, l'empêchait de carillonner le succès dont sa carrière avait besoin. Dorénavant, son travail allait se limiter à cataloguer les maigres trouvailles de Vienne, à les numériser et à les présenter dans une page web d'accès libre. Alors c'est fini ? réagit Quirós en un cri de mezzo-soprano enroué. Il n'y avait donc que *ça* dans les boîtes ? *Rien* pour le monde *offline* ? Bernd serra les lèvres avec une émotion difficile à interpréter tout en commandant une autre bière, et pressa l'épaule de Quirós, montrant pour la première fois que le corps raidi d'un archiviste allemand pouvait abriter une âme humaine.

– Ça aurait fait une magnifique tragédie wagnérienne, dit Quirós pour meubler le silence, en empruntant les paroles prononcées un jour par Ramón Novarro, le *latin lover*, à propos de la version du film *Four Devils* que Murnau valida, c'est-à-dire avant que le tout-puissant William Fox eût ordonné d'en changer la fin pour en faire une *happy end*, et bien avant, en outre, que la dernière copie conservée soit perdue pour toujours dans l'océan, où la lança du balcon d'une chambre d'hôtel l'actrice Mary Duncan (qui interprétait la femme fatale du film), en un geste soudain que personne à ce jour n'a pu expliquer.

Telles furent les dernières, et amères, paroles que Quirós se rappelle avoir prononcées ce jour-là. À partir de là, sa mémoire prend l'eau. Il sait qu'il a été dans une salle de concert avec Eichhorn, qui faisait partie d'un groupe de musique électronique (une formation appelée Clock, aux prétentions rétro), dans lequel, plus précisément, l'archiviste n'était pas musicien, mais se chargeait de la projection d'images accompagnant le concert, qui produisait des effets semblables à ceux d'un oscilloscope. Après quoi, Quirós assure s'être réveillé sur le canapé de l'appartement de Bernd, dont la fiancée lui prépara un café vers dix heures du matin – Bernd était déjà parti travailler : il pointe à huit heures, dit-elle –, ce qui le fit se sentir encore plus mal, lui qui s'était toujours félicité de ne pas avoir eu, dans ses trois décennies d'existence, un de ces emplois-où-on-doit-pointer, et j'en eus la gorge nouée, car cela fit résonner en moi quelque chose de la joie qu'avait éprouvée mon père lorsque j'obtins un poste à l'université. J'entendis de nouveau cette phrase à la syntaxe étrange que je ne saurais pas reproduire, où se combinaient les mots *heures supplémentaires*, *atelier*, *vie de chien*, *parents et enfants*, *récompense* et *bonheur*, je me sentis un peu mélancolique et j'imaginai une chaîne humaine où nous nous donnions la main, mon père, Quirós et moi, et d'autres peut-être comme Lucien de Rubempré ou mon amie Ana María, et cette pensée, qui me parut antinaturelle, m'unit aussitôt avec le Quirós qui, à Berlin, accablé par la déception, avait résolu d'annuler le reste de son voyage, ce qui inexplicablement l'avait soulagé. Il décida de ne pas louer de voiture et de ne pas se rendre à Babelsberg, le studio de cinéma où Murnau avait tourné ses premiers films, où Quirós avait pensé prendre quelques plans pour créer ce qu'il appelait un "mirage nostalgique"[124].

– Babelsberg, dit-il en fermant les yeux et feignant d'être gagné par un sommeil profond. Montagne de Babel, je suppose, comme la tour.

J'ai applaudi à son renoncement. Babel est un nom néfaste, dont il est prudent de fuir l'esprit mégalomane. Répliquant comme un étudiant studieux qui lève le doigt, le vent me souffla une citation (Dostoïevski, *Les Frères Karamazov*) de laquelle j'ai abusé dans mes travaux, surtout parce qu'elle plaisait à Lukács qui y voyait poindre le chemin de l'homme nouveau : "Le socialisme est la question de la tour de Babel, qui s'est construite dans le dos de Dieu, non pour atteindre le ciel depuis la terre, mais pour faire descendre le ciel sur terre." *Nah, nah, nah.* Je

124. Il n'est pas impossible que quelque étudiant de cinéma (sûrement une âme sensible avec l'envie intime d'épater et se considérant tout sauf quelqu'un aux goûts classiques) consacre un jour un mémoire, une thèse ou un article à l'œuvre – à l'œuvre réelle et/ou seulement projetée – de J.B. Quirós. Pour cette raison :

NOTE POUR UN/E HYPOTHÉTIQUE CHERCHEUR/SE SUR L'ŒUVRE DE QUIRÓS : avec l'expression de "mirage nostalgique", Quirós fait référence à la forte impression que reçoit le spectateur en se rendant compte que le passé est beaucoup plus beau que le présent qui lui est échu, gris et lourd comme une après-guerre. Sous l'effet du mirage nostalgique, le spectateur ressent invariablement le désir viscéral de rester dans le monde disparu que dépeint le film, de sorte que lorsque la projection se termine (ce qui arrive tôt ou tard, tout comme le héros d'une tragédie finit par mourir) et qu'il retourne à sa vie quotidienne, il est pris d'un bâillement radical, d'une insurmontable apathie, et s'il est doté d'une âme vigoureuse, il éprouve un violent désir de liquidation, de soi et et des autres.

me suis de nouveau servie de ce renoncement. TRAVAILLER AU SCÉNARIO DEVRAIT ÊTRE UNE ACTIVITÉ QUI RESSEMBLE BEAUCOUP À un processus de sélection de personnel où la plupart des candidats sont refusés (malgré leurs masters affichés au mur et leurs années de pratique dans des entreprises de pointe).

– Enferme-toi comme un castor dans ta tanière et réfléchit à une histoire minimale, humble, belle ; balance loin de toi le vieux studio de cinéma de Babelsberg, fuis-le comme les boîtes censées contenir l'inexistant *Turia*, car l'histoire de *Tabou* est à elle seule suffisamment vaste et retentissante.

À l'instant où j'allais lui parler du Grand Hôtel Abîme (réellement pratique pour voir comment le monde s'effondre pendant que monte le dégoût avec un apéritif devant la cheminée), il dit :

– *Turia* existe. – Et le répéta avec la même force que la Terre tourne autour du Soleil, du moins tant qu'elle dure. – *Turia* existe.

Une drôle d'idée radicale me traversa fugacement l'esprit. Puisque *Tabou* est une de ces œuvres qui incitent mystérieusement ceux qui s'en approchent à accumuler un fatras de données, ne pourrions-nous pas faire de cette propriété un bénéfice collectif ? La réalité est que nous connaissons encore très mal les lois qui gouvernent les données, aussi ne faut-il pas rejeter l'hypothèse que l'œuvre de Murnau agit comme un foyer d'aimantation hyperpuissant d'informations. À l'appui de cette hypothèse extravagante on pourrait mentionner une curiosité que raconte dans ses mémoires Peter Weiss (né, il est vrai, dans le voisinage des studios de cinéma Babelsberg).

– Peter Weiss est appelé à la barre comme témoin. Monsieur Weiss, jurez-vous de dire la vérité ?

Sur un ton intimiste, Weiss décrit sa chambre d'adolescent, décorée, entre autres, d'une image du film posthume de Murnau, étoile principale d'une pittoresque constellation : "La photographie de la scène finale de *Tabou,* avec les adieux et le renoncement, était accrochée dans ma chambre, au-dessus du lit, au centre d'une collection d'affiches, de coupures de journaux et de magazines, où l'on pouvait voir des jardins florentins, des figures épiques, des chevaliers harnachés pour un tournoi, des perroquets et des plantes tropicales, les Rois mages de Giorgione, la *Mélancolie* de Dürer, la lutte contre le dragon d'Altdorfer, l'aigle et le démon du *Retable d'Issenheim*, des jeux balinais et les danseuses d'un ballet nègre." Je crois que ce n'est pas un hasard si à ses joyaux juvéniles Weiss avait joint une figure d'argile offerte par sa mère, une actrice amie de Murnau. Il s'agissait – tadaa ! – de la tête du cinéaste, sculptée par lui-même : "Cette tête est restée longtemps dans ma chambre, déclara Weiss, et j'adorais en elle le père que j'aurais aimé avoir." Il y a quelque chose de pubescent (comme un élan gonadotrope et inutilement révolutionnaire) à peupler sa chambre de pauvres copies de ce qu'on considère comme le summum. De ce dont on raffole au point d'en faire la mosaïque qui couvre notre tanière, la bimbeloterie qui emplit notre rétine du matin au soir. Il y a un peu de ça dans le cas de Gauguin qui, entre une pulsion érectile et un bras d'honneur à la morale européenne, ornait sa cabane polynésienne de photos pornographiques achetées à Port-Saïd, qui faisaient se tordre de rire les natifs. Même à l'autre bout de la terre, Gauguin restait un bourgeois, dont l'envie d'impressionner les visiteurs était un ingrédient indispensable à ses choix décoratifs. Dans un des premiers essais qu'il écrivit (vers 1909, avant sa conversion religieuse au communisme, dans une époque convulsive et complexe où les intellectuels s'égaraient en proie au vertige), György Lukács imagine une chambre de jeune fille : "L'absolue nouveauté se mêle d'une façon curieusement inorganique avec le très ancien. Les murs sont tapissés d'un papier de couleur ordinaire; les meubles sont petits, blancs et inconfortables; ce sont ceux d'une chambre bourgeoise de jeune fille. Seul le bureau est beau, grand et pratique, et dans l'angle, derrière un paravent, le grand lit de cuivre. Au mur, des portraits de famille, des gravures japonaises, des reproductions de tableaux modernes et de tableaux anciens qui sont aujourd'hui modernes : Whistler, Velázquez, Vermeer. Derrière le bureau, la photographie d'une fresque de Giotto." La jeune fille y reçoit deux amis, des étudiants, et il est amusant que Lukács les fasse discuter dans ce décor sur le chaos dans l'œuvre de Laurence Sterne. Pour son défenseur, les romans de Sterne ont la forme d'un "essaim d'associations provoquées" par un fait central, en un jeu infini (multiple et riche comme la vie), dans lequel est emporté le lecteur, qui sort transformé de l'aventure, au prix d'un léger vertige. Pour le détracteur de l'auteur anglais, en revanche, ses textes informes et fragmentaires sont mortellement anarchiques; "leur multiplicité désordonnée ne révèle aucune richesse, si ce n'est le débarras d'un bric-à-brac". La controverse n'est tranchée que par la colère et la brouille des deux étudiants. L'un se retire. L'autre reste malgré tout dans la chambre avec la jeune fille, témoin quasi muet du débat qui a raréfié l'atmosphère. Comme il n'y a rien à ajouter, le couple finit par échanger un baiser. (Un baiser, soit dit en passant, si extravagant dans l'œuvre de Lukács que la nuée de ses commentateurs a feint de l'ignorer.) Pour ma part, je demande un applaudissement sincère pour les tourtereaux, et maintenant je vous suggère que nous abandonnions la chambre de la jeune bourgeoise, que nous sortions de cette pièce où il y eut un jour du sens à se disputer à propos du chaos ou de l'opulence dans l'œuvre de Sterne.

Beaucoup plus agréable est de revenir à Quirós qui se refusait soudain à parler de Murnau, sans pour autant paraître déprimé. La parole du dépressif est un masque, une belle façade sculptée dans une langue étrangère, dit Julia Kristeva. Les paroles parcimonieuses de Quirós étaient juste l'opposé : pure intériorité avec allergie au maquillage, qui balbutie de façon primaire. Il semblait ne pas penser que quelques jours plus tard il devait prendre un avion pour Los Angeles, puis un autre pour Tahiti. Rudy Jou se mit plusieurs fois en contact avec lui, en montrant des signes d'impatience devant certaines lacunes du projet, mais Quirós parvint habilement à les éluder. Il l'assurait être plongé jusqu'au cou dans les préparatifs du tournage (interviews, repérages…), alors qu'en fait il passait des heures à s'occuper du jardin de la maison. Après son échec à Vienne, je fus surprise qu'il encaisse le coup avec une force de caractère que, si vous voulez tout savoir, je trouvais très séduisante. Il y a des hommes qui réagissent au succès en bombant le torse et en émettant des vibrations qui, à mon goût, n'ont rien de séduisant et même me repoussent, car les fanfaronnades du chef de tribu (ou du kapo, du cacique, du directeur général, du contremaître, du leader spirituel, du gros poisson, du coq de basse-cour, de l'évêque, du roitelet, du recteur, du millionnaire, du responsable, du caudillo, du *number one*, du ponte, du champion de ligue, du patron, du chercheur principal, du capitaine, du pharaon, de celui qui est en haut de la vague) m'ont toujours inspiré un sentiment de honte pour lui et provoqué une pointe de jaunisse. En revanche, l'être humain qui garde sa dignité dans l'adversité et même dans la misère, celui qui comprend qu'il n'est pas déshonorant de patauger dans la boue jusqu'aux genoux et qui, malgré les revers cruels du destin, prend le temps à la fin de la journée de fredonner une berceuse qui tranquillise le voisinage, cet être-là je l'aimerais sans mesure. Je lui demanderais de fonder une secte. Les projets condamnés à l'échec séparent définitivement la vie entre l'avant et l'après, écrit – il n'y a pas si longtemps, même si ça paraît difficile à croire – Cormac McCarthy, et dans cet actuel post-échec j'ai commencé à passer le temps (un temps à la fois hypnotique et gracile comme les pirouettes du danseur Baryshnikov) en regardant Quirós travailler dans le jardin. Je le voyais débroussailler, arracher à la main les mauvaises herbes, tailler les arbres et les haies, pulvériser, arroser, bref, toutes ces tâches propres à l'art très ancien de la jardinerie, et j'avais envie, je ne sais pas, de me changer en rosée et de me répandre tendrement sur la végétation. Assise sous le porche, je le regardais en buvant du jus d'orange et en m'éventant. Je suis nulle, vous le savez déjà, pour parler de la question de l'amour, que je ne sais comment aborder. À cause de cette incapacité, je ne peux m'empêcher de penser à ce cinéaste qu'interprétait Orson Welles dans *La Ricotta*, de Pasolini, qui, interrogé sur la mort (pendant le tournage d'un film sur le calvaire de Jésus de Nazareth, où un acteur va réellement mourir de faim), répond : “En tant que marxiste, la mort est un fait que je ne prends pas en considération.” Eh bien, moi aussi :

– En tant qu'universitaire, l'amour est un fait que je ne prends pas en considération.

Mais donnez-moi une chance supplémentaire, une sorte de *bonus track,* et permettez-moi de l'expliquer ainsi : Edvard Munch a peint une scène dans laquelle, au milieu d'une végétation épaisse, une femme aux cheveux roux embrasse la nuque de son amant, qu'elle étreint et enveloppe de son corps nu et de sa longue chevelure comme faite de lianes. Le tableau fut intitulé *Vampire dans la forêt*, mais vous devez savoir que son auteur ne lui donna pas d'emblée ce titre. Munch avait peint un baiser effréné. Peut-être un baiser exterminateur, mais ce fut une autre personne, pas le peintre, qui, en voyant la toile terminée, y vit une vampire mordant le cou de sa victime. Ce désir insaisissable et difficile à penser, comme identifié incidemment par un petit malin un peu tordu, est ce que je ressentais.

Quirós passait des heures au milieu des arbustes et des plantes, indifférent à la chaleur. Il ne rompait que rarement le silence pour me donner des détails sur ce qui restait à faire (un arbre à émonder, les invasions de parasites à combattre, les plantes qu'il faudrait replanter quand cet été brûlant serait fini) et moi j'étais ravie qu'il prononce des mots comme *myrte*. Il est vrai que les vers du Livre d'Isaïe me venaient alors à l'esprit, comme un tic maudit : "Au lieu de l'épine croîtra le cyprès, au lieu de l'ortie croîtra le myrte", mais je les chassais d'un revers de main. Je me sentis heureuse lorsqu'il proposa de semer dans les plates-bandes autour du porche des soucis ou d'autres fleurs aux noms semblables. Toute cette affaire de la verdure paraissait très bien articulée, comme un décor sans failles. Une seule fois je fis allusion à un sujet (disons-le comme ça) professionnel. Par curiosité, je suppose, je lui ai posé une question sur son projet, peut-être abandonné, de faire de *Théorie de la classe de loisir* un film. Vous connaissez probablement ce livre, car *Théorie de la classe de loisir* est un de ces essais sociologiques qui ont traversé les frontières – de plus en plus floues et dispersées, et de ce fait terriblement angoissantes pour les âmes sensibles et omnivores comme la mienne – de la discipline, non seulement parce que c'est un travail pionnier dans l'étude de la fonction sociale de la consommation exacerbée, mais aussi – et surtout – parce que Jorge Luis Borges avait rangé cet essai parmi les livres qui forment sa Bibliothèque Personnelle. En recevant le livre Borges pensa (du moins il l'affirme) qu'il s'agissait d'une satire et il se tordait de rire en lisant comment les classes dominantes nord-américaines s'ingéniaient à se distinguer du commun des mortels. En somme, ce que lut Borges fut la parodie d'un traité de sociologie, et peut-être – en proie à une inquiétude sommaire, je fais maintenant appel au créateur de l'univers – le moment est-il venu d'énoncer une loi sur la fin à laquelle tend tout le champ universitaire. Comment, si ce n'est en éclatant de rire, lire ce passage où Veblen affirme que les classes dominantes, issues de peuples de pasteurs et de climats humides du nord, sont irrésistiblement attirées par le gazon et, plus encore, par l'envie de peupler le gazon de leur maison par une vache décorative? Je pense aux possibilités ornementales de mon jardin. Est-ce que je devrais raser les arbres et les arbustes pour planter des céréales (blé, orge et autres semences pour terrain sec) comme l'ont fait mes ancêtres depuis le néolithique? Je ne saurais pas par où commencer.

Quirós ne sembla pas se formaliser que je fasse allusion à son projet de film, même s'il tarda quelques minutes à me répondre, le temps d'examiner une lavande au pied très sec, ou quasiment morte, pour laquelle il n'y avait plus grand-chose à faire. Non, il n'avait pas l'intention d'adapter toute l'œuvre de Veblen mais seulement – et très librement – les pages de son essai où est expliqué que, dans certains biens de consommation, l'imperfection est jugée comme un signe honorifique, une sorte de marque unique qui identifie l'authenticité de l'objet et donc sa distinction. D'où, selon Veblen, l'attrait des classes dominantes pour les objets faits à la main, de préférence à ceux fabriqués à la machine, en série, à la finition impeccable mais vulgaire.

Il retourna à sa lavande et moi à mes réflexions.

Premièrement. Au fait de choisir un essai et d'en extraire un passage, une pincée, ou mieux, une bouture qui inspire un film, ou l'idée d'un film qui ne sera pas tourné. Pour prendre un exemple, voici ce que raconte Alexander Kluge dans *120 histoires du cinéma*: un frère de Dziga Vertov voulait adapter la première phrase du livre premier, de la première section, du chapitre premier du *Capital*: "La richesse des sociétés où domine le mode de production capitaliste se présente comme une énorme accumulation de marchandises, et la marchandise individuelle comme la forme élémentaire de cette richesse." Que cette phrase puisse engendrer un film m'est impossible à imaginer et provoque en moi des courts-circuits. Pourtant je me déplace comme un poisson dans l'eau dans les théories sur la plasticité des genres, l'expérimentation conceptuelle et le va-et-vient des noms propres. Je ne vais pas nier qu'une citation autorisée est aussi utile qu'un casque de protection. Que c'est un acte de civilisation de ne pas donner à manger au lecteur-spectateur-consommateur de la viande crue, pas indigeste, certes, mais insipide et aux nutriments peu disponibles pour un estomac humain. On raconte qu'au cours d'un dîner, le peintre James McNeill Whistler fit une de ses remarques ingénieuses, qu'Oscar Wilde salua comme d'habitude : "J'aurais aimé le dire", à quoi Whistler répondit : "Ça viendra, Oscar, ça viendra."

Deuxièmement. Dans le passage choisi par Quirós, Veblen mentionne l'entreprise éditoriale dans laquelle se lança William Morris les dernières années de sa vie, en fondant la maison Kelmscott avec l'idée de confectionner des livres d'une rare beauté et si délicats qu'ils seraient capables de faire de la vie une expérience agréable. On a du mal à trouver des raisons de ne pas admirer le rêve de Morris, qui critique avec passion et dureté la production industrielle des objets, leur soumission néfaste aux lois du marché. D'après lui, l'art est le moyen par lequel les travailleurs peuvent sortir de l'esclavage en dignifiant leur existence par la fabrication de beaux produits, au cœur d'une ville idéalement préservée de la saleté. Dites-moi si vous ne trouvez pas cette idée séduisante. Face au machinisme castrateur, le travail manuel confère de la dignité car, outre qu'il permet une belle finition artistique, il rend le processus gratifiant : "Ce sont les travailleurs et pas les pédants qui peuvent créer un art réellement vigoureux." De cette prise de position naquirent les éditions Kelmscott, une alternative aux livres conventionnels (pour Morris des objets bâclés, un succédané du livre idéal) qui se propose de publier des joyaux : des livres faits à la main et à l'ancienne, avec un papier de qualité supérieure, des typographies et des illustrations magnifiques ; des livres artistiques, frères de ceux que se faisait imprimer à titre privé Des Esseintes dans le roman *À rebours*. Il ne fallait pas lésiner sur les fioritures et les ornements. Aucun détail n'était à négliger pour obtenir le volume unique dont les pages, en se tournant, secoueraient un peu la poussière victorienne et procureraient joie et lumière aux gens de bien.

On a du mal à trouver des raisons pour ne pas admirer l'opiniâtreté socialiste de Morris, ai-je dit, mais le fait est que Veblen en trouve, et on est bien obligé d'admettre que son objection au travail de Kelmscott Press est recevable. Ce que blâme Veblen est que seuls des gens argentés peuvent s'offrir les livres merveilleux sortis des presses de Morris. La possession de livres précieux signifie pour Veblen que les classes possédantes font ostentation de leur statut, en ne regardant pas à la dépense pour acheter des livres hors de prix et malaisés à lire, voire dysfonctionnels. Des objets pour se faire mousser, réservés aux collectionneurs et aux snobs, mais pas des livres. Pour des capricieux fortunés dont les petits-fils et les arrière-petits-fils perpétueront la passion familiale pour les livres monumentaux et, comme un signe de bon goût, l'habitude de placer devant le canapé une de ces tables basses chargées de grands livres de photographies magnifiques (accompagnées en général de textes d'un intérêt mineur), de beaux livres mais dont l'objet est aussi éloigné de celui d'un livre-à-lire qu'un tatouage tahitien l'est d'un *tatoo* coquin sur l'aine d'une élève de lycée.

Troisièmement. Ce qui affectait peut-être Quirós était de voir ainsi ratatiné le rêve généreux d'un homme intelligent lorsqu'il était jugé par un autre homme (duquel il n'y a pas de raison de douter de la générosité ni de l'intelligence) par des arguments écrasants. L'objectif de Quirós était peut-être de raconter comment une belle idée finit toujours par aller à sa perte si l'on a la patience d'attendre le temps nécessaire, ce qui par ailleurs n'est pas forcément négatif, car la chute est susceptible de nous émerveiller, comme une acrobatie hallucinante vers le gouffre. L'élégance du fiasco intellectuel est au fond la énième actualisation du roman de la désillusion qui, selon Lukács, constate que l'âme humaine est plus grande et plus vaste que tous les destins que la vie est en mesure de lui offrir.

– Mais tu crois que l'angoisse annonce au son du clairon sa propre fin imminente, n'est-ce pas ? – Ajoutez un rien d'impatience, comme un petit mensonge qui saute aux yeux, surtout au *making-off*.

La réponse de Quirós consista à continuer de bêcher, d'où quelqu'un pourrait déduire : la seule décision vertueuse passe par l'achat d'une maisonnette à la montagne ou, à défaut, d'un lopin de terre où cultiver un jardin, pourquoi pas un potager, et consacrer ses journées à observer comment le règne végétal surgit, pousse, fleurit, donne des fruits et meurt. Ce qui est naturel, il est vrai, ne rompt pas les expectatives, ne déçoit pas, ne promet pas ce qu'il ne peut donner, bien que, soyons sincères, regarder l'herbe reverdir n'est pas la manière la plus excitante de passer son temps. En tout cas, Quirós bêcha, transplanta, tailla, jusqu'au moment où il dut partir. Un matin – je ne sais pas si les coqs, où qu'ils soient, avaient déjà chanté –, il prit ses bagages, ferma discrètement, quasi fluidement, la porte de la maison, et moi, sans quitter le porche, je lui dis adieu en criant "salut et bon vent".

On dit que Thomas Mann s'est inspiré des écrits du jeune Lukács pour créer le personnage de Leo Naphta, le jésuite communiste de *La Montagne magique*, à cause de son étrange hermaphrodisme idéologique et de son esprit combattif, un rien intransigeant et turbulent. Des années plus tard, après l'avoir rencontré pour la première fois à Vienne, Mann écrit dans ses notes personnelles : "Il m'exposa ses théories pendant une heure entière. Tant qu'il parlait il avait raison. Et bien que son discours m'ait laissé le souvenir d'une immense abstraction, j'ai conservé une impression d'honnêteté et de pureté intellectuelle." J'avoue qu'autrefois j'étais parfois anxieuse de savoir reconnaître la pureté intellectuelle, ce qui pose une vieille question – saurons-nous reconnaître le messie lorsqu'il viendra ? et tous ces trucs – que j'ai fini par trancher, mais qui m'est revenue en pleine figure en imaginant le sillage qu'avait laissé Quirós dans le jardin, ses empreintes digitales sur le sécateur, et je regardais les traces de terre humide dessinées par ses pas. En pleine polémique sur le réalisme, Brecht parla lui aussi du purisme de Lukács : "Cela me rappelle la scène d'un film où Chaplin vient de faire sa valise et, tranquillement, se met à couper avec des ciseaux les bouts de vêtements qui dépassent."

J'ai pensé un moment à ces bouts de tissu. Un peu compulsivement, je dois dire.

Maintenant, me suis-je reproché, je devrais enfin comprendre le sens des idées et des phrases qui se bousculent en moi. Alors, comme par enchantement, j'entendis venir du jardin la voix de Quirós qui répétait avec insistance : "Tu n'as pas besoin de comprendre, tu dois juste faire."

J'ai tourné la tête de droite à gauche et de nouveau à droite, et ces mots paraissaient briller de tous côtés avec une logique sensationnelle, comme des perles sur un cou amoureux, comme une nouvelle galaxie, que personne n'hésitera à baptiser du nom de Galaxie Pimpante.

Et en somme, comme il l'avait dit, je l'ai fait.

Vous avez une idée du nombre de noms propres que j'ai cités dans toutes ces pages ? Trois cent trente-six. Et, parmi eux, combien sont ceux d'un mort ? Deux cent quatre-vingt-deux. Les vivants ne sont que cinquante-quatre et, pour de tristes mais très naturelles raisons, le chiffre est destiné à diminuer et atteindre le zéro (terminal, en effet, mais serein et stable comme un volcan éteint). Il est vrai que d'ici un certain temps – disons cinq ou dix ans – je pourrais prendre la peine d'actualiser mes références, de les compléter, les moderniser, et de proposer une nouvelle version de l'histoire de Quirós avec citations, commentaires et plaisanteries mis à jour. Il n'y a aucun obstacle technique à cela, fût-ce mon propre décès, car l'un d'entre vous pourrait – avec les autorisations éditoriales de rigueur, je suppose – s'approprier ce texte, y ajouter de nouveaux noms et rayer ceux que j'ai choisis. Dans quel but ? Inutile d'en chercher un autre que celui de continuer à saturer le monde. Ou faudrait-il déplorer que, même si quelqu'un joint ses futurs efforts aux miens, ou que vienne se greffer un troisième, voire un quatrième écrivain, ces paroles continuent à transpirer de feux follets. Le temps qui va délabrer la maison où j'habite jouera enfin en notre faveur. C'est pourquoi, en ce qui me concerne, je tiens à dire : je vous encourage à ce que ce texte que je suis en train d'écrire soit retouché, amplifié, raccourci ou dilaté jusqu'à ce qu'éclatent ses propres limites, ou engraissé de citations comme un cochon affamé, ou surchargé comme le bouclier du vaniteux Achille… À titre d'exemple, on pourrait ajouter ici une citation prise au vol, comme celle-ci : "N'envoyez pas les bouffons dans l'espace, / je vous préviens", tirée d'un poème sympathiquissime de la formidablement sympathique Wisława Szymborska. Qu'est-ce qu'une citation ? se demande Anne Carson dans son livre *Decréation* : "Un morceau, une tranche, un quartier de l'orange de quelqu'un. Vous sucez le quartier, vous tirez la peau et vous vous éloignez en patinant." Amusez-vous et multipliez les bouchées qu'offrent les nombreux fruits de Notre Bibliothèque Opulente (N.B.O.). Peu importe si vous savourez, détestez ou si au fond vous réprouvez de tels gestes. Laissez-vous porter sans vieux scrupules, avec la satisfaction d'un éphèbe s'élançant complètement nu dans le vide avec son parapente. Rappelez-vous que la cohérence a trépassé depuis belle lurette : ce qui est bon et vrai dans cette page pourrait être néfaste, improductif et radicalement douteux dans la suivante. Voyez mon exemple : jusque-là j'ai mentionné trois cent-trente-neuf noms propres, la plupart desquels, comme vous le savez, sont ceux d'individus qui ne sont plus parmi nous. Mais cette nécrologie calculable et ouvertement reconnue, presque comme un modèle de pensée ou de directive absolue, ne m'a pas empêchée de me moquer de Quirós quand j'ai appris que la première chose qu'il avait faite en arrivant à Los Angeles fut de localiser le virage où était mort Murnau et de le filmer. Il n'est pas impossible, me dit-il au téléphone, que le virage ait conservé une trace spirituelle, comme une aura de l'au-delà, car en fin de compte la vie d'un génie s'est terminée dans cette courbe de la route. *Génie* est un mot qui fait très vieux, comme pré-scientifique et même théologique, vous ne trouvez pas ? Moi, je m'en tiens aux sources de la citation. D'autre part, selon la bibliographie spécialisée sur le sujet, le thanato-tourisme est le "voyage motivé, totalement ou partiellement, par le désir d'une rencontre réelle ou symbolique avec la mort[125]", définition qui, sans esprit polémique, peut caractériser le voyage de Quirós, ainsi que le film dans lequel il était embarqué. Aussi allait-il trouver succulents les jours qu'il passa à Hollywood, ville qui déborde d'amour pour la mort, destination prisée des nécrophiles. Ce n'est pas pour rien que l'archiconnue Walk of Fame (Promenade de la Célébrité) mérite le détour, communément décrite dans la littérature sur ce sujet comme une guirlande de cénotaphes faits à contretemps – *cénotaphe*: du grec *kenos* (vide) et *taphos* (tombe) – et même comme un espace d'approche festive de l'au-delà, quasiment institutionnel, dans une pratique répandue dans le monde entier. Entrez et regardez :

> Les étoiles de couleur rose bonbon du pavement de la Promenade de la Célébrité et, notamment, les empreintes des mains que les célébrités du monde du spectacle pressent sur le ciment sont des manifestations physiques qui lient de manière directe les touristes aux personnages les plus illustres du présent et du passé. La sensation de contact avec la célébrité que procure cette marque sur le sol est renforcée par les tour-opérateurs qui organisent toujours un parcours dans les rues où résident les personnalités de renom. Il est curieux qu'avec une intention semblable, le dernier étage de l'ultramoderne tour Bayterek d'Astaná, fierté du Kazakhstan, exhibe l'empreinte de la paume de la main du président kazakh Noursoultan Nazarbaïev sur une plaque d'or massif. De cet endroit où

125. Tony Seaton (1996) : "Guided by the Dark : from thanatopsis to thanatourisme", *International Journal of Heritage Studies* 2 (4°), p. 240. Comme pour les autres passages mentionnés dans le présent chapitre, la traduction de cette citation est de moi.

l'on contemple toute la ville, les visiteurs peuvent poser leur propre main sur l'empreinte, renforçant ainsi le lien avec leur président[126].

Quirós défendait l'interprétation contraire, tant dans les nombreuses versions du scénario de son film que dans les images qu'il tourna. En fonction d'un critère personnel tout aussi valide qu'un autre, selon lui la Mecque du cinéma a une soif de gloire inextinguible. Un désir manifeste de non-mort, disait-il. Et j'aimais penser qu'il le disait pour moi.

Le soir tombe et une poignée d'imitateurs déambulent sur Sunset Boulevard. John Wayne, Rita Hayworth, Superman, Groucho parcourent inlassablement cette artère, ils sourient, saluent, serrent des mains à droite à gauche et se font prendre en photo avec les touristes en échange de quelques dollars. Soit dit en passant ce petit détail n'apparaît dans aucune comptabilité, on ne tient pas compte des bénéfices que génèrent les célébrités du passé : "Les célébrités mortes, appelées aussi *delebs* (contraction de *dead celebrities*), créent un marché énorme et croissant. Selon certaines estimations, il se monte à 2 250 millions de dollars de revenus chaque année, surtout à travers les droits d'image et les royalties. Depuis 2001, la revue *Forbes* publie un classement annuel des *delebs* qui produisent le plus d'argent[127]." Un Michael Jackson aussi loquace qu'un moniteur d'aérobic se livre pour chaque client satisfait à des pas de danse frénétiques. Les visiteurs profitent du *show;* ils forment un cercle autour de lui, un de ces petits groupes qui ont été décrits avec justesse comme "la part la plus simple,

---

126. Adi Weidenfeld, Richard Butler et Allan Williams (2016) : *Visitor Attractions and Events*, New York, Routledge, p. 142.
127. Denver D'Rozario (2016) : "The market for 'Delebs' : A revenue analysis", *Journal of* Customer *Behaviour* 15 (4), 76.

spontanée et fluide de la liturgie touristique[128]". Il est vrai que des gens détestent les imitateurs, qu'ils considèrent comme une présence déplorable au centre des villes, mais tout aussi vrai que l'impression de décadence qu'ils inspirent disparaît au moment où les spectateurs "pris au jeu, se laissent gagner par le désir intime d'être leurrés et coopèrent au *cadre interactif de l'imitation*[129]". Si on accepte ce jeu comme faisant partie de l'expérience des vacances, alors tout n'est que rires, blagues et joie. En ce sens, faut-il considérer l'imitation comme le rite religieux par excellence de la société du spectacle, un acte magique à la portée de tous ? Je n'y vois pas d'objection : "La technique de l'imitation consiste à maintenir une personne en vie en la réincarnant par une représentation, et faisant en sorte que ses mouvements, son style et même sa voix se déposent et logent dans un autre être humain[130]". Ne serait-il pas licite, sur ce point, de parler de miracle ? Il ne serait peut-être pas exagéré de dire que dans l'acte d'imiter surgit la magie de la perpétuation, comme si toute la trajectoire d'un personnage célèbre avait comme fin principale de servir à ces spectacles de rue où fleurit à tous les carrefours la vie éternelle comme un œillet remontant et qui garantissent que le plaisir ne finit jamais, au grand jamais, mais se transmet généreusement comme une kermesse de grands sourires admiratifs. Quelque chose dans ces spectacles tient de l'alchimie, qui requiert un apprentissage consciencieux. "Pour ressembler à Madonna, explique une imitatrice de

---

128. Otto Liebleren (2014) : "Tourists in motion : on dynamics of vacation packages", *The Psychology of Leisure and Pleasure Asian-American Journal* 24 (4), p. 89.
129. Kerry Ferris et Scott Harris (2011) : *Stargazing. Celebrity, Fame and Social Interaction*, New York, Routledge, p. 120.
130. David Giles (2017) : "The immortalisation of celebrities", *in* Michael Jacobsen (éd.), *Postmortal Society : Towards a Sociology of Immortality*, New York, Routledge, p. 204.

la chanteuse, j'ai dû comprendre que sa carrière s'appuie sur une étude complète de la culture pop américaine et qu'elle-même s'inspire souvent des stars et des artistes du passé. Madonna redéfinit dans son propre style les attributs qu'elle emprunte, si bien que toute influence se transforme, se déplace et ainsi la boucle est bouclée[131]." Cette clôture généreuse et amplifiable n'est pas exempte de difficultés, semble vouloir dire Quirós qui s'efforce de saisir l'instant (fugace, léger, mais très trouble) ou l'imitateur fait malgré lui une grimace insolite. Croyez-moi si je vous dis – j'ai étudié la question à fond, quasiment comme le sujet d'un second doctorat – que dans ce court-circuit d'une intensité et d'une durée infinitésimales où John Wayne cesse d'être minéral et viril, et trahit les stigmates d'un quinquagénaire timide et fragile, Quirós voit effleurer l'homme creux qu'il sera lui-même un jour. Au début d'un article consacré à Murnau et publié dans le nº 312 du *Bulletin de la Société des Études Océaniennes*, Yves de Peretti se demande (comme de l'intérieur d'une cage en or à la porte ouverte) : qu'est-ce qu'un cinéaste sinon quelqu'un qui cherche dans la vie chaotique des autres un écho de ses propres fantasmes, de ses propres doutes ? Je mentirais en disant que je n'ai pas frémi en comprenant – pas tout de suite, pas cette première soirée déjà lointaine, où je lui ai ouvert à contrecœur la porte grinçante de la maison, mais progressivement, comme la lune s'agrandit nuit après nuit jusqu'à apparaître pleine et souveraine – que Quirós en était arrivé à voir en moi le visage de sa future vieillesse dématée : solitude, déraison et espoirs enfuis. Dans la maison délabrée (dans les objets abandonnés, et même dans le bruissement de mes mouvements maussades, dans la brusque fermeture des tiroirs, dans mon avachissement), il avait

131. Brian Howell (2007) : *Fame Us : Celebrity Impersonators and the Cult(ure) of Fame*, Vancouver, Arsenal Pulp, p. 71.

peut-être perçu un verdict anticipé, car là se trouvait, comme écrits en chapitres, les ragots d'une famille déchue, l'étude complète de son œuvre précaire et de sa vie, entre oisiveté et ratages : son bilan résumé dans un article monographique. La prose universitaire n'est-elle pas l'eau stagnante où doivent finir toutes les vies ? Je n'ai jamais su jusqu'à quel point il était conscient que j'étais condamnée à décrire académiquement ses faits et gestes, telle une tâche imposée par un professeur dément et rigide comme un bâton de bouleau. En tout cas il paraissait apprécier ma compagnie.

Il la chercha une fois par téléphone, vous le savez déjà, quelques jours après son arrivée à Los Angeles. Et, emportée par je ne sais quelle bourrasque, je me mis à lui parler de morts violentes (de pauvres malheureux qui, en une seconde maudite, mettent fin à leur vie) et en particulier d'accidents de la circulation. Je mentionnai Warhol et son œuvre *Silver car crash*, je divaguai sur la rencontre de la chair humaine avec la face cachée de la prospérité matérielle et, sur la jouissance de la vitesse portée à ses ultimes conséquences, je citai *Crash !*, de Ballard (en dilatant mon discours sur l'extase de la collision, du spectacle sanglant de viscères, liquides et flux), et terminai en comparant la voiture à un *deus ex machina* qui met un point final à une histoire comme celle de Murnau, une broche brillante qui évite une mort douloureuse à cause du vieillissement, la maladie de Parkinson ou une maladie honteuse et encore inavouable. Tout cela sortait de ma bouche à gros bouillons, ce qui au moins amusa Quirós. Quand on regarde ses films, il saute aux yeux que Murnau était horrifié à l'idée de devenir vieux, un sentiment que je partageais à ce moment-là : en fin de compte il y a un million de raisons pour détester l'idée de sa propre vieillesse et, en effet, depuis quelques semaines j'étais moi-même bouleversée à la perspective d'avoir bientôt trente-deux ans, âge où – en me fondant, comme vous le savez, sur l'analyse qualitative d'un nombre suffisant d'histoires, d'un corpus d'études que je me permets de trouver représentatives – j'aurais dû cimenter une trajectoire qui m'eût aujourd'hui procuré une stabilité paisible et, mieux encore, ce que l'on pourrait appeler un *certain parachèvement.* Je gardai pour moi, bien sûr, cette amertume si particulière et continuai à improviser une théorie délirante sur la chance de mourir à l'acmé de la vie, quand le soleil est au zénith, qu'on se lève le matin sans sentir ses jambes flageoler. Quirós m'écouta avec plaisir, pour finir par dire qu'il devait se mettre à travailler[132]. Avant de raccrocher il m'expliqua d'un ton pressé que pendant les années de l'Hollywood classique, il était courant que les célébrités fassent appel à des voyants, ce que Murnau faisait régulièrement, c'est pourquoi Quirós essayait depuis plusieurs jours de trouver une spirite de renom mais très discrète, la plus réputée de Los Angeles, dont le numéro de téléphone lui avait été donné, après qu'il eût beaucoup insisté, par Luciano Berriatúa, lequel l'avait rencontrée lorsqu'il avait été engagé par la société de production Saturno Movies pour collaborer à la documentation d'un film (*L'Ombre du vampire*, avec John Malkovich dans le rôle de Murnau) que je n'ai pas encore vu[133]. En tout cas,

132. Il ne m'échappe pas que certains d'entre vous trouveront irritant d'appeler "travail" les activités auxquelles se consacrait Quirós. Mais je n'ai pas la force d'argumenter en faveur de cette dénomination. Pour aller au plus facile, je trancherai la question en disant : le travail, selon la physique, est l'énergie en mouvement, et dans ce sens Quirós (et moi aussi) travaillions à plein rendement.

133. Les livres et les films s'accumulent sur ma table de nuit à une vitesse très supérieure à ma capacité de consommation. J'ai beau m'efforcer, je n'en viens pas à bout. Parfois, lorsque je suis sur le point de m'endormir, j'ai l'impression qu'ils me sautent dessus, anxieux de sortir de l'énorme-pile-de-livres-et-de-films-à-lire-et-à-voir et cherchent à me provoquer.

Quirós n'avait pas encore trouvé ce médium mais, me dit-il d'un ton inquiétant, le cercle de ses recherches se resserrait et c'était imminent. Au lieu de siroter des margaritas, d'arborer des chemises à fleurs et de paresser au soleil (dans cette ville aux avenues plantées de palmiers qui avait dû paraître au Berlinois Murnau, du moins au tout début, l'antichambre du paradis), Quirós passait son temps à filmer des lieux, portes d'entrée à de nouveaux et singuliers sujets, dit-il, inépuisables comme le parcours d'un labyrinthe, tant que durait la batterie de la caméra et qu'il restait assez de mémoire disponible pour stocker des images, ajouta-t-il avant de prendre congé par un insipide au revoir.

Je n'imaginais pas alors que Quirós interrompait la communication pour toujours. Il m'oubliait sans pitié et je m'en rendis compte peu à peu, au fil des jours où n'arrivait plus aucun message de lui. Je consultais sans cesse mon téléphone portable, les canaux de communication restaient ouverts, mais rien ne venait. La maison inhabitée produisait un son qui ne m'avait jamais paru aussi décourageant. Les nuages défilaient dans le ciel, le jour se levait et la nuit retombait. Il faisait chaud, puis beaucoup plus chaud. Oméga mangeait avec le même appétit. Je suis restée de nombreux jours au lit, en me tournant d'un côté et de l'autre à la recherche de la fraîcheur des draps, et le matelas commença à prendre au centre la forme de mon corps et la couleur grisâtre des temps morts, semblable à la trace d'un essai nucléaire sur un atoll, soi-disant dépeuplé. La presse *online* et les réseaux sociaux étaient saturés d'individus hyperactifs qui s'échangeaient des banalités sur des sujets d'actualité (autrement dit des sujets d'hier, d'aujourd'hui et de demain, qui occupent notre esprit et nous distraient sur le moment).

– Quant à moi, pouvons-nous maintenant parler de ce que les sociologues et les psychologues ont baptisé "mort sociale" (dont la bibliographie est énorme) ?

Et, comme d'habitude, je me répondais : en effet, diagnostic très juste, Dr. Silva ! Il n'était pas possible de nier ce que disaient les objets et que criaient mon ordinateur et mon téléphone : tu es morte. Perte d'identité, étiolement de la connectivité, ostracisme… et autres mots clés, qui offrent des nuances subtiles mais révélatrices. Ce que je ressentais était beaucoup plus terminal que le désamour. C'est peut-être pourquoi je me suis concédé de déroger à mon engagement et, à cette heure du matin dont je me souviens, pour son odeur et sa viscosité de nitroglycérine, je me suis inclinée dans le fauteuil pour atteindre mon téléphone et écrire un message à la jeune et mystérieuse sociologue. Retrouvant mon autorité, je me mis à pianoter sur les touches. Malheureusement je ne vais pas pouvoir écrire l'article sur Arnold Kreikamp – suivi d'une excuse bidon. C bien domaJ, me répondit-elle, Rnld Kreikm meriT 1 étude pouC. Je fus agacée par son orthotypographie indisciplinée, qui suggérait : hâte/action trépidante/anarchie, mais je ne pus supporter son audace. Je regrette de te dire que j'ai de sérieux doutes sur l'existence d'Arnold Kreikamp, répliquai-je. Tu ne te tromperais pas de nom ? Ou, mieux dit : tu ne serais pas en train de te moquer de moi ? Et elle, sans prendre la mouche, aussi élégante et cryptique dans sa réponse, comme ces princesses de jeux vidéos qui donnent des indices sur la route à prendre, ajouta en employant cette fois toutes les lettres :

– Je répète que c'est dommage : SI ARNOLD KREIKAMP N'EXISTE PAS, IL DEVRAIT EXISTER.

Je dois maintenant vous dire que je me suis endormie et que j'ai rêvé d'elle, mais je ne me rappelle aucun détail de mon rêve. Tant mieux. Les rêves sont innocents et volatiles, comme l'enfance, et tout effort de les préserver intacts est vain. Je dois aussi vous raconter qu'en me réveillant, une impulsion sentimentale m'incita à m'enfermer dans l'armoire de ma chambre, une vieille armoire d'un bois châtain, aux contours arrondis, munie d'une seule porte qui s'ouvre par une poignée en forme de guirlande de fleurs. Sans réfléchir je m'y suis enfermée et j'ai aussitôt ressenti consolation et amnistie, ce qui explique que j'en suis sortie de moins en moins : essentiellement pour manger quand j'avais faim. Le câble de l'ordinateur portable qui sortait de l'armoire et me reliait à une prise de courant, comme un cordon ombilical, empêchait de fermer complètement la porte, aussi ne passait à l'intérieur qu'une étroite frange de lumière. Peu après son mariage avec Ljena Grabenko, une anarchiste russe très instable qui avait fui son pays après avoir été condamnée pour terrorisme, Lukács reçoit une lettre de son père dans laquelle il commente la nouvelle inattendue du mariage de son fils : "Tu étais souvent un monde étrange pour moi, mais au moins étais-tu accessible pour mon intellect. Maintenant je suis devant un puzzle incompréhensible et, vraiment, je ne puis rien dire de plus que *des Menschen Wille ist sein Himmelreich.*" Ce qui signifie en allemand – pas en hongrois : *la volonté de l'homme est son paradis*, et cela dit, comme souvent, il fait un généreux virement sur le compte bancaire de son fils. Je peux dire par analogie que ma volonté est aujourd'hui de passer autant d'heures que possible dans l'armoire de ma chambre, qui matérialise le souvenir très vif du garde-manger qu'il y avait dans la maison de village où vécurent toujours mes grands-parents et qui était ma cachette préférée pendant les jeux de mes vacances enfantines. D'ailleurs je ne dis plus "l'armoire" : je dis "le paradis". Dans ses conseils sur la technique théâtrale, Michael Chekhov écrit : "L'acteur peut se recroqueviller, en un geste psychologique de *blottissement*, sur son propre corps et même *disparaître* de son imagination. Il peut diriger ce geste vers le sol et continuer jusqu'au centre de la terre." Adoptant cette instruction, je me suis transformée en une actrice jouant le rôle d'espace vide, à l'intérieur d'une vieille armoire. D'autres fois, j'imagine que je suis une sorte de test visant à démontrer, que sais-je… tantôt, la surexploitation des ressources linguistiques, tantôt les conséquences physiques et psychiques de la carence en vitamine D. Le fait est que j'ai commencé à me trouver si souverainement bien dans le garde-manger que lorsque le téléphone a sonné, je ne suis pas sortie répondre. Je n'ai pas tardé à apprendre que c'était un appel de mon amie Ana María, qui arriva quelques heures plus tard à la maison, où elle entra en se servant du double des clés que je lui avais confié. Je souhaitais peut-être, au fond de moi, qu'elle me sauve de quelque trouble pensée. Je n'ai pas bronché en entendant s'ouvrir la porte du vestibule, ni les pas résolus de mon amie dans le couloir menant au salon, puis vers ma chambre où, se frayant un chemin parmi les objets, elle se rapprocha de moi. Ma réclusion excentrique ne me faisait pas honte, plus rien ne le pouvait. Avec un naturel renversant, Ana María me demanda ce que je faisais dans l'armoire, à quoi je répondis par la pure et simple vérité : il y fait plus frais, et comme j'avais l'air sincère, elle parut satisfaite et me tendit un cadeau, un petit paquet pompeusement enveloppé de cellophane fuchsia contenant une de ces boules de verre qui, agitées, simulent une jolie chute de neige, lente, paisible. À l'intérieur de la boule, un couple de flamants formait tendrement avec leurs cous et leurs becs la silhouette d'un cœur. C'était ce qu'on appelle un cadeau au message charmant.

– Bon anniversaire, dit Ana María en me prenant dans ses bras.

Empruntant quelque part (à Robert Walser, dont la dépouille mortelle, après avoir été recueillie dans la neige, fut enterrée au cimetière de Herisau en Suisse) une phrase frappante, j'aurais pu dire : les grands tragiques périssent à trente et un ans, et moi je continue à respirer. Mais je m'en abstins. En me tirant par le bras,

Ana María me convainquit de sortir un moment du garde-manger. Elle étendit sur le matelas *king-size* un drap propre, qui avant de retomber se gonfla comme la panse d'un grand félin, et, pelotonnées, nous avons pris le thé et bavardé : premier sujet (introductif), deuxième sujet, troisième, quatrième, cinquième sujet (en réalité une répétition du troisième, très amusant). Nous avons ri de bon cœur. Le rire d'Ana María est contagieux, et il est drôle en soi de la voir plisser les yeux et montrer lentement, d'abord ses dents de traviole mais d'une blancheur éclatante, puis les gencives supérieures, brillantes, presque violettes. Elle se roula un joint (avec la décontraction feinte, mais d'un parfait naturel, d'une trentenaire échouée à son insu depuis l'adolescence dans *MTV Unplugged in New York* de Nirvana), tandis que nous faisions cuire des spaghettis dans une énorme casserole que nous avons ensuite engloutis avec beaucoup de beurre. Avant de terminer sa ration, mon amie forma des lettres sur son assiette (d'une écriture arrondie, prétendument infantile, faite de bouts de pâtes), où on lisait *bon anniversaire*. Walter Benjamin (enterré au cimetière de Portbou) écrit quelque part que de toutes les manières d'acquérir des livres, la plus louable est de les écrire soi-même. Alors nous vint en même temps à l'esprit l'inexistant Arnold Kreikamp qui, par la force du désir et à l'encontre de la logique, fut créé dans nos bouches aussi gratuitement que tout être humain.

Arnold Kreikamp : nom de plume de Karl Becker, écrivain allemand dont l'œuvre (très peu connue) doit s'inscrire dans la Nouvelle Objectivité. À part qu'il naquit dans la coquette ville frontalière de Lindau, à une date incertaine (mais *circa* 1895), ses origines restent floues. Il paraît établi qu'il ne connut pas sa mère, peut-être morte pendant l'accouchement, et son père qui possédait une épicerie, ou n'en était que le gérant, épousa en secondes noces une jeune femme déséquilibrée, italienne ou peut-être espagnole. Ses nerfs (ceux de la belle-mère de Karl) explosaient souvent dans une bataille sanglante contre l'étouffant autoritarisme wilhelmien, rendant impossible toute coexistence, cause probable de l'envoi de Karl à Berlin pour y passer son baccalauréat. Il y logea chez sa tante Lily qui, solitaire comme une lune, tenait une humble pension populaire, où l'adolescent sensible qu'était Karl côtoya des travailleurs qui, séparés de leurs familles, s'efforçaient de gagner leur vie dans une époque plus que misérable : pouacre, comme peu le furent, mais exceptionnellement pouacre. Aucun doute que cette expérience marqua la vie de Karl et, bien sûr, son œuvre qui, à première vue, semble écrite avec la gêne d'un homme qui a un caillou dans la chaussure. Aucune archive n'indique si Becker effectua ou non son service militaire, mais on sait que son premier emploi fut celui de reporter dans un petit journal berlinois et que jusqu'à sa mort prématurée il ne cessa de publier des chroniques sur la vie trépidante de la grande ville, qui le fascinait et dont il se sentait en même temps rejeté. On ne sait pas non plus exactement quand il fit la connaissance de l'éditeur Ernst Rowohlt, qui publia sa première œuvre, un roman bref d'inspiration expressionniste, *Anna au lac*. Dans ce livre de souvenirs d'enfance, Karl décrit ses sensations devant les eaux du lac de Constance, à travers le personnage d'une jeune fille fragile comme un pavot, qui est enlevée par des bandits qui la prennent pour la Dame du Lac et s'agenouillent à ses pieds, ce qu'elle observe d'abord avec surprise, puis avec un plaisir croissant, l'amenant à devenir la chef sanguinaire de la petite troupe. On ignore comment fut accueilli ce roman, à la différence du recueil de poèmes *Plantes carnivores* qui, en 1925, fut l'objet d'une brève recension dans le *Völkische Beobachter* critiquant le style expressionniste alors passé de mode. L'auteur de l'article remarquait que le monde menaçant de Becker n'intimidait plus personne depuis longtemps et, tout en faisant l'éloge du talent rythmique du poète, lui recommandait, sur le ton paternaliste d'un homme ventripotent, d'ouvrir grand les yeux sur l'actualité, de parcourir les rues et de s'occuper de l'imminent. Malgré la colère que provoquent en nous ceux qui osent donner des conseils, nous devons remercier le critique du *Völkische Beobachter*, car Becker, qui n'était plus un gamin, donna un coup de gouvernail à sa littérature et, après quelques années d'un travail consciencieux, il publia en 1936 le roman *Un mauvais jour*, dont le personnage, un employé de bureau récemment congédié, victime de l'effondrement de la République de Weimar, tombe dans un puits de désespoir et, à la suite d'une liste d'infortunes longues comme un jour sans pain, finit par être injustement condamné et mourir, sans la consolation d'une main amie, dans le plus amer abandon. Avec *Un mauvais jour*, Karl Becker étrenne le pseudonyme d'Arnold Kreikamp, peut-être pour préserver son authentique moi. Homme aux goûts conventionnels, avec un certain penchant pour passer inaperçu et se confondre avec les murs (un de ces individus dont les invités d'une fête ne gardent aucun souvenir), son vrai nom allait être son refuge et son issue de secours. L'invention de son pseudonyme n'avait rien à voir avec ceux qui changent de nom pour montrer leur détachement d'un père oppresseur, favorisant en somme l'éloignement de leur famille originelle, comme ce fut le cas de son contemporain Hans Fallada.

Quoi qu'il en soit, l'éditeur Rowohlt ne pensait pas que les critiques allaient saluer la publication de *Un mauvais jour*, ni que le roman n'allait pas déplaire au tout-puissant ministère de la Propagande. Contre toute attente, le *Völkische Beobachter* fit une recension très favorable de l'œuvre de l'inconnu Arnold Kreikamp, défendant l'opinion (sensée mais aléatoire) que la vie pourrait être un peu moins brutale moyennant une planification adéquate.

Dès lors, la chance du triste Karl tourna : le livre commença à se vendre comme des petits pains – les lecteurs s'identifiaient à la déchéance du personnage – et il fut traduit dans plusieurs langues (y compris l'espagnole, par l'éditeur José Janés). Goebbels quant à lui – lequel, soit dit en passant, était docteur ès lettres, comme aiment à le rappeler ceux qui assurent que le goût pour la littérature ne rend personne ni meilleur ni plus sensible – fut enthousiasmé par le tableau impitoyable que *Un mauvais jour* dressait de l'Allemagne de l'après-guerre. Selon lui (son pied-bot ne l'empêchait pas d'aller très loin dans l'art de la déduction), Kreikamp applaudissait à l'ascension du Führer au pouvoir d'un pays moribond. Karl (en réalité Arnold) fut convoqué au ministère pour un entretien, qu'il différa maintes fois jusqu'à ce que l'ombre de l'outrage commence à planer sur ses excuses. Lorsqu'il se retrouva enfin devant Goebbels, il ne put éviter de se voir chargé d'une mission : inventer et écrire une histoire sur un jeune Aryen, adorable et intelligent, qui passe des vacances sur l'île de Rügen. À contrecœur, craignant que l'Association des Écrivains du Reich ne le déclare indésirable et interdise la publication de ses livres, comme cela était arrivé à d'autres, Karl signe un contrat par lequel il s'engage à remettre un roman dans un délai de trois mois. Il ne sait rien faire d'autre qu'écrire et il a besoin d'argent. En prenant congé de lui, en le tenant par l'oreille gauche, le boiteux Goebbels insiste sur le caractère optimiste que doit avoir le roman. Une belle histoire qui émeuve tout cœur adolescent fils du Reich. En fait, le ministère de la Propagande voulait, avec le roman de Kreikamp, promouvoir les bontés de la Kraft durch Freude (une organisation dont le nom signifie "la Force par la Joie", qui avait pour mission de gérer le temps de loisir des travailleurs, à l'exemple de l'œuvre nationale Dopolavoro de l'Italie fasciste) : pour quelques marks, les ouvriers pouvaient passer les fins de semaine à la campagne, faire du sport, assister à des concerts ou des spectacles de cabaret, et même s'embarquer sur des paquebots qui, sous le slogan "travailleurs allemands sur les sept mers", les emmenaient à Madère, dans les fjords norvégiens, à Naples… La stratégie du régime était de mettre ainsi fin au poison de l'ennui et à inciter les ouvriers à enterrer la hache de guerre avec laquelle ils devaient affronter, selon la théorie marxiste, les classes possédantes. Il n'existe pas de nation, répétaient jusqu'à la nausée les journaux, qui prenne autant soin de ses ouvriers que le fait l'Allemagne. Selon ce qu'apprit Kreikamp de la bouche même de Goebbels, le gouvernement allait construire un complexe hôtelier colossal, le plus grand du monde, sur l'île de Rügen, au bord de la Baltique, qui devait être le premier d'une série d'établissements destinés aux ouvriers allemands. Celui de Prora était un motif d'énorme fierté pour le Führer, surtout depuis que le projet avait remporté le premier prix de la Foire mondiale du tourisme à Paris en 1937. Le livre de Kreikamp devait être une forme de publicité pour sa construction et enthousiasmer le peuple. Si tout se passait bien, on pouvait même envisager une adaptation cinématographique, ce qui, dut penser Karl-Arnold, sans éprouver de grandes réticences à collaborer avec les nazis, allait lui rapporter des gains qui mettraient fin pour toujours à ses conditions plus que misérables d'existence. Quelques années plus tard, dans un essai collectif, qui participa très tardivement au débat sans solution *exil intérieur contre exil extérieur*, un des rares amis de Kreikamp justifia que celui-ci ait accepté la proposition de Goebbels en arguant que, beaucoup plus dur qu'émigrer, était de "supporter chaque jour les coups immondes du fascisme, sa ruine spirituelle qui pénètre les os d'un peuple devenant à pas de géant une masse de lâches et de mouchards", et déplorant l'affirmation outrageante de Thomas Mann selon lequel les livres publiés en Allemagne entre 1933 et 1945 ne méritaient pas d'être lus, car "ils dégagent l'odeur du sang et l'ignominie". Kreikamp avait commencé comme écrivain apolitique qui ne supportait pas l'idée de quitter son pays, puis, avec l'arrivée de temps plus pervers, il choisit de s'imbiber, avec le peuple, de la misère morale et de la raconter. Si bien qu'à l'échéance du délai le manuscrit de *La Plus Belle Île* fut déposé sur la table de Goebbels qui s'émut aux larmes de la tendre histoire de Fabian et de sa sœur Lily, les deux enfants d'un couple qui, après avoir vécu dans la misère, sont engagés comme ouvriers dans une usine d'ampoules, voient leur sort s'améliorer et dont la prospérité culmine quand la famille vient passer quelques jours de vacances dans la baie de Prora, à Rügen. Goebbels pensa cependant que quelque chose pouvait être amélioré dans le roman. Il y manque enthousiasme et gratitude, dit-il, ainsi qu'un personnage de Juif, difforme et mesquin, en contrepoint des parents droits et intègres de Fabian. Kreikamp, qui s'était rendu un peu ivre à la réunion du ministère, écoute au début, acquiesce, demande une semaine pour introduire les changements opportuns, mais renonce bientôt à écouter, de sorte qu'il n'apprend pas que le grand Emil Jannings a accepté de tourner une adaptation cinématographique du roman, dont Thea von Harbour se chargera du scénario. Cette nuit-là, Karl Becker meurt d'une surdose de morphine, en tenue bavaroise, short en cuir et chapeau en loden décoré d'une petite plume de perdrix, laissant près de lui un dernier mot (plutôt banal) adressé à Louise Escoffier, qui avait été son premier amour.

Il fut enterré : au cimetière de Friedenstraße, Berlin.

Doit-on considérer *La Plus Belle Île* comme un roman inachevé ? C'est ce que suggère une imprécise mais éloquente note de bas de page dans l'essai (aujourd'hui introuvable) *Danke, Chef! Les ouvriers se baignent dans la Baltique.* En tout cas, cet inachèvement était au fond très cohérent, semblable à celui du complexe Prora. Huit grands immeubles d'habitations, avec vue sur la mer, furent construits, mais les piscines, les restaurants et le cinéma restaient à faire lorsque la guerre éclata. Les maçons qui travaillaient au chantier furent envoyés comme ouvriers dans une usine d'armement. Jamais un travailleur ne foula Prora pour y passer des vacances. Les dix mille chambres furent occupées par des réfugiés venus de Hambourg et par le personnel de la Luftwaffe. Une fois signée la Déclaration de Berlin, les soviétiques se servirent des installations comme base militaire, avant de les abandonner.

En ce qui concerne Becker, il fut rapidement oublié, comme un cadavre en décomposition entraîné par les marées littéraires, soumises sans doute au magnétisme exercé par des auteurs comme Mann ou Kafka, dont le génie éclaire et structure, mais aveugle, raye et efface avec la même puissance. Les écrivains de la Nouvelle Objectivité (parmi lesquels il faut compter Becker-Kreikamp) sont souvent abordés de manière évasive par les historiens des lettres européennes. On dirait que leurs considérations sur la littérature antérieure, si captivante, sont le fait d'écrivains insipides (plus proches du journalisme que de l'art authentique) qui, au spectacle désolant d'hommes et de femmes pitoyables qui font la queue devant le bureau d'aide sociale, furent incapables de maîtriser leur stylo et clouèrent la littérature dans le tapis du social, épais et humide comme la mousse, la condamnant à devenir la plupart du temps circonstancielle, lestée d'engagements, et surtout à être râpeuse comme écrite sur un papier grossier. De toute façon, ce n'est qu'une hypothèse que je lance ici, comme toutes les autres.

– Tu te rappelles ce que tu m'as dit sur Barcelone et son métro le soir où nous avons fait connaissance ? Je crois que je l'ai enfin compris. – Et, pleine de gratitude, j'ai embrassé Ana María avec l'amour le plus pur.

Sa réponse, je l'ai oubliée, mais pas le mouvement de ses lèvres, ni son geste que j'ai interprété comme une délégation de ses mots : elle sortit d'une poche de son pantalon un téléphone portable et, tendant le bras, elle prit une photo de nous deux, sur laquelle mes yeux sortirent jaunâtres, comme deux olives humides. J'insistai à prendre une autre photo, mais Ana María déclara d'un ton tranchant qu'elle s'opposait à la répétition, en général, et que les yeux de la photo étaient, ni plus ni moins, ceux magnifiques de mon visage tels qu'elle les voyait, puis elle me demanda ouvertement, avec un rien d'impatience, si je comptais retourner dans mon garde-manger, et je lui répondis que oui. Je fus soulagée qu'elle ne tente pas de m'en dissuader. À la fin du roman *Middlemarch*, Mme Cadwallader dit à Dorothée, enfermée à double tour dans sa maison, d'une tristesse infinie après avoir compris où l'avait menée la vie : "Pensez un peu à l'ennui que vous infligeriez vous-même à vos semblables si vous jouiez toujours les reines de tragédie en prenant les choses de façon sublime. Installée seule dans la fameuse bibliothèque de Lowick vous pourrez croire que vous gouvernez les éléments ; il faut rassembler autour de vous quelques personnes qui ne vous croiraient pas si vous leur disiez cela."

Ces paroles, les plus dures que l'on puisse dire à une amie, je ne les entendis pas heureusement de la bouche d'Ana María, de même que je n'aurais jamais pu les lui adresser, car son existence, vue dans une juste perspective (qui n'est ni peu lointaine ni trop pieuse) est une alternative à la mienne, avec des composantes semblables.

Oubliant que nous fêtions mon anniversaire, il nous vint à l'esprit quasi simultanément un sujet que nous éprouvons périodiquement le besoin d'évoquer, avec un plus grand malaise qu'il n'était sensé de ressentir à ce moment-là. Laquelle de nous deux allait enterrer l'autre, lire son nom sur une tombe ? Nous ignorons dans quel cimetière reposeront nos restes, bien qu'il soit probable que ce sera un cimetière de Barcelone. À choisir, nous aimerions qu'il soit vaste et que le jour de notre enterrement il y ait des cérémonies d'adieux, des familles, des amis en pleurs côte à côte et, selon les paroles d'Ana María, unis dans une lamentation collective et d'une certaine façon transcendantale.

– Un cimetière est un catalogue de noms gravés dans la pierre qui deviennent muets, comme des hyperliens usés qui ne mènent plus à des histoires kilométriques.

La paix éternelle, le repos mérité.

Ana María semblait satisfaite lorsque, subitement, elle annonça qu'elle partait. Elle sortit de la maison d'un pas pressé et disparut, comme s'envolant vers les nuages, tout en disant entre ses dents je ne sais quoi sur un travail qu'elle devait remettre à l'éditeur à telle date. Elle employa le mot anglais *deadline*, en serrant un peu les poings comme sous l'effet d'une tension soudaine. En réponse, adressée plutôt au cosmos qu'à la fuyante Ana María, j'ajoutai que moi aussi j'avais beaucoup de choses à faire le lendemain de bonne heure, car l'automne arrivait et un nouveau cours allait commencer, un de plus. Bonjour à tous. Bonjour à toutes. Je m'appelle Beatriz Silva et nous entamons le cours de sociologie des loisirs, du tourisme et du sport. Cette séance inaugurale terminée, je retournerais promptement dans mon garde-manger, comme un grand lièvre dans son terrier, et je comptais agir ainsi, sans modification, du premier jusqu'au dernier jour de cours, et même après l'examen final. La nouveauté de mon programme consisterait en une leçon sur l'île de Rügen et une autre sur Tropical Islands, dont l'histoire, pour paraphraser Quirós, comporte des éléments fondamentaux pour comprendre non seulement les formes les plus récentes des loisirs de vacances, mais aussi, disait-il, l'annulation contemporaine de l'exotisme.

Deux, si ce n'est trois cours ont passé depuis qu'il était revenu puis reparti et la chaleur, la maison et moi demeurions dans le même état, avec l'obstination d'une porte battante, tap-tap tap-tap, que le souffle du vent ouvre et ferme. Inutile de dire que ces impulsions qui s'emparent soudain de moi, où j'affirme sans sourciller que je vais abandonner la vie universitaire, ne sont que fumée vite dispersée. Opiniâtre autant que contrite, année après année, je monte sur l'estrade et je me présente : chers jeunes gens, je suis le professeur Beatriz Silva, et tout-ce-qui-s'ensuivit.

Mais qu'est-ce qui freine ton départ de l'université que tu as annoncé avec tant de pompe et qui, dans le fond, pourrait te réconforter ? L'un d'entre vous, le plus attaché aux détails, ou peut-être le plus candide, ferait bien de poser la question. À cette âme attentive, je prendrais la main et lui raconterais, comme on dévoile un secret qui n'en est pas un, que quelque chose de plus puissant que moi anéantit tout noble sentiment, comme est voué à chuter tout désir durable, et que je dois faire quelque chose de mes journées avant que la mort noire vienne me chercher. En guise de commentaire en marge et même forfuit, formulé à contretemps, je dirais à cet auditeur imaginaire et sans doute idéal :

– Mon cher, ce n'est qu'en restant professeur que je peux conserver un accès à des millions de publications *online* logées dans le cyberespace et surveillées si restrictivement qu'elles ne sont à la portée que de ce que l'on appelle, de façon présomptueusement fraternelle, "communauté universitaire".

Pour le dire simplement : l'université me tient dans ses mains, bien serrée comme dans une relation toxique, car j'ai besoin d'une carte de professeur portant le chiffre qui sert de code pour accéder à la production scientifique mondiale *online*, réservée aux abonnés. La liberté consiste aussi à choisir la drogue que l'on préfère, et même les préados qui sniffent de la colle à la récréation devraient raconter partout l'énormité de leur défonce, car c'est la réalité du monde. Dit plus techniquement : ma continuité comme être vivant dépend de ma possibilité de connexion à Internet à travers le *proxy* de l'université, qui fournit de nombreux et appétissants abonnements, et sert d'intermédiaire entre moi et le savoir, pas très différemment du dealer qui à l'époque me vendait du haschich, la drogue selon moi la moins inélégante. Faute de quoi : *you are not currently authenticated.* Puis : *password required* ou *purchase content.* 19,95 $, 36 $, 115 $ pour chaque publication, comme le *insert coin* d'un flipper. Sans licence, pas de sol sous les pieds, alors il vaut mieux accepter. Voici un fait historique, monumental comme il y en a peu : Aaron Swartz (1986-2013) tenta de subvertir la logique d'accès par abonnements, fut poursuivi et accusé, et finit – faisons une minute de silence – mort. Il est enterré à Arlington Heights (Illinois), au cimetière Shalom Memorial Park, pour être précis.

Comme imaginé par le diable, le principe du moindre privilège régit nos vies et affirme, dans une langue d'apparence juste et raisonnable, et soi-disant en faveur de la sécurité collective : *un usager ne doit avoir accès à cette information et à ces ressources que si elles sont nécessaires à ses fins légitimes.*

Que seraient mes fins légitimes si j'abandonne l'université ? me suis-je demandé à la fin d'une nuit épuisante. La réponse que j'ai trouvée me fit voir que aussi médiocre (aussi frauduleuse que, de plus, elle puisse devenir entre mes mains) que soit la mission dont me charge le contrat que j'ai signé avec la faculté de sociologie, elle me donne des ailes pour lire. Lire en diagonale ou en détail, toujours brouillonne dans mes flâneries si sexy. De sorte que ma fragile appartenance au monde passe par mon maintien dans l'université, comme une lente sur le cuir chevelu d'un homme qui dissimule avec du parfum qu'il ne se lave pas. Comment alors ne pas m'agenouiller aux pieds de Quirós s'il arrivait avec un tas d'histoires gratuites et accessibles, qui, loin de sentir la mer intérieure, se mouvaient avec aisance comme poussées par les vents planétaires ?

Cela dit à ma décharge, car avec le temps j'ai réussi à surmonter ma colère et à reconstruire minutieusement le voyage de Quirós, comme un vice devenu dernières volontés. Grâce au contenu de sa boîte, je sais que son séjour à Hollywood se poursuivit comme prévu : il s'était entretenu avec la voyante (qui l'adressa à une société spirite promettant des séances de contact avec des célébrités mortes), mais cette rencontre ne produisit aucun fruit ; il fit aussi la connaissance du capitaine d'un des rares bateaux qui aujourd'hui encore font la liaison Los Angeles-Tahiti, en empruntant la route suivie en son temps par Murnau à bord de son voilier. Le cargo *Cap Tapaga*, battant pavillon de Trinité-et-Tobago, avec un équipage de quinze Philippins, parcourt la route circulaire Long Beach-San Francisco-Papeete-Apia-Pago Pago-Long Beach (que je connais pour avoir lu Robert L. Stevenson, Somerset Maugham, Jack London, Frederick O'Brien[134]).

---

134. (dont les dépouilles mortelles furent enterrées, ou dont les cendres furent dispersées, respectivement : au mont Vaea de Samoa,

Le capitaine Bravender, un type au regard intelligent et à la patience surhumaine, ouvre pour Quirós les entrailles du navire, avec l'exhibitionnisme affecté de qui est filmé par une caméra, tandis que ses hommes chargent et déchargent des conteneurs métalliques de différentes couleurs. Que contiennent-ils ? Question à laquelle seule l'autorité portuaire pourrait répondre. Je constatai avec un certain trouble que sur une photo prise par Quirós, la cabine du capitaine Bravender ressemblait un peu à mon bureau de l'université. Il y manquait mes livres et l'affiche de la XXXIIIe rencontre annuelle hispano-luso-italienne de la Société des études marxistes-léninistes, sur laquelle figure, d'une juvénile couleur framboise, le visage de Karl Marx[135], mais pour le reste la pièce était quasiment identique : éclairage fluorescent qui donne la migraine, table en aggloméré, calendrier, tableau noir au mur et une imprimante dont l'encre est habituellement épuisée. Sur mon porte-manteau pend aussi une veste plus ou moins abandonnée, mais moi je ne possède pas de casque. Ce sont les ouvriers qui portent un casque de protection, et bien que j'aie souvent prétendu le contraire, je suis loin de pouvoir me compter parmi eux, alors que par le passé je me suis beaucoup amusée à citer ces paroles de Mao[136] : "La ligne de partage entre intellectuels révolutionnaires et intellectuels non révolutionnaires ou contre-révolutionnaires tient à ce qu'ils sont ou non disposés à s'intégrer aux ouvriers et aux pay-

---

à The King's School de Canterbury, dans la vallée de Sonoma, et du pont Golden Gate)

135. (enterré : au cimetière de Highgate, Londres, sous une pierre tombale dont l'épitaphe est la dernière phrase du *Manifeste communiste* dans sa version anglaise, qui, soit dit en passant, est celle qui me paraît la plus poétique : "workers of all lands, unite")

136. (enterré : place Tian'anmen, à Pékin, dans le mausolée où est exhibé son corps embaumé, malgré les rumeurs selon lesquelles ce serait une statue de cire)

sans, et qu'ils le font réellement." Ce que je suis disposée à faire, je ne peux pas le dire parce que cela échappe à mon entendement. En revanche, permettez-moi de vous raconter que le casque de protection est un objet qui me fascine depuis que j'ai appris que c'était une invention de Franz Kafka[137], pour laquelle l'écrivain reçut en 1912 une médaille d'or au Congrès américain de sécurité du travail (organisé à Milwaukee par l'Association des Ingénieurs Électriciens du Fer et de l'Acier). En apprenant cette distinction, un Kafka très reconnaissant déclara à ses collègues de la compagnie d'assurances où il travaillait :

> Vous n'imaginez pas le travail que me donnent mes quatre districts. Lorsqu'ils ont trop bu, les travailleurs tombent des échafaudages et des machines, les planches se retournent, les murs s'effondrent, les échelons glissent, tout ce qui s'élève finit par tomber. Et toutes ces femmes des fabriques de vaisselle qui jettent constamment des morceaux de faïence dans la cage d'escalier me donnent des maux de tête.

C'est là un problème perturbant (l'accident du travail) et sa solution (le casque). D'où surgit spontanément la question, bien sûr irrecevable, de savoir s'il y a quelque chose de moins apparemment kafkaïen qu'un casque de protection. Peut-être revient-il à Kafka de faire des choses radicalement non kafkaïennes. En tout cas, très loin de mes doutes, heureusement pour lui, le capitaine Bravender déploie ses livres de navigation, ses registres, ses archives et ses cartes, grandes et colorées,

---

137. (enterré : dans le nouveau cimetière juif de Prague, sous une pierre tombale en forme d'obélisque ; peu après les obsèques, son ami Max Brod prit une photo de la tombe, qui ne donnerait pas le frisson si on ne savait pas qu'à sa mort, Brod serait enterré précisément en face de Kafka, de sorte que son appareil photo avait pressenti l'endroit où il allait reposer et son paysage éternel)

comme les catalogues de grands magasins que les enfants adoraient découper autrefois. À présent, émerveillée et adulte, pour ne pas dire vieux jeu, j'observe les objets de Bravender sur l'écran de mon ordinateur, je m'étonne de leur beauté, de leur rationalité, et qu'une telle composition de couleurs forme des lignes, des chiffres et des mots, bref, tout un bureau de travail, et qu'à travers eux Quirós ait voulu…, mmm…, j'émets une conjecture : montrer la poésie du voyage maritime et peut-être mettre en évidence que le travail manuel commence à devenir l'objet d'un culte tenant du fétichisme ? Curieux allait être le contraste de ces images avec d'autres que Quirós filmerait quelques jours plus tard au parc d'attractions d'Universal Studios : des dizaines de visiteurs se photographient à côté d'un requin blanc en plastique, réplique du monstre marin du film *Les Dents de la mer*. Ils regardent à travers sa gueule ouverte son abdomen vide et, glissant la tête entre ses mâchoires, feignent la panique ou la douleur. En Polynésie, avait dit une fois Quirós d'un ton d'expert, le requin est un voisin comme tous ceux qui peuplent les eaux de l'océan ; la terreur d'être dévoré par un grand squale féroce n'est qu'occidentale. Ce qu'est aussi, je crois, le fantasme complémentaire : que lève la main celui qui n'a pas imaginé une fois être déchiqueté et englouti par un prédateur, par une bête dévoreuse d'estivants.

D'une attraction on passe à l'autre. Pas un seul visiteur ne finit par monter dans le petit train[138], où il écoute le

---

138. Très exactement, plus de cinq millions de personnes prennent place tous les ans dans les wagonnets de ce petit train, selon les chiffres officiels de l'industrie du divertissement, qui situent les studios Universal en 13e position du classement mondial des parcs thématiques, juste après le parc Seaworld de Floride et avant l'Ocean Park de Hong Kong. À propos du nom de ces deux derniers parcs (mais oui, Monde Marin, Parc Océanique), je ne sais si vous avez remarqué l'énorme attrait récréatif de l'univers aquatique (avec

guide d'une oreille distraite. Les décors de films célèbres se succèdent (grandes avenues, mine abandonnée en plein désert, surface lunaire). J'ai regardé en boucle les vidéos de Quirós, puis par séquences. Et je suis arrivée aux images d'une Marilyn Monroe[139] en cire à côté de laquelle quinze, vingt touristes se font photographier par minute, à un rythme affolant. Vous ne pouvez pas imaginer: une statue de Marilyn en robe blanche vaporeuse qui laisse voir ses épaules; une Marilyn main sur la joue en un geste malicieux. Quirós s'est placé derrière elle pour filmer. Arriva une famille probablement scandinave qui entoura promptement Marilyn et se fit prendre en photo. Puis un couple âgé, dont le mari se plaça à droite de la statue et la femme à sa gauche, et prenant la pose ils l'embrassèrent en même temps. Ce fut ensuite un groupe de six ou sept hommes d'origine asiatique, peut-être profitant d'un jour libre dans un voyage d'affaires pour visiter le parc d'attractions. Ils souriaient en permanence et se prenaient à tour de rôle en photo avec Marilyn. L'un d'eux (ni le plus démonstratif, ni le plus inhibé) s'approcha de la figure de cire et la prit doucement par la taille, comme s'il enlaçait une femme en chair et en os. “Une figure de cire paraît seulement vivante; son effrayante inertie attire notre attention sur ce qui lui manque: sa conscience[140].” Il n'y avait rien

ses aquariums, les piscines où plonger, ses bateaux de toutes les époques et toutes les cultures). Pour ceux que cela intéresse, je recommande l'article stupéfiant “Ontologie de la mer simulée: entre le divertissement et le retour à la soupe prébiotique”, écrit par Mireille Leblanc et publié dans la revue *Interstice social* en 2014.

139. (enterrée: au cimetière Westwood Village Memorial Park, à Los Angeles, dans un colombarium blanc où sa très simple niche est scellée de marbre rose, sur laquelle sont toujours imprimés dix ou vingt baisers d'un rouge vif, matérialisant son châtiment éternel d'être embrassée)

140. Marina Warner (2006): *Phantasmagoria: Spirit Visions, Meta-*

de lascif dans le geste de l'homme, mais du respect, une délicatesse proche de la tendresse. La scène de cette main posée sur la hanche de la Marilyn artificielle, que j'observais à dix mille kilomètres de distance, sur l'écran rigide de l'ordinateur, d'emblée m'épouvanta, comme si soudain tous mes gènes s'électrifiaient, déclenchant l'alerte de l'arrivée d'une ère nouvelle du rapport sexuel entre espèces, mais à la longue je n'y vis qu'une forme d'harmonie dénaturalisée et belle. *Nosferatu* ne parle-t-il pas du désir impudique de ne plus être humain ?

Dans un épisode d'*À rebours*, de Huysmans[141], le personnage de Des Esseintes décide d'annuler au dernier moment son voyage en Angleterre. Un livre de Dickens[142] à la main, la pluie insistante qui trempe un Paris brumeux et congestionné par les fumées d'usine, son entrée dans une librairie anglaise et dans une brasserie fréquentée par des anglophiles lui suffirent pour se sentir arrivé à destination : "Pourquoi se déplacer quand on peut voyager si magnifiquement sans devoir se lever de sa chaise ? Ne se trouvait-il pas déjà à Londres ? Son atmosphère particulière, ses odeurs caractéristiques, ses habitants, ses aliments et ses ustensiles ne l'entouraient-ils pas déjà ? Que pouvait-il espérer trouver là-bas sinon de nouvelles déceptions ?" Moi aussi, plongée dans les matériaux que Quirós avait rapportés de son voyage comme une base de données prête à être traitée, j'avais non seulement parcouru l'Amérique et l'Océanie, mais

---

phors, and Media into the Twenty-first Century, Londres, Oxford University Press, p. 99.

141. (enterré : au cimetière du Montparnasse, où il a fini par se retrouver avec des personnalités que j'ai déjà mentionnées : Charles Baudelaire, Jean Baudrillard, Emil Cioran, Julio et Aurora Cortázar, Carlos Fuentes, Henri Langlois, Chris Marker, Éric Rohmer, Marcel Schwob)

142. (enterré : à l'abbaye de Westminster, à Londres, dans le Coin des Poètes)

aussi vécu une expérience bien meilleure, plus cérébrale, plus profonde, sans les inconvénients, les contretemps et les déceptions de toute expédition réelle (grèves dans les aéroports, moustiques, prix abusifs des attractions et des musées, hôtels d'une propreté approximative). Les amoureux du cinéma se rappelleront les paroles de Chris Marker[143] dans *Dimanche à Pékin* : "À Paris, je me rappelle Pékin et je compte mes trésors." Quelle importance si les trésors n'ont pas été recueillis exactement par mes mains ? Est-ce que je cueille les oranges que je consomme tous les matins au petit-déjeuner ? Au sujet de sa caméra Bell-Howell, Jean Epstein[144] écrit dans *Bonjour cinéma* : "C'est un cerveau de métal, standardisé, fabriqué, qui transforme en art le monde qui lui

---

143. (dont les cendres, comme je viens de le noter, furent enterrées : au cimetière du Montparnasse, dans une tombe où figure un chat porte-bonheur, où fit un pèlerinage, comme elle le raconte elle-même dans la revue online *The Cine-files*, une enseignante du King's College de Londres, Sarah Cooper, pour écrire ensuite l'article "Missing Marker", dont je ne résiste pas à vous citer les dernières phrases :

> La date de naissance de Marker est aussi celle de sa mort (29/7/1921-29/7/2012), ce que reflète la boucle temporelle de son film *La Jetée*, ainsi que la future antériorité de la photographie sur laquelle il se fonde*. Dans *Sans soleil*, Marker poursuit ce voyage dans le temps de différentes manières, trouvant inévitablement absence et perte. Dans ce film, Marker montre son émotion devant un humble couple japonais, qui visite le temple du chat Gotokuji afin de prier pour leur chat disparu : *chat, où que tu sois, la paix soit avec toi.*
>
> Mon dernier souhait pour Marker a la même simplicité, accompagnée de gratitude pour le cadeau de ses films et pour les images qui sont encore à venir.
>
> * Sur ce point, Sarah Cooper écrit une note en bas de page pour dire quelque chose – sans grande importance – sur la photographie et citer Roland Barthes)

144. (enterré : au cimetière du Père-Lachaise, Paris, son nom n'apparaît jamais. Je ne comprends pas son absence dans la longue liste de célébrités qui y sont enterrées, parmi lesquelles : Guillaume Apollinaire, Honoré de Balzac, Consuelo de Saint-Exupéry, Gertrude Stein, sans compter Oscar Wilde)

est extérieur. La Bell-Howell est un artiste et derrière elle il y a d'autres artistes : le réalisateur et le chef opérateur." J'ai ouvert une voie superflue et peut-être sportive qui relie 1) la caméra que Quirós tint un jour entre les mains, 2) Quirós lui-même et 3) sa boîte remplie de documents sur Murnau, jusqu'à arriver 4) à moi-même et par ricochet 5) à vous. Nous tous formons un graphe : née dans le champ des mathématiques et des sciences de l'informatique, l'idée de graphe se rapporte à l'ensemble des objets appelés sommets ou nœuds, unis par des liens binaires. Il est vrai qu'il n'y a quasiment rien qui ne puisse se penser en termes de graphe, ce qui est très démotivant et perturbe toute prétention scientifique, mais ouvre en même temps les portes d'un état qui, au moins pour moi, m'aide à désactiver certains accès névrotiques qui m'affectent de temps en temps, raison pour laquelle j'ai soudain vu apparaître au-dessus de la fenêtre de ma chambre un de ces signaux de sortie qui brillent dans l'obscurité grâce à une substance photoluminescente qui libère sous forme de lumière l'énergie accumulée, en un processus exemplaire de consommation zéro. Je ne sais jusqu'à quel point je me trouve devant une véritable échappatoire, mais cela semble providentiel, si vous me permettez d'orner un peu mes sentiments, de plus en plus lents, mais à leur manière encore massifs. Barthes[145] ne dit-il pas que récrire un texte c'est le disséminer, le disperser ? Il n'y a pas longtemps, et pour des motifs que je préfère ignorer, j'ai passé quelques nuits à lire

145. (enterré : au cimetière d'Urt, au Pays basque français, aux côtés de sa mère adorée. Six mois à peine avant d'y être inhumé, il écrivait dans *Journal de deuil :* "Je ne puis, symboliquement, m'abstenir d'aller, à chaque séjour à Urt, voir la tombe de maman. Mais arrivé devant, je ne sais que faire. Prier ? Qu'est-ce que ça veut dire ? Quel contenu ? Simplement l'ébauche fugitive d'une mise en position d'intériorité. Je repars tout de suite (de plus, les tombes de ce cimetière, pourtant rural, sont si laides…")

des textes sur la réécriture, etc., etc., ce qui m'a amenée à lire aussi sur les hyperliens, l'appropriation, le copyright, etc., etc., et je mentirais si je vous disais que j'ai réussi à me former une opinion claire sur un sujet face auquel que je me sens aussi désarmée qu'un esprit ptolémaïque devant l'idée du déplacement de la planète. La seule certitude à laquelle je suis arrivée tient à la popularité mesurable de la nouvelle de Borges[146] "Le jardin aux sentiers qui bifurquent", référence incontournable d'où l'on peut extraire de brillantes citations qui servent pour une chose et son contraire. Cette minuscule conclusion est mon grain de sable qui, si modeste soit-il, compte autant, tout comme s'efforçait de me faire comprendre (de manière grossière et selon une raison qu'il définissait comme post-compétitiviste) ce directeur de recherches auquel j'avais eu affaire et que j'ai commencé à éviter après une de nos réunions hebdomadaires destinées "à mettre en commun méthodes et résultats" où il me cria à tue-tête, avec beaucoup plus de perspicacité que je ne voulus lui accorder alors, "cessez d'objecter, Silva, et mettez-vous à écrire : notre qualité s'évalue par page publiée".

Mais je reviens à mon propos : la route ouverte "caméra de Quirós → vous" finit par me mettre devant les yeux le docteur Janet Bergstrom, disons-le crûment, une universitaire occupant une position privilégiée à laquelle je n'accéderai jamais. Quirós avait fait sa connaissance, et moi aussi en conséquence, et un sentiment de rage

146. (enterré : au cimetière de Plainpalais, à Genève, dans une tombe pas très grande qui imite une pierre runique et qui, avec un résultat que certains jugent kitsch, combine l'image en bas-relief d'un groupe de guerriers nordiques, d'un bateau viking et d'une citation en langue anglo-saxonne – extraite de "La bataille de Maldon" –, une autre en ancien islandais – extraite de la *Völsunga saga* – et une dédicace à sa veuve, écrite en code mais très facile à déchiffrer)

s'empara aussitôt de moi, complètement injustifié. De Bergstrom, il vous suffira de savoir qu'elle enseigne l'histoire du cinéma à l'Université de Californie-Los Angeles et que son bureau paraît aseptisé et ordonné selon les règles rigoureuses de cette norme ISO qui fixe la manière adéquate de citer les références bibliographiques dans un article universitaire, mais il se veut aussi chaleureux et personnel grâce aux fleurs blanches sur la table de travail, à l'affiche de Mary Duncan[147] et aux trois photographies sur lesquelles Janet pose avec des étudiants, des garçons et des filles, dont les sourires radieux paraissent sincères. Comme la session universitaire était terminée, je suppose que Quirós n'eut pas l'occasion de filmer ses cours où Janet explique que certains aspects du cinéma de Murnau se virent modifiés lorsque le réalisateur quitta l'Europe pour s'installer aux États-Unis, mais en revanche il put filmer l'enseignante assise à sa table de travail, puis au volant de sa Corvette rouge, souriante sous un ciel ensoleillé, dont l'éclat baignait un très joli quartier. Si je ne me trompe pas, il s'agit de Pacific Palisades où résidaient dans les années 30 de nombreux intellectuels et artistes allemands, quartier qui, avec le temps – et grande légèreté – fut baptisé *Weimar by the Sea*. Quelle idée de la république de Weimar représentait cet appendice californien avec vue sur l'océan ? Sans doute une des plus brillantes et riches en inventions. Une idée capable de durer, de traverser le globe terrestre et d'arriver, avec un vieil éclat survivant, jusqu'à la ville de Barcelone (ensoleillée et au bord de la mer comme Los Angeles)[148], dans un de ses quartiers où

147. (enterrée : au cimetière Green Hill, État de New York, sous un gazon de rêve et une pierre tombale sobre et élégante, à un mètre de la tombe jumelle de son mari, toutes deux isolées du reste du cimetière par une petite grille qui permet au visiteur de regarder mais sans trop s'approcher)
148. Vous serez peut-être étonnés d'apprendre que Los Angeles est

mon ordinateur présente le visage fabuleusement parcheminé de Janet Bergstrom, qui regarde l'horizon de ses yeux bleus cernés de fines rides, ouverts sur une peau de grande dame que je n'aurai jamais, parce que ma peau ressemble à celle d'un tambour. Elle a passé sa vie à accumuler et à offrir ses découvertes, par exemple que Murnau avait mis cent seize jours à terminer *Les Quatre Diables*, dix-huit de plus que prévu. Je le sais parce que j'ai passé deux semaines entières à lire tout ce que Bergstrom, pendant ses trente longues années de carrière, a écrit sur Murnau : chapitres de livres et articles universitaires pointilleux, impeccables, rigoureusement structurés, avec un appareil critique actualisé et exhaustif, etc., d'une rigueur si semblable à ceux que j'écrivais il y a quelques semestres encore. J'ai lu ce qu'elle disait des personnages masculins de Murnau (apparemment

---

la ville que l'on compare le plus avec Barcelone dans les travaux universitaires de tout type. Cette comparaison, si gourmande, se répandit au moment des Jeux olympiques de 1992 : "Los Angeles présente plus de similitudes avec Barcelone que toute autre ville des USA, et il est donc pour nous particulièrement intéressant de la connaître", écrivait alors le politicien catalan Antoni Castells. Cette gratifiante ressemblance commença à être évoquée, non sans fierté, dans les milieux les plus divers. Dans des études sur la pollution atmosphérique ("Los Angeles et Barcelone partagent un climat méditerranéen, une géographie et des sources de pollution semblables et des taux de pollution équivalents") ; dans des études sur la botanique urbaine ("L'espèce *platanux x acerifolia* est présente dans les espaces boisés de Los Angeles et de Barcelone") ; en zoologie urbaine ("la densité de la population de moineaux dans les villes de Los Angeles et de Barcelone est de même ampleur") ; en physique solaire ("Los Angeles et Barcelone ont des niveaux de radiation solaire annuels équivalents") ; dans des études culturelles ("Certains stéréotypes sur la communauté latine émergent dans les diverses mises en scène de *Ana*. L'adaptation théâtrale présentée à Barcelone suggère que cette ville adopte la plupart des clichés qui fonctionnent à Los Angeles"), pour ne mentionner que quelques exemples.

peu virils pour le goût du spectateur made-in-USA) ; j'ai lu sur Eric Rohmer[149]et sa compréhension particulière et brillante (made-in-France) de l'œuvre de Murnau, et j'ai lu aussi un article hallucinant sur la rencontre inattendue entre Murnau et Mussolini. Septembre 1927, Times Square Theater de New York. La Fox programme un spectacle destiné à susciter l'admiration du monde entier. Le but est de faire connaître un système de son révolutionnaire, le Movietone. Trois Événements Historiques sont annoncés : la première du film *L'Aurore* de Murnau, un concert du chœur du Vatican et un discours de "l'homme du moment" (selon le programme), Benito Mussolini[150].

Je l'admets, je n'atteindrai jamais la belle et sereine maturité, ni le statut, de Janet Bergstrom, mais avec une identique solennité je déclare : que si je suis comme un vin aigre avant l'heure, il y a peut-être une certaine richesse humaine dans cette aigreur. Une forme de conscience gagnée à la force du poignet et à partir de rien, qui tient de l'allégresse. Enfermée dans mon garde-manger, je ne questionne plus mon sort inaltérable et

149. (enterré : au cimetière du Montparnasse, sous une grande dalle de granit polie sur laquelle est gravée une discrète croix dorée et l'inscription : Maurice Schérer dit Éric Rohmer 1920-2010, une tombe sur laquelle il y aurait peu à dire si ce n'est qu'en 2011 Gérard Courant (le prolifique), voulant célébrer le tiers de siècle écoulé depuis le début de son *Cinématon* – film aujourd'hui encore inachevé, le plus long métrage de l'histoire, 203 heures à ce jour –, décida de filmer l'actrice Rosette portant des fleurs au défunt Rohmer, qui avait de son vivant refusé catégoriquement de figurer dans le film interminable de Courant)

150. (son cadavre fut enterré, après avoir beaucoup circulé : à Predappio, le village natal du dictateur, dans une crypte familiale du cimetière de San Cassiano, qui est aujourd'hui encore une attraction touristique et un lieu de pèlerinage pour les âmes fascistes et fascistoïdes de l'Europe entière, à en juger par les messages écrits sur le livre d'or de la grotte)

je trouve soudain dans mes divagations une tranquillité sublime. Changer d'idée, changer d'espace, changer d'amant c'est faciliter la tâche des biographes et des universitaires qui raffolent des changements notoires, car ils leur servent à structurer leurs livres et à les rendre vendables et rentables, dignes d'être considérés et mentionnés. Cela les aide aussi à composer un index.

Moi aussi cela m'a bien servi, je sais de quoi je parle.

Rien dans l'article "Le bolchevisme comme problème moral", que Lukács[151] écrivit fin 1918, ne laisse présager que, quelques jours après y avoir mis le point final, il allait se déclarer communiste. C'est pourquoi ses biographes parlent d'une conversion quasi religieuse, messianique, qui le porte à rejeter de toutes ses tripes sa lecture jusque-là aristocratique du monde. Ces biographes tracent une ligne : un avant et un après, un schisme. Ce n'est pas pour rien que la poétesse Anna Lesznai[152] déclara un jour que la conversion de Lukács eut lieu entre deux dimanches, qu'il est passé de Saul à Paul[153] en une semaine. Que

---

151. (enterré : au cimetière Kerepesi, à Budapest, dans une tombe partagée avec sa seconde épouse, et scellée d'une dalle de granit identique aux tombes voisines)

152. (dont les cendres furent transférées de New York à Budapest pour être enterrées : au cimetière Kerepesi, dans une tombe imposante aujourd'hui couverte de lierre, surmontée d'une grande pierre verticale qui montre une belle image de la légende de saint Martin et du mendiant)

153. (enterré : dans la basilique Saint-Paul-hors-les-Murs, selon le pape Benoît XVI, lequel dans une homélie s'adressa à ses disciples en disant : "Dans le sarcophage qui n'avait jamais été ouvert pendant tant de siècles, on a pratiqué une petite perforation pour introduire une sonde spéciale, grâce à laquelle on a trouvé les restes d'un beau tissu de lin de couleur pourpre, imprégné d'or, et d'un autre de couleur bleue avec des filaments de lin. On a aussi trouvé des grains d'encens rouge et des substances protéiques calcaires. De plus, l'analyse de minuscules fragments osseux, soumis à l'examen du carbone 14 par des experts qui en ignoraient la provenance, a

s'est-il donc produit ces derniers jours de 1918 ? Que fut pour le jeune Hongrois son chemin de Damas ? L'opinion générale est que nous ne saurons jamais pourquoi Lukács adopta d'un bond inattendu la foi révolutionnaire – tout en sautant ainsi il se demanda peut-être si cette pirouette intellectuelle n'était pas absurde. Si cette accolade avec le communisme sépare sa vie en deux parties, la fureur du converti définit la seconde, ce qui à mon avis ne répond qu'à l'effort soutenu de justifier à ses propres yeux les contradictions d'un tel déménagement. Ce n'était pas facile. Âgé, il reconnaissait lui-même qu'il avait dû attendre la maturité pour rejoindre pleinement les terres énergiquement foulées du matérialisme. En ce sens, je suis convaincue qu'il approuverait cette phrase que j'avais écrite un jour : "Une part du malaise que l'on perçoit dans les écrits de Lukács a son origine dans la culpabilité qu'il ressentait en découvrant que, d'entrée de jeu, il avait été un marxiste d'opérette." Cela n'enlève pas que, comme l'interprète avec bonté Marshall Berman[154], la conversion de Lukács relève sincèrement et passionnément de la meilleure tradition marxiste. Moi je vous dis que, beaucoup plus pertinente qu'une trajectoire intellectuelle scindée en deux, est la question

---

donné comme résultat qu'ils appartiennent à une personne ayant vécu entre le Ier et le IIe siècle. Cela paraît confirmer l'unanime et incontestée conclusion qu'il s'agit des restes de l'apôtre Paul")

154. (enterré : quelque part à New York, je suppose, mais je dois vous dire que je n'ai pas réussi à localiser sa tombe, ou l'endroit où ont peut-être été dispersées les cendres de Marshall Berman, car cela ne figure dans aucune des nombreuses notices nécrologiques qui lui ont été consacrées, et son nom n'apparaît dans aucun site web des vingt-neuf cimetières juifs de New York, parmi les défunts célèbres, ni non plus chez les innombrables chercheurs de tombes sur Internet, du type www.findagrave.com. J'en déduis que les enfants et la veuve de Berman voulurent tenir secrète, comme on dit, la dernière demeure du professeur, ce que je trouve excitant, car cela signifie que la ville de New York cache un trésor)

terrible qui hanta très tôt la vie de Lukács : qu'est-ce qui peut nous sauver de la civilisation occidentale ? Et sa réponse soudaine : le communisme. Très exceptionnels sont ceux qui trouvent une solution aux problèmes qu'ils rencontrent en chemin, que ce soit "faites la révolution" ou "mettez un casque". Ceux qui ne se contentent pas de pis-aller et cherchent des remèdes. J'accepte diplomatiquement que je ne suis pas une de ces personnes, même si j'ai parfois rêvé de l'être. Je ne nierai pas que me font souffrir les paroles du début du *Faust* de Murnau, gravées sur ma nuque comme une mortification : "Ta vie a été poussière de livres et moisissures. Maintenant ça suffit !", mais je me tourne un instant dans ma tanière et l'angoisse s'évapore, bien qu'elle subsiste en moi comme du marc de café, ou de la lie de vin. Mais revenons à nos moutons.

Il y avait parmi les papiers de Quirós une photocopie des déclarations d'un artiste appelé Vittore Baroni, parlant d'une expérience qu'il avait baptisée du nom de Lieutenant (Lt.) Murnau :

> Lt. Murnau (1980-1984) fut une tentative d'étudier comment se créent aujourd'hui les mythes musicaux, tous ces groupes underground cultes, et jusqu'où peut mener une image privée de son. J'ai commencé à diffuser des prospectus et des annonces où figurait l'image du cinéaste W. F. Murnau en uniforme de l'armée, en lui attribuant le grade de Lieutenant Murnau, que je trouvais mystérieux et évocateur. J'ai fait une première cassette, *Découvre le Lt. Murnau*, en mélangeant, fragmentant et détournant des disques des Beatles et des Residents. L'idée était que le Lt. Murnau se serve de la musique existante sans recourir à des instruments ni à des notes. Puis j'ai tenté de déconcerter le public en faisant en sorte que soient édités des cassettes et des disques du Lt. Murnau par différentes personnes dans différents pays. J'ai fait aussi une performance en tant que Lt. Murnau, avec un masque, en coupant et

remixant différents disques, en pillant un disque des Beatles… ou un programme de Radio Uno en Italie, *La testa de Giano.* J'ai fait circuler des centaines de masques du Lt. Murnau afin que tout le monde puisse le porter, que tout le monde puisse faire de la musique comme le Lt. Murnau et être le Lt. Murnau. Certains l'ont fait. Le principal problème que j'ai rencontré est que très peu ont eu envie de travailler à un projet qu'ils sentaient m'appartenir, même si j'avais maintenu un certain mystère sur ses origines. En fin de compte c'était à moi que revenait d'accomplir 99 % du travail, bien que Jacques Juin ait fait beaucoup de Lt. Murnau en 1980-1981 et que d'autres collègues aient fait des trucs très sympas.

Vous ne trouvez pas ça hallucinant ? Moi, en tout cas, je ne peux m'empêcher de me demander si ce ne serait pas que Murnau, avec son absurde résistance à disparaître, revient périodiquement à la vie, incarné par des fêlés qui l'amplifient, comme Baroni ou Quirós. Ou Waldemar Roger – vous vous souvenez encore de lui ? Ou moi-même. L'histoire de la littérature et celle de l'art tiennent à la fois d'un processus vivant et de la fosse commune, dit Lukács dans une phrase que j'ai souvent répétée, comme pressant une touche *play* qui active un reflet involontaire, sans avoir à ce jour compris que processus et fosse commune ne sont pas deux régions distinctes mais une seule, à la fois féconde et morte. En y habitant, non sans délice, Quirós a voulu faire un film terriblement densifié, substantiel, fonctionnant à la manière d'un acte de décès. Ou mieux : de ce pincement des muscles comme ces appels qui déchirent la nuit et communiquent le malheur survenu dans un royaume funeste. Soit en s'inspirant de Baroni, ou même en accord avec lui, le fait est que Quirós a ouvert la tombe de Murnau, il tient son crâne dans la main et révèle enfin son geste irréparable et infini, car incalculables et infinies sont les tombes à ouvrir. Il n'y a rien à attendre de mauvaises circonstances, si ce n'est un art malin et broyeur, et surtout apostat. L'acte désespéré ignore l'harmonie, il ne la voit pas, et les accords angéliques de la harpe ressemblent à des éclairs.

Alors je me dis : j'ai été attirée par une armée de hérauts de la grande nuit et de l'océan sans fond, au point que moi aussi je fouille les sépultures. Le passé ne sert peut-être qu'à être éviscéré.

Puis je me répète ces mots plus lentement et je me sens ridicule, la chaleur de mes joues se dissipe, j'ai une terrible envie de rire. Incapable d'imaginer une vie meilleure, je m'élance dehors, sur des chemins déjà parcourus, mais dans la direction opposée, vers l'intérieur, je les trouve conformes à ma nature et à mon appétit. Je superpose tous les sujets qui se présentent à moi, me guident, et de ma place qui est nulle, j'accède à… au désert du Nouveau-Mexique, par exemple.

Située sur un plateau à 365 pieds d'altitude au milieu du désert, l'ancienne cité des Indiens Acoma n'est pas aisée à atteindre. Raison pour laquelle, sans doute, plus personne n'habite depuis des décennies dans ce qui a été (d'après les archéologues) le foyer humain le plus ancien des États-Unis. *Acoma* signifie "le lieu qui a toujours été là", il ne reçoit plus que la visite de touristes, de guides qui les accompagnent et de vendeurs de céramique traditionnelle. Qu'est-ce qui différencie la céramique traditionnelle de l'actuelle ? Il ne me vient qu'une réponse : traditionnelle est la céramique que Flaherty avait voulu filmer.

Il y eut un temps où l'on espérait dans les bureaux des dirigeants de la Fox que Flaherty tournerait à Acoma une de ces histoires d'amour tragique qui emplissent les salles de cinéma de soupirs et de sanglots, une version de *Roméo et Juliette* substituant à l'affrontement de deux familles véronaises les rivalités entre tribus du désert. Une romance entre Américains d'hier, avec aventures, beaux décors et une jolie fille. Face à cette expectative, Flaherty commença à tourner quelque chose de très différent, et le projet fut annulé pour devenir un nouveau film inabouti. On était en 1928 et, selon ce que raconte Ward Alan Minge dans son livre *Acoma : Pueblo in the sky* (Université du Nouveau-Mexique, 2002), le tourisme commençait à se développer dans le sud des États-Unis, si bien que les derniers habitants de la vieille cité d'Acoma se reconvertirent dans l'accueil des visiteurs, comme ils le font aujourd'hui encore en leur vendant le Forfait Vacances Acoma City Tout Compris[155]. Ils ont dû aussi le vendre à Quirós dont les prises de vue furtives montrent un guide autochtone au visage large et aux cheveux brillants, qui se protège du vent violent avec un anorak de la marque The North Face®, de couleur vert métallique, qui le fait ressembler à un grand chou de Bruxelles hors-sol. Il parle rapidement, en s'époumonant, tandis qu'un groupe de retraités californiens photographient des choses typiques, comme le four où l'on cuisait le pain selon le mode ancestral, les citernes d'eau naturelle, ou le panorama du désert avec la Mesa Encantada en fond.

155. Sur le site de TripAdvisor, un touriste madrilène, qui signe ÉteinsTaTélé, écrit : "26 dollars pour voir un joli village dans un paysage spectaculaire, passe encore. Mais 52 dollars pour deux personnes, c'est exagéré. Je crois que les autochtones abusent, en plus ils ne sont en général pas du tout aimables." À quoi le responsable des relations publiques du Centre culturel Sky City et du musée Haak'u répond : "Je me réjouis d'apprendre que vous avez apprécié notre foyer. Je m'excuse pour ce prix qui vous paraît très élevé, mais les 26 dollars incluent la visite du village, l'autorisation de prendre des photographies et l'entrée au musée. Nous pensons que c'est un forfait à un prix très raisonnable. Je vous demande aussi de m'excuser si quelqu'un s'est montré grossier lors de votre visite. Les natifs américains que nous sommes sont d'habitude très accueillants. J'espère que vous nous donnerez une autre occasion de vous le prouver."

Parmi les habitants qui se consacraient à la poterie, lors du passage de Flaherty, il y avait Frances Torivio (appelée par les siens Fille-qui-chante). J'appris son existence par un curieux article (intitulé "Deux narrations d'un conte d'Acoma"), publié dans le numéro 3 de l'année 1995 du *Journal of Folklore Research,* dans lequel la folkloriste Karen M. Duffy compare à grands traits le style narratif de deux femmes du Clan de l'Aigle, la vieille Frances et sa fille Wanda (aussi appelée Nuage-de-pluie-à-l'horizon). Selon la note méthodologique de l'article de Duffy, Frances Torivio était née à Acoma en 1905, mais sa famille abandonna le plateau, quand elle n'était encore qu'une enfant, pour se construire une maison près de la rivière, dans la petite communauté indienne de McCartys. Les seules années où elle vécut hors de la réserve furent consacrées à sa scolarité à la St. Catherine's Indian School de Santa Fe, où elle apprit l'anglais. Frances se maria, eut deux enfants, devint veuve et retourna alors à Acoma au milieu des années 1920, où elle gagnait quelques pièces en vendant de la poterie aux touristes, auxquels elle servait parfois de guide. Est-il possible que lorsque Flaherty était en train de tourner son film *Acoma*, Frances fût présente, près de la caméra, assise devant un étal d'objets artisanaux ? Oui, et le plus probable est qu'elle y était encore lorsque le tournage fut interrompu.

Devant le micro du magnétophone de Karen M. Duffy, Frances Torivio et sa fille Wanda répondent à une question :

– Pourquoi les Indiens Acoma peignent des perroquets sur leurs poteries ?

– *There was a chief,* il y avait un chef, commence Frances, et, note Duffy, elle étira ostensiblement le mot *chef,* un homme s'est approché et lui a demandé : quels oiseaux tu voudrais voir dans les ciels d'Acoma ? Le chef a répondu : je veux des perroquets – et Frances étira aussi le mot *perroquets* – parce que les perroquets sont des oiseaux de belles couleurs. Très bien, a dit l'homme et il a ouvert un sac d'où il a sorti deux œufs. Choisis un œuf. Il y avait un œuf magnifique, brillant, et un œuf gris et terne. Le chef a tendu la main et choisi naturellement le bel œuf. Lance-le contre le rocher et les ciels d'Acoma se rempliront d'oiseaux. Le chef a lancé l'œuf de toutes ses forces contre le rocher de grès. La coque s'est ouverte, libérant une nuée de corbeaux. Bon, a pensé le chef, si les Acoma veulent des perroquets, ils vont devoir les peindre.

… they only heard frantic warning whispers of hungry starved European ghosts.

Simon J. Ortiz, *From Sand Creek*

Sur Google Maps, la piste d'atterrissage de l'aéroport international de Tahiti est une petite baguette le long de la côte nord-ouest de l'île, un bâtonnet posé sur la terre au bord de l'océan. Le pilote qui arrive de nuit à Tahiti (par exemple après les huit heures de vol qui séparent Los Angeles de Papeete) aperçoit un alignement de lumières orangées au milieu d'un espace immense plongé dans l'obscurité, il se dirige vers elles sans tension particulière, tranquillement, sauf si le vent complique la manœuvre. Si familier que lui soit le paysage, on peut parier que le pilote n'a jamais remarqué que la forme de l'île ressemble au symbole de l'infini, mais un infini enflammé,

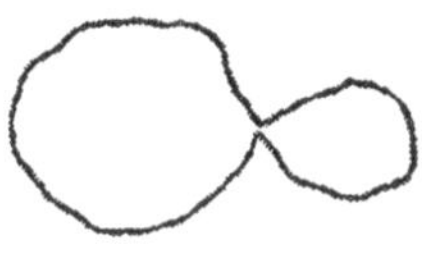

comme si un des deux cercles qui le composent – ces deux cercles qui, selon le journal du capitaine Cook, étaient autrefois deux royaumes indépendants en guerre permanente – souffrait d'un abcès incurable et mal diagnostiqué. Dans la cabine de l'avion, les hôtesses de l'air sont aux petits soins pour les passagers (parmi lesquels Quirós, avec sa tête de portrait-robot) et la satisfaction fleurit dans tous les regards qui se croisent et s'entrecroisent amicalement, et les choses sont demandées avec un s'il vous plaît et se reçoivent avec un merci beaucoup, parce que remercier c'est certifier que les voyageurs respectent le contrat de vivre un moment en communauté, et que rien ne justifie la discorde et surtout pas la rancœur, qui est sans doute le sentiment le moins approprié aux vacances. L'expérience polynésienne commence à bord, affirme le slogan de la compagnie aérienne, aussi le personnel porte-t-il des colliers d'hibiscus et une mélodie d'ukulélé on ne peut plus simple baigne-t-elle la cabine. Les informations diffusées pendant le trajet omettent de préciser que le vol Los Angeles-Papeete consomme, par passager, 1,25 tonnes de CO2, mais nul besoin d'être devin pour prévoir que d'ici quelques années ce genre de précisions deviendra obligatoire. Personne ne dit encore à Quirós : tu es un type qui voyage avec un passeport européen et tu génères du CO2 et des bits d'information. En revanche, sur l'écran dont chaque passager dispose à quelques centimètres de son visage, passe en boucle une vidéo à laquelle on ne peut échapper qu'en fermant les yeux, anticipant peu avant l'atterrissage des levers de soleil magnifiques, des jeunes Polynésiens préparant des jus de fruits et des plages aux eaux cristallines. Malgré l'effort conjoint des charmantes hôtesses et des images aux tons pastel, l'arrivée en Polynésie par les airs, que ce soit en plein jour ou même le jour le plus radieux de l'année, ne peut rivaliser avec un euphorique accostage en bateau, s'il faut en croire les voyageurs du passé et, vous je ne sais pas, mais moi je les crois. Apercevoir de la proue d'un navire une île émergeant du Pacifique est un cadeau pour les yeux, disaient-ils. Le spectacle du ciel, de l'océan et du sable du rivage offrait à la vue une palette de couleurs jamais imaginées, fût-ce par les plus doués des artistes de la lumière. Aussi la colère de Matisse est-elle compréhensible, lequel en s'éveillant d'un sommeil profond au milieu de la nuit, sortit de sa cabine et monta sur le pont pour découvrir que le navire sur lequel il voyageait avait accosté depuis un bon moment au port de Papeete.

Malédiction ! Malédiction ! s'écria Matisse. Malédiction !, car depuis plusieurs jours il attendait avec impatience la rencontre lente et prodigieuse de l'île émeraude, son apparition rompant au loin la ligne bleue de l'horizon, comme un mirage qui montre d'abord coquettement les hautes palmes des cocotiers, puis dessine une plage qui passe en quelques minutes du mauve à la couleur crème, comme si une île en plein océan était en réalité fille du temps et de la couleur dans l'œil qui l'observe. C'est peut-être pour cela qu'une première expérience ne peut jamais se répéter – Matisse l'avait lu chez Stevenson : le premier amour, la première île des mers du Sud sont des souvenirs uniques qui inspirent un sentiment vierge. Il n'est peut-être pas exagéré de penser que Matisse avait décidé d'entreprendre un voyage au bout du monde sous l'effet de ces paroles si tendres, à quoi on pourrait ajouter, selon Paule London (dont le livre *Matisse à Tahiti* m'avait quelque peu déconcertée), que son désir de partir tenait pour beaucoup au film de Flaherty *Moana.* En tout cas, le capitaine du bateau à bord duquel voyageait Matisse en avait marre de bourlinguer, c'était un cœur endurci, complètement insensible au désir de beauté qui animait le peintre. Par sa faute, Matisse avait bêtement perdu l'occasion unique, immaculée, de découvrir depuis le bastingage les tonalités changeantes de l'eau à l'entrée du lagon, la combinaison étonnante des lumières et des ombres subaquatiques, ce qui fut pour lui un bien mauvais début pour un voyage où il allait finir, disons, par tourner en rond. Il perdit aussi le délicat parfum de la fleur de tiaré que la brise souffle doucement jusqu'au pont du voilier. Dommage.

– N'ayant rien vu, il ne put jouir de rien.

C'est une manière de poser la question, aussi valable que son contraire : n'ayant pu admirer l'atoll, il n'éprouva pas de déception – prévisiblement amère. Dans une lettre minutieuse à ses amis Salka et Berthold Viertel, qu'il écrit pendant la traversée vers la Polynésie, Murnau avoue :

> C'est très beau, bien que la première impression soit de désenchantement car les choses ne sont jamais comme nous les attendions, comme nous les lisions, comme nous les rêvions. Pour moi, la constellation de la Croix du Sud a toujours été un symbole d'exubérance tropicale. Il me semblait que sa taille et son éclat devaient être dignes d'un conte, marque distinctive de tous les films d'aventuriers, d'explorateurs et de pirates. Marque distinctive des romans de Melville, de Stevenson et de Conrad. Alors, imaginez ma désillusion : c'est la nuit, nous traversons le golfe de Californie, à quelque huit cents milles de Los Angeles. Le gramophone passe sur le pont *Red Lips, kiss my blues away,* lorsque le timonier s'exclame : "Là-haut, on voit la Croix du Sud." Ce n'est pas possible. Nous consultons des livres pour vérifier et oui, c'était vrai : alors que le ciel resplendit de la clarté de notre Étoile Polaire, pâle, sans intérêt, on aperçoit à l'horizon ce qui ressemble à une croix – quelque chose de nébuleux, ennuyeux, sans éclat, rien de romantique. À un moment, une douleur physique (comme la douleur de se réveiller d'un rêve trop beau). En écrivant cela maintenant, à des milles plus près de la Croix du Sud, elle resplendit ! Puisque nous voguons dans sa direction, bientôt, quand nous aurons laissé l'Équateur derrière nous, elle surpassera tous les livres et les rêves, car nous voyageons inspirés par des livres et des rêves.

Vous vous serez peut-être rendu compte que dans ces lignes de Murnau il est possible de repérer plusieurs questions dont, avec plus ou moins de doigté, je me suis occupée tout au long de ces pages, sur lesquelles je crois le moment venu de récapituler, en guise de fin. À savoir : 1) la désillusion qui fait souffrir physiquement, 2) le culte voué à un artiste comme motivation de voyager et, en particulier, comme prétexte à son propre art, 3) les livres comme pierre de touche de ce que voient les yeux et, en particulier, pierre de touche de ce qu'affirment les experts-non-accrédités et 4) la positivité comme seule attitude morale admissible, qui oblige à répondre un nooon hypocrite à la question :

– Faut-il alors s'abstenir de voyager ?

Vous connaissez pourtant mon opinion sur le sujet. Il est parfois amusant, quand on ne peut faire autrement, de picorer ici et là, de fantasmer ce que devrait être l'arrivée dans un de ces jardins maritimes, à la manière du jeune André Gide dans *Le voyage d'Urien,* écrit, selon les livres d'histoire de la littérature, sans sortir de son appartement parisien.

Analogie – cela dit avec une modestie moins docile en d'autres occasions : sans sortir de ma maison barcelonaise, je consacre mon temps à vous raconter en long et en large le voyage de Quirós. Je regarde le haut plafond de cette vieille et belle maison, et de quelque endroit inavouable me parviennent ces mots, comme un refrain fantaisiste et néanmoins vraisemblable prononcé par la voix modulée et toujours formidable de LA PROPRIÉTAIRE Daniela : "Aurora Bertrana, femme en avance sur son temps." Motif : Aurora (romancière catalane), voyagea en Polynésie en 1926, y passa trois ans et raconta ce qu'elle y avait vécu dans un livre de mémoires. Et j'allègue, par une réponse qui paraît défensive, avec un couteau entre les dents, façon de parler : "Beatriz Silva, femme en avance sur son temps." La raison en est que, écumante universitaire catalane, j'affronte avec résolution un projet général, probablement le plus ambitieux dans lequel je me sois jamais lancée, qui vise à quelque chose du style *Guide de voyages Beatriz Silva pour étudiants de sociologie du loisir et du tourisme*, qui s'intéressera (post-académiquement, cela va sans dire) à certains lieux et certaines personnes significatives, en vue de : a) voyager sans sortir de chez soi, b) critiquer ouvertement le fait de traverser les frontières – sous-entendu que la porte de chaque maison est une frontière –, c) conseiller de ne jamais se faire d'illusions, d) alerter sur le fait que l'apocalypse est en train de passer un peu inaperçue, et e) mettre en évidence que la prose universitaire a éclaté comme une piñata mais que n'en sont pas sorties exactement des friandises. Pour le moment, j'ai plus ou moins terminé les entrées "Acoma", "Aérodrome de Brand-Briesen", et en ce moment je travaille sérieusement à "Bora Bora", avec une énergie retrouvée, qui me maintient debout, non sans mal. En forme d'hommage, je rédige les entrées par ordre alphabétique, car l'abécédaire est un clou auquel se raccrocher, quasi anachronique et néanmoins plaisant comme un cha-cha-cha. J'écris des phrases telles que "actuellement le Motu Tapu, dans son étendue limitée, comme un fragment de paradis, appartient à Hilton Hotels & Resorts", je déglutis, mon urticaire s'exacerbe, imperceptible pour la médecine mais patente pour moi, qui en souffre jour et nuit. Je poursuis : "experts en luxe", je déglutis de nouveau et je me gratte. Dans les atolls les plus sélects, il y a des logements de rêve sur pilotis, des cabanes en chanvre pour dormir littéralement au-dessus de l'eau, comme un roi. Pendant la journée les moins plébéiens des touristes font de la plongée, nagent dans l'atoll, reçoivent des conseils sur le port du paréo ou l'ouverture d'une noix de coco à la manière polynésienne. Je me gratte, bon Dieu, ce que je me gratte. Leur peau dore au soleil – je ne dirais pas sainement. Ils respirent, oublient leur vie courante. Non loin, mais ils ne les voient pas, des hommes déchargent un bateau : caisses de fruits, œufs, boissons *light*, serviettes, draps propres. Occupé à filmer la face A et la face B, pour le dire ainsi, des mers du Sud, Quirós passa des heures caméra à la main, l'objectif braqué sur les bateaux de marchandises qui parcourent et ravitaillent l'archipel. Au port de Tahiti arrive le cargo *Cobia 3*, à bord duquel Quirós consacra plusieurs jours à filmer les aubes, les couchers de soleil, les achats, les ventes. Dans ce supermarché flottant, la cale et le pont sont chargés de conteneurs, de caisses en bois, d'électroménager, de bonbonnes d'eau, de fûts de gasoil qui, grâce à une petite grue, des chaînes et un jeu de poulies, sont déposés sur la terre ferme. Le soleil brille sur les échanges (marchandises contre argent) et le capitaine du bateau range les gains dans une mallette en cuir, avec fermeture et cadenas dorés. La rouille ronge le pont et on devine sans mal qu'elle gagnera bientôt tout le navire. *Ce qui a été est encore ; ce qui doit être a déjà été ; et Dieu sauvegarde ce qui est passé*, autrement dit la rouille. Il se peut que la vie en Polynésie soit, avant tout, la lutte organisée, très précaire, contre les effets du soleil, du vent, de l'eau salée : la désillusion est la petite sœur de l'érosion, semble dire à la caméra la coque écaillée du *Cobia 3*. Même avec la peinture rongée par la rouille, l'avantage du bateau est que, vu les circonstances, il résistera au désastre, lorsqu'il surviendra avec un peu de chance mieux que les îles, immobiles, comme c'est le cas avec des nouveau-nés. En effet, si le *Cobia 3* n'y arrive pas, ce sera le *Cobia 4* qui survivra, sans aller plus loin, dans l'atoll d'Aratika, où un mur d'un mètre se dresse sur le littoral. Je suis surprise de l'innocence avec laquelle j'ai découvert la raison de ce muret de béton que, sur une vidéo de Quirós, une demi-douzaine d'hommes étaient en train d'ériger (certains coiffés d'un casque, les autres avec leur tee-shirt enroulé sur la tête), et qui m'avait paru peu esthétique. J'ai tardé à me rendre compte qu'Aratika était un de ces territoires sévèrement menacés par la montée des eaux et dont l'avenir dépendait d'une digue, ainsi que je l'appris, non sans angoisse, quelques mois plus tard dans une étude lue par hasard sur l'impact du changement climatique sur les côtes polynésiennes et les mesures par lesquelles le gouvernement français (j'ignore avec quel succès) tentait de protéger les récifs de corail de ses territoires d'outre-mer. Je me demande si ma lenteur à comprendre certaines vidéos de Quirós ne tient pas à ce que je me sois convertie en un être dépassé, comme un saurien décrépit, et la bêtasse que je suis s'interroge : qu'avait donc le *Cobia 3* de plus que moi ? Je dis ça parce que Quirós avait passé des heures à filmer ce bateau, et pas moi qui le regardais avec des yeux attendris, bien que le battement de mes paupières relevât plus de la mécanique que de la foi. J'étais pour lui une interlocutrice plus ou moins sérieuse et bien disposée à encourager ses initiatives, y compris – ne m'en veuillez pas de le dire – sur le fil de l'abîme où s'accrochent l'incertitude et le ressentiment.

Dans une des nombreuses vidéos filmées par Quirós à bord du *Cobia 3*, avec cette qualité insaisissable qui rend l'art artistique, quatre hommes autour d'une table sur le pont du bateau comptent et se partagent l'argent qu'ils ont gagné en commerçant d'île en île. Il me semble qu'ils sont très laids, mais la caméra les embellit chacun à sa manière. D'autre part, Quirós filme souvent des actions prolongées, façon détournée de me dire : pendant que tu passes en revue et complètes des bibliographies secondaires, d'autres, loin de toi, comptent leur argent et voient venir le soir dans le ciel austral, beaucoup plus propre et surtout plus noble qu'un document vierge sur Word. Et de plus, nécessaire. En effet, devant les quatre hommes du *Cobia 3* sont posées des boissons sur un plastique à motifs tropicaux, ainsi qu'un tas d'argent ; devant moi, des papiers et l'écran d'un ordinateur. Un des hommes empile les pièces, un autre les billets, avec des gestes pas très différents de ceux qu'on fait en jouant au Monopoly, et note sur un carnet combien et à qui. Les deux plus jeunes portent un bermuda de surfeur et fument avec une attitude qu'on ne peut que qualifier d'*heureuse*. Les aînés portent une chemise déboutonnée qui laisse voir leurs seins grassouillets et une bedaine dont la rondeur rappellerait la planète Terre, sauf que, provocante, elle met en évidence que les années ont fait de leurs corps des répliques ridicules de la grossesse de leurs mères.

Dans les archives de Quirós, je reviens souvent avec plaisir sur une vidéo où un enfant de touriste contemple, le nez collé sur la vitre, un petit requin à l'aileron noir qui nage en cercle dans un aquarium au-dessus d'anémones et d'étoiles de mer. Lagunarium est le nom donné à cet aquarium, c'est la principale attraction dans le vestibule de l'hôtel où le gamin loge avec ses parents. Scène infiniment triste, si nous nous mettons dans la peau du requin, et de fait j'ai dû pleurer la première fois que je l'ai vue, comme j'ai pleuré l'autre jour pendant un cours, sans pouvoir le dissimuler, le cœur battant, en parlant sur l'estrade de l'histoire de l'Aerium, qui forme une chaîne de métamorphoses spectaculaires, exubérantes et tragiques, qui commença un jour à l'aérodrome de Briesen. Il était une fois une piste asphaltée, discrète et fonctionnelle, construite en 1938 par les forces aériennes allemandes, à une cinquantaine de kilomètres de Berlin, avec cette conviction granitique qu'ont les choses censées durer plus longtemps que l'être humain qui les a créées. Au début, l'aérodrome ne comptait qu'une piste d'atterrissage, comme une entaille grisâtre dans les profondeurs de la forêt de la Spree, qui paraissait dans l'épaisse végétation un îlot allongé, une immense lettre I, sur laquelle les pilotes de l'armée apprenaient à décoller et à atterrir. Cette incision au cœur de la nature dura peu : quand l'Armée rouge prit le contrôle de la zone, l'endroit changea de nom (pour celui de Brand) et on entreprit une vaste déforestation pour construire une plus grande piste, ainsi que des hangars pour les avions, un bunker pour y entreposer des bombes nucléaires et un complexe résidentiel pour les familles des travailleurs du chantier. Il faudra attendre la dissolution de l'Union soviétique pour que l'Allemagne réunifiée récupère cet espace qui, au fil du temps, avait atteint un niveau de décrépitude et d'abandon, non seulement visible mais qui de plus faisait mal en regard du contraste de cet aérodrome avec les arbres qui l'entouraient sans faiblir, si luxuriants depuis la formation de la forêt à l'ère glaciaire. Le gouvernement de la région de Brandebourg hérita de cette base militaire désaffectée et la vendit à Cargolifter AG, une nouvelle compagnie de construction d'appareils de transports de très lourds chargements. La star de Cargolifter AG allait être un zeppelin CL160, un dirigeable aux dimensions inédites qui, en théorie, devait être fabriqué à Brand-Briesen. Quatre-vingts millions d'euros furent investis pour construire un hangar gigantesque que les ingénieurs, se laissant emporter par un délire peu fréquent dans leur profession, baptisèrent Aerium. Allons, bâtissons un hangar capable d'enfermer un morceau de ciel ! Allons, il s'appellera Aerium ! Et ils édifièrent, en effet, une enceinte d'acier sans piliers, un dôme dépouillé capable d'abriter la tour Eiffel en position horizontale, ce qui était sans doute un motif de fierté pour toute la région. Mais le destin voulut que l'entreprise Cargolifter AG fasse faillite peu après le lancement de ses activités, et l'Aerium, par les caprices du capitalisme global, fut racheté par Tanjong, une immense corporation malaisienne qui se consacre, avec succès pour le moment, à de multiples activités (parmi lesquelles le monopole de la loterie en Malaisie, des centrales électriques, des compagnies de distribution de gaz liquide, sans compter l'immobilier). Tanjong acquit Aerium pour la somme de dix-sept millions et demi d'euros, dont plus de la moitié fut apportée par le gouvernement de Brandebourg, dont les dirigeants nourrissaient l'espoir de créer ainsi des emplois et de dynamiser la région. Le plan était de consacrer l'espace à un parc thématique, pour lequel furent investis soixante-quinze millions d'euros, dont une partie, une fois de plus, fut puisée dans le trésor public brandebourgeois. Inauguré en 2004, Tropical Islands installa un paradis dans le cœur glacé de la forêt de la Spree. Un éden à 26 °C nuit et jour toute l'année. Selon le prospectus, Tropical Islands est l'univers de vacances tropicales le plus grand d'Europe ! Et pourtant, d'après les livres de comptabilité en règle, l'affaire n'est pas rentable.

[Soupirs]

Les Polynésiens ont un mot, *fiu*, qu'ils emploient pour qualifier un individu apathique, lassé de tout, sans aucune envie sauf celle de rester couché et de voir se succéder les journées, comme des sœurs siamoises. Après un séjour à Tahiti et Bora Bora, Matisse aurait écrit : "Je ne sais pas ce qui se passe dans cet endroit, mais on n'a jamais envie de bouger et on ne pense à rien", ce qui pourrait expliquer que le peintre n'ait réalisé aucune œuvre importante, ni même moyenne, pendant la période qu'il passa dans les îles polynésiennes. Il existe deux ou trois photos de Matisse prises par Murnau qui avait au même moment entrepris le tournage de *Tabou* : assis sur les racines d'un palmier tombé sur la plage, le peintre a un cahier posé sur ses jambes et fait le geste de dessiner au crayon, sans succès comme le révèlent les études sur lui, mais si timidement, avec même une sorte d'appréhension, qu'on perçoit sur les images un reproche à l'apathie de l'artiste. Bref : si l'histoire de l'art a comblé Gauguin d'éloges pour sa créativité et sa productivité en Polynésie, il est dit, discrètement, de Matisse, comme en s'adressant à un au-delà lointain et négligeable, qu'il eut un blocage et que son voyage aux confins de la planète à la recherche de couleurs inédites ne produisit que peu de fruits. Que sa créativité fut brusquement paralysée. Et que ce n'est qu'après avoir digéré ce qu'il avait vu là-bas, bien des années plus tard, ajoute-t-on comme pour le disculper, "ce n'est que lorsque le souvenir de ce qu'il avait vu finit par se déposer et enfin germer en lui – je cite de mémoire – que Matisse put donner forme aux journées polynésiennes et concevoir, comme tamisées dans une mélodie de jazz, ses deux œuvres *Océanie, la mer* et *Océanie, le ciel*". Pfff. Je crois ne pas me tromper en disant que le premier Occidental témoignant de ce *fiu* généralisé qui s'étend comme un nuage toxique sur les îles polynésiennes est Frederick O'Brien, dans *Ombres blanches sur les mers du Sud*, livre dans lequel il accuse l'homme blanc de provoquer la mort des natifs, non seulement par maladies contagieuses, mais aussi, je cite textuellement, par "la suppression de leur instinct du jeu". En imposant à la joie un fatal dénouement, radical, lent, et de plus exempté de toute poursuite pénale. Génocide polynésien est un syntagme dont on parle peu, pour des raisons que ni vous ni moi n'avons envie d'aborder maintenant. En revanche, il vaut la peine de dire que le film *Tabou* est le regard affligé et raffiné à la fois sur le stade terminal du bonheur des jeunes gens, lorsque la norme croise leur chemin. La loi du tabou et le code civil (*a.k.a.* Code Napoléon) tuent l'amour. Murnau voyage dans les mers du Sud, il entrevoit et déplore la tragédie raciale en marche, et cependant il en profite pour donner forme, dans son vingt et unième film, à son tourment récurrent : la vie en société, fût-ce dans des tribus lointaines, inhibe, réprime, dévaste. Conclusion : pas d'échappatoire.

Pour commencer, Murnau choisit quelques scènes tournées en divers endroits de Tahiti et de Bora Bora, et grâce au montage il compose pour son film un lieu artificiel, une Polynésie simulée plus photogénique que la vraie, il en fait une île intacte pour l'Occident, et plus encore. Son art est magie, architecture fantastique, qui relie une plage ici, un récif là, puis une cascade, et il intitule le résultat "Première partie : Paradis", pour ensuite le détruire, comme si l'éden ne pouvait être raconté que depuis sa chute définitive, et qu'à la fin seulement, après que l'on a deviné son extinction, la vie n'y pouvait ressurgir que sous la forme d'un souvenir enchanté et être classée comme oasis irrécupérable. "Paradis" est une relecture infidèle. Telles étaient les questions qui, en théorie, intéressaient Quirós, et auxquelles je m'étais mise à réfléchir, à bricoler, non sans malaise, avec des accès de tristesse ou de colère. Au fait : est-ce seulement son abandon brutal qui me permet de vous raconter ce que je sais de Quirós, avec le déchirement d'une complainte de femme qui a perdu son amant ? À vrai dire, je ne le crois pas, bien que vous sachiez que je l'ai attendu et que je me suis souvent juré que Quirós reviendrait. L'auto-aveuglement c'est la santé, un chemin, la vie. Je ne me rappelle pas le jour exact où j'ai renoncé à sortir sous le porche ; peu à peu l'air libre a commencé à me lasser et de plus j'ai admis que je détestais avoir devant les yeux le jardin où Quirós travaillait. Ses plantations ont sans doute séché et je n'ai rien fait pour l'empêcher. Les ronces ont dû repousser. Je crois que c'est dans *Fragments d'un discours amoureux* que Barthes explique que le discours de l'absence est traditionnellement féminin, car la femme reste et attend. Elle tisse et chante, cela paraît très ancien, très dépassé, mais vous voyez bien : une femme excessivement alphabétisée chante pour le type qui s'est tiré, une femme aussi cultivée que bête. Il m'arrivait de penser au peintre Walter Spies, l'amant de Murnau, qui l'avait largué pour partir à Bali et qui a fini condamné et noyé dans l'océan, peu après que le navire sur lequel il était transféré fut coulé par une torpille japonaise. Il y a des histoires tristes en tout genre, et je viens de me rendre compte que le Bali inventé par Walter Spies dans sa peinture, qui devint populaire dans le monde entier, mériterait de faire partie du *Guide Beatriz Silva* (*GBS* pour abréger), et je repense à ce que disait Charles Chaplin à son retour de vacances à Bali, comme c'était la mode à l'époque : les Balinais eurent un temps l'envie de s'acheter des voitures, ce que beaucoup firent, et, au début, parcourir l'île dans son propre véhicule fut pour eux fascinant, jusqu'au jour, qui arriva vite, où ils n'eurent plus d'argent pour faire le plein d'essence, aussi n'est-il pas rare de voir dans les arrière-cours des maisons balinaises des voitures abandonnées, parfois sans roues ni portes, aménagées en minuscules salons, avec rideaux aux fenêtres, une petite table et des fleurs. Bref, des trucs de pauvres, dont sera truffé le *GBS*, d'autant que voyager et faire du tourisme c'est s'étonner et même s'émouvoir sincèrement des trucs de pauvres et, de plus, les photographier.

Bora Bora abonde en trucs de pauvres, ce qui n'empêche pas qu'il y ait aussi beaucoup de trucs de riches, que Quirós filmait avec fascination. Par exemple : un complexe hôtelier au bord de la mer où il y a un espace privé dans l'eau, avec filets et bouées, où se baignent les clients de l'hôtel, comme les poissons charnus et vaccinés d'un bassin de pisciculture. Sur le sable, un quadragénaire en bermuda prend des photos de ses deux paires d'enfants jumeaux qui barbotent dans une portion privée de l'océan. À trois mètres d'eux, un groupe de petites vieilles gesticulent dans *l'aquagym* ; elles font des mouvements qui n'ont rien d'athlétique, un boudin bleu en polystyrène attaché dans le dos, en suivant le rythme que donne au sifflet une monitrice aux traits asiatiques. Le spectacle n'est pas héroïque, bien sûr, ni non plus comique ; il est inconsistant, sénilement innocent, comme le parfum de lavande dans un tiroir de lingerie. Il relève du privilège intégré si benoîtement dans la vie quotidienne, selon la définition d'Ágnes Heller : l'ensemble des activités qui rendent possible la reproduction sociale. Contre toute apparence, moi aussi je me reproduis, car il est sûr et certain que c'est ce que nous devons tous faire, sauf résistance héroïque, de sorte qu'il est inutile que j'insiste à me reprocher de ne pas en avoir fini avec tout cela depuis bien des pages. Mieux vaut revenir au plan de son film, où Quirós fait surgir de l'île de Moorea les deux pics qui couronnent le mont Otemanu, lequel apparaît souvent dans *Tabou* ; il ne symbolise plus le rôle d'un dieu vigilant mais figure simplement comme un simple rocher de basalte, beau à photographier sous les couleurs du ciel et son reflet dans l'océan, dont les eaux miroitent de tonalités tertiaires, à travers lesquelles file, sur la droite, légère, une pirogue où rament deux jeunes Polynésiens, deux sportifs dont l'effort, concentré, millimétrique, révèle l'entraînement et la compétition, et le rythme des rames devrait rappeler aux touristes qui les observent que leur temps de vacances est limité, compté. Monotone et antinaturel. Je ne sais pourquoi, mais chaque fois que je pense à Quirós, je l'imagine en train de filmer cette scène, le ciel, la pirogue et les touristes qui font trempette, comme si là-bas quelque chose était devenu sphérique et singulièrement parfait. Le tournage de *Tabou* terminé, Murnau écrit dans une lettre à sa mère :

> Je souffre d'imaginer que je vais devoir partir d'ici. Ces îles m'ont fasciné, je vis ici depuis plus d'un an et je n'ai aucune envie d'être ailleurs. L'idée de villes et de foules me répugne. Le soir, quand je m'assieds sur les marches de ma maison et que je regarde la mer vers Moorea, quand les vagues rugissent sur le récif, je me surprends à penser que j'ai envie d'être ici chez moi ! Mais nulle part je ne me sens chez moi, dans aucun pays, aucune maison, avec personne.

Pour les gens comme Murnau, Lukács a une formule (il identifie un mal sans remède) : orphelin absolu est l'individu privé de référents qui donnent sens à son existence.

– Tu sais de ces choses, toi !

Et j'en sais encore beaucoup d'autres.

Quelques-unes des choses que je sais (sur le même sujet) :

Parmi toutes les photos prises par Murnau en Polynésie, il y a celle de la sépulture de Gauguin. C'est une photo rare prise non pas devant la tombe, mais derrière, pour capter la vue magnifique de la baie de Hiva Oa, aux Marquises, dont profite peut-être le mort et que de toute évidence Murnau lui envie. Il semble que Matisse n'ait manifesté aucun intérêt pour cette tombe. Schwob, quant à lui, partit en Océanie en pèlerinage pour rendre hommage aux restes mortels de son cher Stevenson, mais une fois sur place il détesta l'endroit, qu'il trouva inhospitalier, humide et décadent, et le rendit malade ; dépité, il renonça à poursuivre son voyage, la tombe de son ami mort devenait évitable, voire répulsive, et il décida de regagner en toute hâte la France, où, comme par un sinistre tour du destin, il mourut peu après.

Je sais aussi que Matisse, lui aussi de retour en France, assista enthousiasmé à la première de *Tabou* et qu'il reviendra vite au cinéma pour revoir le film, non seulement une fois mais plusieurs fois, le recommandant avec plaisir à ses proches et à d'autres. Parmi toutes les versions possibles de la Polynésie, la meilleure était pour lui celle de Murnau. Beaucoup plus séduisante que la Polynésie réelle, peut-être parce que celle de Murnau est finie, abordable, agréable à regarder dans un fauteuil, avant de dîner – sans doute aussi pour d'autres raisons. La Polynésie de Quirós, au contraire, se galvaude. On voit dans ses vidéos les touristes qui déambulent dans les salles du musée Gauguin, regardent les reproductions des tableaux que l'artiste avait peints dans les îles, tandis qu'un guide, avec un accent britannique qu'il ne cherche pas à dissimuler, parle des canons de beauté que sa peinture a transgressés et blablabla. Dans mes cours je projette ces images, les étudiants les commentent, avec enthousiasme ou détachement. J'imagine alors que le guide lève le doigt et le pointe sur la copie du tableau et dit : devant vous, le monde avant le plastique, dans une idylle éteinte que Gauguin a représentée au dernier moment. Il est en effet regrettable que personne ne dise que Gauguin a fui l'Europe à l'aube du règne du plastique, comme s'il avait pressenti le bouleversement imminent et décidé de ne pas fléchir, mais de conserver ce qui pouvait encore l'être.

Animal, végétal, minéral, après quoi le règne du plastique se fraya un chemin. En 1855, à Birmingham, Alexander Parker invente une nouvelle matière, sans bien savoir quel usage lui donner. Quelques années plus tard, il la baptise *parkesine*, la brevette comme imperméabilisant de tissus, c'est ainsi que naquit la première matière synthétique. La parkesine sera bientôt rebaptisée *celluloïd*, et son apparition change non seulement la peinture mais le monde entier. Il existe aujourd'hui des îles flottantes en plastique et microplastique dans le Pacifique.

Mais revenons au musée Gauguin. Comme les étudiants j'aime voir les touristes observer la reproduction de la cabane où vécut le peintre, glisser la tête par le portique en bas-relief de deux femmes nues. Il y a quelque chose d'indéniablement comique dans ce coup d'œil jeté à l'intérieur avant de passer à la suite. Je trouve que ce musée des reproductions des tableaux polynésiens de Paul Gauguin est un lieu de vie très pertinent, pour une raison très proche de celle, à mes yeux inspirée et lucide, de Robert Plumpe qui écrivit un texte pseudo-poétique ("Les îles heureuses") qu'il tenta de faire publier dans une revue comme une œuvre inédite de son frère aîné, le regretté Murnau. *In extrema necessitate omnia sunt communia.* Il réalisa aussi un documentaire très sobrement intitulé *Documentaire polynésien*, mentionné et raisonnablement encensé dans le "Répertoire chronologique des films océaniens possédant une valeur ethnographique" de 1949, dans le numéro 5 du *Journal de la Société des Océanistes,* qui souligne à quel point est bien reflétée l'essence des mers du Sud, d'une façon qui peut rivaliser avec *Tabou.* Dans *Cinéma et ethnographie en Océanie*, on lit : "*Tabou* est une espèce de *Tristan et Iseult* océanien et si son décor est polynésien, l'intrigue ne l'est pas du tout. Murnau – est-il affirmé si ouvertement qu'on en tombe à la renverse – aurait bien fait de s'inspirer du tableau splendide de la vie insulaire qu'est le film de Flaherty *Moana.*" Toute œuvre, majeure ou mineure, est suivie d'une kyrielle de commentaires, comme les douleurs après un accouchement. En terminant de monter son dernier film, Murnau, de retour à Hollywood, montre *Tabou* à quelques connaissances : les représentants des principales sociétés de distribution, mais aussi Greta Garbo et un couple d'amis avec lequel Murnau échangea des télégrammes, aujourd'hui conservés dans les archives de la Deutsche Kinemathek. Ce couple, qui signait "Dr. Jekyll et Mme Hyde", s'enthousiasma pour le film, tout en conseillant énergiquement de supprimer certaines scènes qui en rompaient le rythme : "Tu devrais éliminer la séquence du pêcheur de perles et ne garder que les plans du signal de tabou flottant. STOP. La peur de l'inconnu est un formidable stimulant pour l'imagination. STOP."

– Ça n'en a pas l'air, mais rompre le rythme est un art terriblement difficile à dominer.

En effet, il n'est rien de plus redoutable que l'arythmie, la chercher est un art dangereux, mais parfois tentateur. Du reste pourquoi faudrait-il retrancher là où il convient d'ajouter ? Dans *Tabou*, l'acteur qui incarne le policier coiffé d'un panama, qui note dans un carnet tout ce qui se passe à Papeete, s'appelle Bill Bambridge, dont Gauguin fit le portrait de la grand-mère ; il appartenait à une famille métisse propriétaire d'un cinéma et de plusieurs commerces, dans l'un desquels (Bambridge, Dexter & Co.) Murnau fit des achats en août 1929 et les mois suivants – il acheta, par exemple, selon les factures, deux bouteilles de sauternes et deux de saint-émilion, car bien qu'il fût abstinent, il aimait choyer ses invités.

Une maîtresse d'école, Heimata, parle devant la caméra : nous autres Polynésiens prions à la fois les dieux ancestraux et le dieu chrétien, dit-elle en remuant les mains comme si elle faisait du pain. Derrière leurs pupitres, une douzaine d'enfants la regardent et disent *oui, oui,* en hochant leurs petites têtes brunes. Quirós insistait souvent sur l'idée que Murnau voyait la population polynésienne en termes de casting. Sur la dernière page de son cahier personnel, Murnau écrivit une liste de prénoms féminins, actrices éventuelles pour son film : Tuarae, Ura, Goroki, Raponi, Tehao, Eehu. Sur l'île de Fatu Hiva il découvrit le jeune Mehao ; son sourire, écrivit-il dans une lettre, est un rayon de soleil, quelques claquements de mains suffisent pour que son corps entier explose et se contorsionne en une danse exquise. Quelques jours plus tard, il allait rencontrer Matahi sur une plage, devant le ciel vide et transparent comme une bulle de cristal fin, et il l'engagerait dans son film. Moi aussi : je cherche parmi mes étudiants l'élément excellent, la personnalité magnifique. Pour en faire je ne sais quoi. Un disciple dévoué. Qui ne tienne pas compte des taches sur les pages. Je le faisais avant l'arrivée de Quirós et j'ai continué après son départ, sans interruption. J'ai participé à un colloque où j'ai parlé d'Arnold Kreikamp, comme à contrecœur, et tout se passait raisonnablement bien, baignant dans la monotonie, jusqu'à ce matin, où j'entendis dans l'obscurité de mon garde-manger une porte qui s'ouvrait. Sans réfléchir j'ai pensé que ce devait être Ana María qui revenait me voir et j'attendis qu'elle vienne m'extraire de ma cachette, douce comme le printemps qui fait joliment éclore les fleurs de leurs boutons. Je ruminais mes souvenirs. Je ruminais peut-être ce qu'avait raconté Robert Plumpe sur la première nuit qu'Anne Chevalier – personnage de *Tabou*, je le rappelle – passa chez la famille de Murnau, après la mort du cinéaste. Robert fut réveillé à l'aube par les cris de la jeune femme : tupapao ! tupapao !, il y a des fantômes dans la maison, il y a des âmes qui ne trouvent pas le repos, s'écriait-elle en chemise nuit, recroquevillée dans un coin de la chambre, effrayée comme jamais. J'imaginais Anne et moi aussi je me recroquevillais en attendant Ana María qui, étrangement, n'était pas arrivée. J'entendais mon cœur battre de plus en plus fort, comme sous l'effet d'un mauvais présage. Et surmontant mon angoisse, je suis sortie. J'ai ouvert très lentement la porte de l'armoire pour m'accoutumer à la lumière du jour et je me suis glissée dehors comme une coulée de sable, les muscles et les articulations engourdis après des heures d'enfermement à l'étroit. Ce qui était bon pour mon esprit était pénible pour mon corps, mais la perfection n'est pas de ce monde et exercer sa propre volonté c'est décider de ce qu'on est prêt à sacrifier. J'ai atteint à quatre pattes le centre exact de ma chambre, où j'ai enfin réussi à me relever, et je les ai vus, à travers la vitre, debout sous le porche, dans les bras l'un de l'autre – amoureusement enlacés, je veux dire –, Daniela et Quirós, PROPRIÉTAIRE et RESSUSCITÉ. Ils se parlaient à voix basse, je n'entendais pas ce qu'ils disaient, sûrement quelque chose que je déplorais, car dès que j'ai pu prendre conscience de ce que je voyais, l'immensité du gouffre qui s'ouvrait entre moi et le monde, la peur m'a envahie comme devant un vieil ordinateur qui plante à tout moment. Je les regardais, prête à me retrancher s'il le fallait. Ils s'étreignaient, parlaient, s'embrassaient goulûment. À ma grande surprise, Daniela n'était pas une de ces universitaires qui fuit comme la peste toute forme de contact physique avec un être humain. Pour être sincère, je ne l'avais jamais trouvée aussi belle, et Quirós non plus, et cette révélation (l'union évidente de deux beautés si accordées) a dû me troubler et je ne sais pourquoi j'ai pris entre mes mains la boule de neige des flamants amoureux et j'ai eu envie de la lancer, de pulvériser la vitre de la fenêtre et cette étreinte insupportable, mais la prudence m'en a empêchée, je suis restée paralysée je ne sais combien de temps, des heures ou des jours, qui ont disparu sans laisser de traces, la nuit était tombée et j'ai senti une force dévastatrice monter de mon estomac, passer par ma bouche, provoquant un cri que j'ai poussé comme une possédée, un cri aussi féroce que celui de Marguerite à la fin de *Faust,* qui traversa la maison et le jardin, emplit le quartier, atteignit l'université et gagna rapidement tous ces endroits où j'avais désiré aller, pour les saccager, sans savoir de quels moyens je disposais, ni quelles promesses j'allais pouvoir tenir. Dans une lettre à Lukács (avec lequel elle eut une brève mais intense liaison), Hilda Bauer écrit: "J'ai appris que les êtres humains sont inaccessibles. Que leurs âmes sont éloignées les unes des autres comme les étoiles. Seul un éclat lointain parvient à l'autre. Je sais que les êtres humains sont cernés de mers obscures et immenses, et qu'ils se regardent avec désir sans jamais se rejoindre." Ces paroles roulant dans ma bouche, j'ai parcouru la maison, de nouveau désertée, sauf par moi. À l'étage, comme gardée en lieu sûr, m'attendait la boîte de Quirós, plus remplie que jamais, mais pas complètement, en tout cas pas à ras bord. Non seulement par superstition, mais en faisant appel à une intelligence qui devrait être mieux maîtrisée, je n'aurais jamais dû l'ouvrir.

Il existe en Polynésie une légende sur l'origine du cocotier : un homme amoureux meurt en jurant que la jeune fille qu'il aime, sans que cela soit réciproque, devra lui donner un baiser. Son corps sans vie gît dans la forêt, et si fort et si pur est l'amour qu'il ressent, dit la légende, que sa tête finit par se transformer en noix de coco (de fait la première qu'il y eut dans le monde). Les semaines passent et, un jour, la femme aimée se promène avec ses amis au milieu des arbres. Il fait très chaud et l'un de ses compagnons lui tend le nouveau fruit que donne la terre, dans lequel il a pratiqué un trou, et la jeune femme entend alors : prends et bois. Elle embrasse. Comment pourrais-je obliger Quirós à m'embrasser ? J'ai beau chercher, je ne trouve pas. Même de force je ne saurais pas m'y prendre. Je m'avoue inapte à faire le mal, bien que je ne puisse nier ma responsabilité dans la triste fin d'Oméga, ce que je ne me pardonne toujours pas. Je devine vaguement qu'à un certain moment, et de façon inexcusable, je n'ai pu résister à la tentation de verser dans l'aquarium toute la nourriture qui restait dans le flacon, qu'il s'est mis à engloutir comme un fou. Comme cela arriva avec les autres poissons avant lui, depuis le premier que j'avais baptisé Alpha, je l'ai bientôt vu flotter comme un bouchon, ventre retourné, avec une inflammation d'un ton plus clair que son petit corps couvert d'écailles, déjà en foudroyante décomposition, comme le bois détrempé qui reste d'un voilier brisé par la tempête, ou comme le cœur inerte d'un noyé à la dérive qui ne sera jamais enseveli dans la terre ferme. Dans un rapport récent du Forum économique mondial, on peut lire ceci, souvent cité dans la presse : "En 2025, l'océan contiendra la proportion d'une tonne de plastique pour trois tonnes de poissons ; en 2050, il y aura plus de plastique que de poissons." Cette menace pourrait servir à terminer cette histoire, dont il serait présomptueux de croire qu'elle immortalise les pérégrinations de Quirós, le ressuscité, qui a fini par revenir vers moi sous une forme nouvelle : celle du profanateur de sépulture, crâne à la main. Tiens, embrasse.

Je ne sais pas très bien si, en votre honneur, je devrais inventer une autre fin à cette histoire, euphorisante ou moyennement joyeuse. Sachez que le dénouement heureux que Murnau donna à son film *Le Dernier des hommes* fut en réalité une décision tardive, imposée par les producteurs convaincus qu'une histoire qui se clôt sur un message d'espoir serait plus facile à vendre aux États-Unis. Connaissez-vous l'intrigue du film ? Le vieux portier du Grand Hôtel est fier de son emploi ; sa redingote est le symbole sublime de son rang, elle lui vaut l'admiration de ses voisins. Mais arrive le jour où ses forces le trahissent et il est relégué à un poste dans les toilettes du sous-sol, où il sombre dans l'oubli. Fin (provisoire), car un épilogue inespéré le sauve : l'ancien portier hérite, comme tombée du ciel, d'une fortune, et tout le personnel de l'hôtel se met à l'aduler. Très favorable à ce nouveau dénouement, l'acteur, Emil Jannings, déclara dans une interview : "Le personnage du vieux portier ne possédait pas la plénitude tragique qui peut relever un être humain lorsqu'il est à terre. Il représentait un naufrage sans aucune perspective. Mais c'est justement d'une perspective dont j'ai besoin. Parce que j'ai besoin de croire en ce monde !" Moi aussi j'ai voulu croire un jour en ce monde. Mais cette confiance s'est perdue au pied d'un grand meuble et a fini par fondre comme cire.

Je pense qu'il n'est peut-être pas nécessaire de terminer par une phrase personnelle et authentique. Il n'est pas non plus indispensable qu'elle soit spectaculaire, à l'image d'un cadenas serti de pierres précieuses, ni mémorable : un de ces dénouements que les internautes relisent, copient et répètent. Ce qui me convient, c'est que ma voix perde peu à peu du poids. L'alternative n° 1 à une phrase personnelle et authentique pourrait être une clause standard, comme dans une publication scientifique : l'auteur déclare que toutes les affirmations contenues dans ce livre sont dépourvues de tout lien commercial ou financier qui pourrait être interprété comme un possible conflit d'intérêts. Tout ce que je vous ai dit jusque-là, mon discours inconséquent, a pu paraître à quelques-uns plus ferme qu'en apparence et, vu dans son ensemble, relevant même d'une certaine autorité et d'un crédit attesté. À d'autres, quelque chose comme un mot laissé après un suicide qui subitement modèle, ajuste, ordonne. L'alternative n° 2 consisterait à recourir à la phrase d'un autre et à s'y fier ; recourir, par exemple, à certains propos de Thomas Bernhard, comme ceux qu'il prononça face à la caméra de Ferry Radax[156] : "La plus grande erreur d'un auteur est d'écrire un livre jusqu'à la fin. Et dans notre commerce avec les gens, c'est aussi une bonne chose d'interrompre soudainement une relation", d'où il s'ensuit inopinément que j'évite une erreur stratégique si je renonce maintenant à trouver une fin à cette histoire et, de plus, qu'en disparaissant, Quirós faisait quelque chose de bien. Et moi je tends aux bonnes choses, parce que je suis de fait un être bon ; on dirait que je me transforme progressivement en un être de lumière. Observez : (1°) que je m'enferme tout doucement dans l'armoire ; (2°) le calme avec lequel je referme la porte, complètement cette fois ; (3°) comment je deviens tout intérieure, comme la moelle et (4°) comment en devenant muette je suis de plus en plus heureuse de penser que d'autres paroles s'accoupleront

---

156. Quelqu'un parmi vous sait-il où est enterré Thomas Bernhard ? Et si Ferry Radax est mort ? Faites-moi plaisir et cherchez une réponse à ces questions.

maintenant à celles-là, de même que j'ai collé les miennes à beaucoup de celles de Quirós, comme des adhérences sur le col d'un manteau.

– Dans quel sens ?

Oh, théoriquement dans tous les sens et tous les desseins.

Cet ouvrage a été composé par
Atlant'Communication
au Bernard (Vendée)

ACHEVÉ D'IMPRIMER SUR ROTO-PAGE
PAR L'IMPRIMERIE FLOCH À MAYENNE
EN MARS 2022

N° d'édition : 2237001 – N° d'impression : 100147
Dépôt légal : avril 2022

Imprimé en France